Kim Koplin

DIE GUTEN UND DIE TOTEN

Thriller

Herausgegeben von
Thomas Wörtche

Suhrkamp

Klimaneutral
Druckprodukt
ClimatePartner.com/14438-2110-1001

2. Auflage 2023

Erste Auflage 2023
suhrkamp taschenbuch 5312
Originalausgabe

Umschlaggestaltung: zero-media.net, München
Umschlagabbildungen:
Magdalena Russocka/Trevillion Images (Straße, Auto, Menschen),
THEPALMER/Getty Images (Gesicht der Frau),
FinePic©, München (Kratzer)
Druck und Bindung: C.H. Beck, Nördlingen
Printed in Germany
ISBN 978-3-518-47312-2

www.suhrkamp.de

DIE GUTEN UND DIE TOTEN

NIHAL Nihal wacht auf, bevor Jamie es geschafft hat, mit seinem Schlüssel das Schloss zu finden. Wie üblich hat er eine Partybitch an sich drankleben. Ihre Stimme hallt durchs Treppenhaus. Nihal kann die Worte nicht verstehen, aber es klingt eindeutig nach: Oh, Jamie, du bist so lustig, warum fickst du mich nicht gleich hier auf dem Treppenabsatz? Mit dieser Lache könnte man Füchse aus dem Bau treiben.

Als endlich das Schloss gefunden ist und die Tür aufschwingt, scheppert ihre Stimme durch die Wohnung.

– Ich hab schon gedacht, das wär die falsche Tür.

Sie scheint das witzig zu finden, lacht hysterisch. Bis Jamie zu ihr sagt:

– Jetzt halt mal die Klappe. Du weckst noch meine Schwester auf.

Als würde Nihal nach diesem Auftritt noch schlafen.

– Du wohnst mit deiner Schwester zusammen?

– Hab ich doch gerade gesagt.

– Ist die genauso hot wie du?

– Du redest zu viel.

– Sagt mein Freund auch immer.

Wieder diese Lache. Wahnsinn, was diese Frau alles lustig findet.

– Hat er recht, sagt Jamie. Nicht *die* Tür, das ist das Zimmer von meiner Schwester.

– Die würd ich ja gern mal kennenlernen.

– Nein, würdest du nicht. Hier rein.

Nihal schaltet die Lampe neben ihrem Bett ein und verschwendet eine sinnlose Minute auf den Gedanken, wie es sein kann, dass so viele Frauen scharf darauf sind, sich benutzen zu lassen. Lust an der eigenen Demütigung? Sie dreht sich auf den Rücken und starrt die Raufasertapete an. Ihre erste eigene Wohnung, 52 Quadratmeter, zwei Zimmer. Sechziger-Jahre-Bau, niedrige Decken, hellhörig wie Sau, Materialien zum Davonlaufen. Selbst die Wohnungstür ist so dünn, dass Nihal mit einer geraden Linken mühelos ein Loch reinschlagen könnte. Und wenn der alte Doganay im vierten Stock nachts aufs Klo geht, hört sie das Wasser neben ihrem Kopf durch die Wand rauschen. War ihr alles egal, Hauptsache ihr's. Die Linke ist übrigens ihre Schlaghand. Schießt mit links, schlägt mit links, aber schreibt mit rechts.

In Jamies Zimmer geht das Gestöhne los, war ja klar, um halb fünf morgens. An Nihals freiem Tag. Sie schlägt mit der Faust gegen die Wand.

– Stöhn leiser, das ist kein Porno!

Die Frau prustet vor Lachen. Nihal hört sie sagen:

– Ich glaub, ich will deine Schwester doch nicht kennenlernen.

– Sag ich doch.

Wenigstens hat Nihal ihr vorübergehend den Wind aus den Segeln genommen. Sie verschwendet zwei weitere Minuten mit nutzlosen Gedanken: dass die Wände zu dünn sind für einen Mitbewohner. Dass sie geglaubt hat, ihrem kleinen Bruder etwas Gutes zu tun, als sie ihn bei sich einziehen ließ, vorübergehend. Hätte es besser wissen müssen. *Wusste* es besser. Wollte es sich nur nicht eingestehen. Und darüber ärgert sie sich mehr als über alles andere.

Gretchen kommt, halleluja, quietscht, als gebe es einen Teddy zu gewinnen, und hat den Orgasmus ihres Lebens. Nihals erste eigene Wohnung. Am Arsch. Es wird ruhig nebenan.

Sie schaltet die Lampe wieder aus. Arme seitlich neben den Körper, Handflächen nach oben. Atmen. Spüren. Der Nacken, den Nacken entspannen. Da geht es immer als Erstes los, der Kopfschmerz, die Migräne. Konzentration auf die Atmung.
Nihal hat sich langsam bis zur Schlafschwelle zurückmeditiert – der Nacken entspannt, die Atmung gleichmäßig –, als das Gestöhne von Neuem losgeht. Klingt nicht so, als würde die Frau benutzt werden, eher so, als würde sie Jamie benutzen. Vielleicht ist die Frage, warum so viele Frauen scharf darauf sind, sich benutzen zu lassen, falsch. Vielleicht ist die eigentliche Frage, warum so viele Frauen scharf darauf sind, sich schlecht behandeln zu lassen.
Nihal gibt sich ein Versprechen: Monatsende. Bis dahin ist Jamie raus. Sonst wechselt sie das Schloss aus. Gut, das Schloss sollte sie so oder so auswechseln.
Bevor Jamies Quietscheentchen ihren zweiten Orgasmus herausstöhnen kann, ist Nihal aus dem Bett, hat sich ihren schwarzen Onesie übergezogen, ihre Laufschuhe geschnürt, ihr iPhone um den Oberarm geschnallt, den Schlüsselbund geschnappt und die Tür hinter sich zugezogen.
Nach Nihals Erfahrung gibt es sehr wenig, gegen das ein Zehn-Kilometer-Lauf nicht hilft: Nachbarn, die ihren Hund vor deine Tür scheißen lassen, Machoarschkollegen, den Kontostand am Monatsende, das Gefühl, nicht zu genügen, Kopfschmerzen. Mit schnellen Schritten federt sie die Stufen hinab, im Dreierrhythmus – links-rechts-links, rechts-links-rechts – beginnt ihr Training, bevor sie aus dem Haus ist.
Die kühle Nachtluft ist wie eine sanfte Ohrfeige, Nihal ist sofort angeschaltet. Ihre Hausstrecke führt zweimal um den Lietzensee, elf Kilometer, aber der Weg ist teilweise unbeleuchtet, und das Letzte, was Nihal im Moment gebrauchen

kann, ist, über eine Baumwurzel zu stolpern und sich den Knöchel zu verstauchen. Also läuft sie los Richtung Amtsgericht, durch den Kiez. Die Stadt schläft noch, und die Luft ist noch nicht dreimal eingeatmet und durch irgendwelche Motoren gepresst worden. Selbst auf der Kantstraße ist so wenig los, dass sie auf der Fahrbahn laufen könnte. Sie tut es, nimmt Raum ein, legt einen Zwischenspurt hin und spürt, wie ihre Lungenflügel sich weiten. Fuck you, Jamie. Am Monatsende bist du raus.

SAAD Der Versorgungsraum hinter dem Pförtnerhäuschen ist eine fensterlose, drei mal drei Meter große Betonzelle, in deren Decke armdicke Kabelstränge verschwinden. An der rechten Wand hängt ein grünlicher Metallschrank, der ein ungesundes Brummen von sich gibt. In der Mitte ist ein Ablaufgitter im Boden, das Saad mit Gaffer überklebt hat, weil es bei Regen den Geruch aus der Kanalisation nach oben drückt.

Er bleibt einen Moment in der Tür stehen. Leila in ihrem Kinderbett schlafen zu sehen, unter dem Baldachin, während Sonne, Mond und Sterne über die Wände tanzen, ist jedes Mal ein kleines Wunder. Als würde eine Orchidee aus dem Beton wachsen. Dabei sind von Leila wie üblich vor allem ihre Haare zu sehen. So geht es Saad jeden Morgen: Er zieht die Brandschutztür auf, sieht Leila in ihrem Bett liegen, und für eine halbe Minute hört alles andere auf zu existieren. Länger erlaubt er sich nicht, sonst weicht er auf, und das ist nicht gut. Sobald er sich zu ihr herabbeugt, kommen Leilas Arme unter der Decke hervor und schieben sich um seinen Hals. So hebt

er sie aus dem Bett, ihre Beine um seine Hüfte geklammert, ihren Kopf an seinem Schlüsselbein. Um fünf Uhr morgens. Und nie beschwert sie sich oder will liegen bleiben. Stattdessen zieht sie sich an, stellt sich vor die Spiegelfliese, die Saad unter dem Hochspannungszeichen auf den Verteilerkasten geklebt hat, und schiebt sich ihre Spangen ins Haar. Dreiundzwanzig. Nicht dass Leila schon bis dreiundzwanzig zählen könnte, aber wenn eine fehlt, merkt sie es sofort:
– Papa, die blaue Spange ist weg!
Saad deutet auf die Spange hinter ihrem linken Ohr.
– Die da?
– Nicht die. Die mit dem Glitzer!
Als sie aus dem Parkhaus auf den Bürgersteig treten, geht ein Schaudern durch Leilas Körper.
– Kalt?, fragt Saad.
Sie schiebt ihre noch schlafwarme Hand in seine.
– Geht schon.

Saad sieht die beiden Männer, als Leila und er unter dem Bogen durchgehen, der sich über die Gasse spannt. Tagsüber ist hier eine Menge los, abends auch. Aber morgens um kurz nach fünf hat noch nicht einmal der Steinecke geöffnet, und das ist der Erste, bei dem die Lichter angehen.
Die zwei Männer stehen neben dem Aufgang zur S-Bahn, als wüssten sie, dass um fünf Uhr Saads Schicht zu Ende ist. Aber sie warten nicht auf ihn. Sie warten einfach auf irgendjemand. Der Bullige trägt eine Menge Fleisch mit sich herum, seine Bewegungen sind verlangsamt. Als er zu schnell den Kopf in Saads Richtung dreht, stolpert er einen Schritt rückwärts. Saad schätzt ihn auf anderthalb Promille und 115 Kilo. Der

wird ihm nicht gefährlich, es sei denn, er fällt zufällig auf ihn drauf. Bei dem Kleineren mit der Bomberjacke ist Vorsicht geboten. Selbst jetzt, angetrunken und nach einer langen Nacht, hat sein Körper noch Spannung, und sein Seitenscheitel ist voll auf Zack.

– Ey!

Der Kräftige. Wie Saad es erwartet hat. In drei Minuten kommt ihre Bahn. Leila lässt sich nichts anmerken, aber Saad spürt, wie sich der Druck ihrer Finger in seiner Hand verstärkt. Er erwidert ihn, alles in Ordnung.

Zum Bahnsteig müssen sie an den beiden vorbei, aber der Typ mit der Bomberjacke verstellt den Durchgang. Schnelle Füße, fester Stand. Und möglicherweise irgendwo ein Messer oder einen Totschläger in der Jacke.

– Mein Kompagnon hat dich was gefragt.

– Hat er nicht.

Leila drückt sich gegen ihren Vater. Der spürt die Gravitation des Bulligen hinter sich. Ist nie gut, einen Mann im Rücken zu haben. Doch hier geht es nicht um Saad, ist nichts Persönliches. Also sollte er es auch nicht persönlich nehmen.

Zwei Minuten.

– Unsere S-Bahn kommt gleich.

– Gib mal ne Fluppe, sagt der Bullige.

Saad riecht den Alkohol in seinem Atem, zieht die Packung aus der Jackentasche, bietet ihm eine Zigarette an. Der Typ muss sich konzentrieren, aber dann bekommt er sie zu fassen. Anschließend hält Saad dem anderen die Schachtel hin, Friedensangebot. Auch der nimmt sich eine.

– Wie sieht's mit Feuer aus?

Ist keine Frage.

Saad gibt ihnen Feuer. Zwischen den Häusern und der S-Bahn-

Trasse sind Schnüre gespannt, von denen Lampen herabhängen. Bei Wind fangen sie an zu schaukeln, dann schwimmt das Licht auf dem Pflaster. So wie jetzt.
Saad hört, wie sich Schritte nähern, schnelle, dynamische Schritte – tapp tapp tapp –, Schuhe, die nur für Sekundenbruchteile das Pflaster berühren. Ein fliegender Schatten in einem schwarzen Funktionsanzug kommt auf sie zu.
Eine Minute.
Saad will an dem Kleineren vorbeigehen, aber der versperrt ihm erneut den Weg, stößt ihm eine Hand in die Schulter. Da ist Druck hinter. Er hat ziemlich exakt Saads Größe. Ihre Blicke treffen sich. Leila umklammert Saads Oberschenkel. Langsam wird es schwierig, es nicht persönlich zu nehmen.
– Rauch erst mal eine mit uns.
– Sorry, unsere Bahn kommt gleich.
Der nächtliche Läufer witscht an ihnen vorbei, tapp tapp tapp ...
Der Kräftige greift Saad von hinten am Arm und zieht ihn herum. Er braucht einen Moment, um ihn scharfzustellen.
– Du rauchst jetzt erst mal eine mit uns.
Über Saad und Leila fährt die Bahn ein. Alles noch kein Problem. Dann eben die nächste. In diesem Moment verstummt das Tapp-tapp-tapp.
Eine junge Frauenstimme fragt:
– Gibt's hier ein Problem?
Saad denkt: Bis eben nicht.

NIHAL Nihal tritt in den Lichtkegel. Ihr Anzug sitzt wie aufgesprüht, umrahmt ihr Gesicht. Das orangefarbene

Licht der im Wind schwingenden Lampe zuckt auf ihren Schultern. Sie fragt sich, warum sie ihren Lauf unterbrochen hat. Drei Typen mit einem Konflikt vor dem S-Bahn-Eingang. Nicht ihre Baustelle. Dann wird ihr klar: Es ist das Mädchen, das das Bein ihres Vaters umklammert. Ein kleines Mädchen in Angst.

Alle sehen Nihal an, die drei Männer und das Mädchen auch. Als sei sie aus einer unsichtbaren Klappe gesprungen.

Sie macht eine Bewegung, wie um ihren Nacken zu lockern.

– Alle taubstumm, oder was?

Der Mann, an dessen Bein sich das Mädchen klammert, schüttelt kaum merklich den Kopf. Nihal fragt sich, was er ihr damit sagen will. Dass es kein Problem gibt? Alter, denkt sie, da sind zwei Typen, die dich schräg anmachen, und an deinem Bein klebt ein Kind, und *du* bist der, der hier *kein* Problem hat? Oder will er ihr sagen, dass sie sich raushalten soll? Läuft hier irgendein Deal? Sie wirft dem Mann einen Blick zu: Echt jetzt?

Der Dicke mischt sich ein: – Was will'n *die*?

Der Typ im Durchgang: – Frag sie doch.

Der Massige macht einen Schritt auf Nihal zu, was bei ihr sofort Adrenalin freisetzt. Einen Schritt weiter, und er ist in Schlagdistanz. Er macht eine Bewegung, wie um Tauben zu verscheuchen.

– Lauf mal schön weiter, sonst tust du dir noch weh.

Affektkontrolle. Eine von Nihals Baustellen. Muss sie dran arbeiten. Schäfer, ihr Chef, meint, das wird ihr sonst nochmal zum Verhängnis.

Sie atmet durch: – Ich kann mich nicht erinnern, dich irgendwas gefragt zu haben.

Der Bullige dreht sich zu seinem Kumpel um: – Was labert die denn?

Kritischer Moment. Der Typ mit der Bomberjacke wittert Autoritätsverlust. Da kann so eine Situation schnell kippen.

– Verpiss dich, Muschi. Das hier ist'n Gespräch unter Männern.

An dem Bulligen vorbei sieht Nihal ihn an: – Wie hast du mich gerade genannt?

– Muschi. Er zieht an seiner Zigarette. – Oder ist dir Fotze lieber?

Nihal schiebt sich an dem Dicken vorbei, federt auf den Fußballen.

– Ich geb dir gleich Fotze, du Wichser.

– Und ich geb dir gleich Schwanz, du Fot ...

Bevor der Satz draußen ist, trifft Nihals linker Seitwärtshaken seinen rechten Oberarm. Er lässt die Zigarette fallen, Glut regnet aufs Pflaster. Seine Rechte schnellt vor, doch bevor er die Frau im Ganzkörperanzug von den Füßen holen kann, ist ihr Kopf nicht mehr da, wo er ihn zwei Zehntelsekunden vorher noch gesehen hat. Sein Gehirn verarbeitet noch die Info, als Nihal ihm einen Bilderbuchkick gegen den Oberschenkel und eine Links-rechts-Kombination gegen den Brustkorb verpasst. Er reißt die Augen auf, klingt wie ein angestochener Reifen.

Nihals Füße nehmen Grundstellung ein. Sie muss echt an ihrer Affektkontrolle arbeiten. Im selben Augenblick schließen sich von hinten zwei fleischige Arme um sie. Der Dicke. Fuck. Während der eine langsam auf die Beine kommt, versucht Nihal, sich dem Griff des anderen zu entwinden, aber dessen Arme sind wie Baggerschaufeln. Der Typ mit der Bomberjacke hebt derweil die noch glühende Zigarette auf. Nihal versucht, ihn mit Kicks auf Distanz zu halten.

– Mach, dass sie damit aufhört.

Nihal spürt, wie der Dicke sein Gewicht verlagert, seinen Körper auf ihren drückt. Der wiegt das Doppelte von ihr, mindestens. Kurz hält sie dem Druck stand, dann knicken ihre Beine ein wie Strohhalme. Aus dem Augenwinkel und mit verschwommenem Blick sieht sie den Typen, der seine Tochter an der Hand hält.

– Vielleicht machst du auch mal was!

Inzwischen kniet sie auf dem Pflaster wie eine Büßerin, während der Dicke sie weiter umklammert hält. Der Typ mit der Bomberjacke zieht zweimal an der Zigarette, damit die Glut frisch ist, nimmt sie zwischen Daumen und Zeigefinger wie einen Dartpfeil und beugt sich zu ihr herunter.

– Du bist ja 'ne richtige kleine Superfotze, hör mal.

Nihals Wut ist größer als ihre Angst. Sie spuckt ihm ins Gesicht.

Beim Einatmen verzieht er das Gesicht. Schmerzen. Sieht nach einer gebrochenen Rippe aus. Oder auch zwei. Mit seinem Scheitel steht es auch nicht mehr zum Besten. Er bringt sein Gesicht direkt an ihres heran.

– Und weißt du, was man mit Superfotzen wie dir macht?

Bevor Nihal es erfährt, sackt plötzlich der Bullige in sich zusammen und begräbt sie unter 115 Kilo Lebendfleisch. In ihrer Schulter knackt etwas, sie stöhnt auf, dann geht ihr die Luft aus. Zum Glück wird als Nächstes der leblose Fleischberg von ihr heruntergezogen, Luft strömt in ihre Lungen. Und mit ihr die Wut. Sie stemmt ihre Hände in den Boden, wieder knackt es in der Schulter, ein Satz, und sie ist auf den Beinen.

Sie hat keine Ahnung, was passiert ist, aber der Dicke liegt neben ihr wie ein gestrandeter Wal, die Arme auf dem Pflaster. Daneben der Mann, dessen Tochter gerade wieder ihre Hand in seine schiebt. Die Kleine verzieht entschuldigend den Mund.

Der Typ, der Nihal eben noch die Zigarette ins Gesicht drücken wollte, überlegt, was die veränderte Situation für ihn bedeutet. Nihal erklärt es ihm: – Du bist festgenommen, Arschloch. Hände auf den Rücken, oder ich brech dir noch eine Rippe.
Sie hat seine Hände im Blick, und als sie sieht, wie er in die Jackentasche greift, schnellt sie vor wie eine Feder, verpasst ihm einen Leberhaken und zwei so harte Körpertreffer, dass seine Arme bis auf Weiteres jede Zusammenarbeit mit dem Gehirn verweigern.
Mit einer geübten Bewegung dreht sie seinen Arm nach hinten, drückt ihn mit dem Gesicht aufs Pflaster und tackert ihm mit dem Knie den Arm auf den Rücken. Dabei zuzusehen erfordert eine gewisse Unerschrockenheit. Während Nihal mit der freien Hand die Taschen seiner Jacke durchsucht, kommt der Typ zu Atem und zischt etwas Unverständliches. Sie spürt ein ungutes Ziehen in der Schulter.
– Wie hast du mich gerade genannt?
– Ich hab dich gar nicht genannt.
– Besser is.
In der rechten Außentasche ertastet sie den gummiummantelten Griff eines Teleskopstocks. Sie verlagert ihr Gewicht auf das Knie, mit dem sie seinen Arm fixiert.
– Du brichst mir den Arm!
Gut möglich, denkt sie. Affektkontrolle erst wieder von 9 bis 17 Uhr. Der Typ gibt Geräusche von sich wie eine kalbende Kuh. Er stöhnt: – Du hast echt ein Problem, Mann!
Nihal knallt den Teleskopstock direkt vor seinem Gesicht auf das Pflaster. – Du jetzt auch.
Sie blickt zu dem Mann und seiner Tochter auf. Wo wollen die hin, morgens um fünf? Vorausgesetzt, das ist überhaupt seine Tochter. Der Dicke liegt nach wie vor auf dem Pflaster und rührt sich nicht.

– Was war'n das, bitte?
Der Mann zieht eine Braue in die Höhe, als sei er selbst überrascht und könne sich gar nicht erklären, weshalb der Fleischbrocken schlagartig ohnmächtig geworden ist.
– Der ist jetzt aber nicht tot, oder?
Er schüttelt den Kopf.
Nihal sieht das Mädchen an: – Ist das dein Vater?
– Yep. Sie lächelt. – Ich mag deinen Anzug.
Damit schubst sie Nihal kurz aus der Bahn. Mit Kindern kann sie nicht besonders. Die erwarten immer etwas von ihr, und sie hat keine Ahnung, was. Andererseits: Mit den meisten Erwachsenen kann Nihal auch nicht besonders.
– Der glitzert, sagt die Kleine. – Ich mag Glitzer.
Während Nihal ihr Smartphone aus der Manschette zieht, sieht sie den Vater an. – Ich rufe jetzt die Kollegen vom Streifendienst, die nehmen die Anzeige auf.
Der Typ deutet nach oben, zum Bahnsteig.
– Mein Arm!, stöhnt der Mann, dessen Gesicht auf den Stein gedrückt wird.
– Tell me about it. Nihal stößt ihm das Knie noch etwas fester ins Kreuz. Zu dem Vater sagt sie: – Sie wollen keine Anzeige machen?
Statt zu antworten, macht er ein Lieber-nicht-Gesicht. Da ist etwas in seinem Blick. Bedauern?
– Seid ihr illegal?
Entfernt hört Nihal, wie über ihr die S-Bahn einfährt. Der Typ hebt die Hand, und dann gehen er und seine Tochter an Nihal vorbei.
– Tschüss, du, sagt das Mädchen.
Und Nihal fällt nichts Besseres ein, als zu sagen: – Tschüss.

SAAD Am Zoo müssen sie in die U9 umsteigen. Bevor die Bahn einfährt, rumpelt es dumpf in der Röhre, und ein Schwall trauriger Luft weht über die Gleise. Stumme Menschen mit neonlichtblassen Gesichtern verteilen sich auf dem Bahnsteig. Die Nachtschicht räumt das Feld für die Tagschicht. Dazu ein paar Ruhelose auf dem Rückzug, bevor die Wirkung der Drogen verblasst und das Licht die Illusion zersiebt.
Leila entscheidet sich für einen Klappsitz. Die Türen schließen, die Pfeiler wischen an den Fenstern vorbei, dann tauchen sie in den Tunnel ein. Oft lehnt Leila sich jetzt gegen Saad und schließt für sechs Stationen die Augen. Heute nicht.
– Wer war die Frau?
– Ich weiß nicht.
Eine, die zu viele Fragen stellt.
– Die war voll schnell, oder?
– Sah so aus.
Für zwei Stationen blickt Leila in das schwarze Nichts hinter den Fenstern, dann, zwischen Amrumer und Leopoldplatz, zieht sie mit der Hand eine Linie durch die Luft, als schwimme etwas am Fenster vorbei.

Saad und Leila wohnen in der Drontheimer, Altbau, dritter Seitenflügel, zweiter Stock. Die Tür, durch die man ins Treppenhaus gelangt, ist niedriger als die im zweiten Seitenflügel, und die wiederum ist niedriger als die im ersten. Als wären die Menschen vor hundert Jahren immer kleiner gewesen, je weiter sie im Hinterhaus gewohnt haben.
Sie hängen ihre Jacken auf und stellen die Schuhe in eine Reihe mit den anderen.

– Willst du was trinken?
– Hm-m.
Saad blickt zur Tür am Ende des Flurs. Sein Zimmer. Und zugleich das Wohnzimmer. Leila hat ein eigenes, aber das ist winzig. Sie mag es trotzdem, nennt es ihre Höhle. Anderthalb Zimmer, Küche, Bad. Im Mietvertrag steht, die Wohnung habe zwei Zimmer, aber im Mietvertrag steht auch, sie habe einen Balkon.
– Willst du dich nochmal hinlegen?, fragt Saad.
Leila blickt zu ihm auf, die vielen Haarspangen wie ein Schuppenpanzer auf ihrem Kopf:
– Du bist müde, stimmt's?
– Stimmt.
– Leg dich ruhig hin, Papa. Ich bin aber schon wach.
– Und was machst du so lange? Bis wir in die Kita gehen, dauert es noch zwei Stunden.
– Ich male was.
Saad verriegelt die Wohnungstür und stellt seinen Handywecker. Im Bett liegend betrachtet er Leila, wie sie im Schein der Tischlampe auf den Stuhl klettert und ihren Malblock und das Stiftemäppchen aus dem Rucksack zieht. Dann ist er eingeschlafen.
Geweckt wird Saad nicht von seinem Wecker, sondern von Leilas Locken, mit denen sie ihn in der Nase kitzelt. Es ist hell draußen. Sein Arm schleicht sich an, umgreift ihre Hüfte und zieht sie unter Geschrei zu sich ins Bett.
– Heute ist es so weit, flüstert er in ihr Ohr. – Heute rasier ich dir die Haare ab.
– Niemals.
– Doch, schwöre. Bis auf die Kopfhaut. Dann kannst du mich nie wieder damit kitzeln.

– Das traust du dich nicht.
– Und ob.
Leila überlegt, ob er seine Drohung womöglich wahr macht. Dann sagt sie: – Ich weiß, dass du's nicht machst. Und weißt du auch, wieso ich's weiß?
– Sag.
– Weil ich dann nie wieder mit dir reden würde, nie! Und das könntest du gar nicht aushalten.
Als Saad Leilas Rucksack für die Kita packt, fällt sein Blick auf ihren Malblock: ein grinsendes Pferd mit einer Nonne als Reiterin. Bis Saad versteht, dass das viele Schwarz ein Ganzkörperanzug ist.

Der Vorteil daran, im dritten Hinterhof zu wohnen, ist, dass man auf dem Weg zur Straße mit seinem Skateboard durch drei Hofdurchfahrten rollern muss. Sobald Leila in eine der Durchfahrten eintaucht, ruft sie die neuesten Wörter, die dann von den Wänden hallen.
– Käsekuchen! Nacktschnecke! Mistkäfer!
Sie hat den Rock mit dem Kirschenmuster angezogen, der immer so fliegt, wenn sie sich im Kreis dreht. Darunter trägt sie schwarze Leggins. Außerdem die Basecap, die, wenn die Sonne auf die Blende scheint und Leila die Hände vors Gesicht hält, ihre Finger orange färbt.
Als sie aus der Ausfahrt und ins Licht fährt, flammen im Morgenlicht ihre Locken auf. Sie hält an. Einen Fuß auf dem Skateboard dreht sie Saad den Oberkörper zu. Eine Bewegung, in der für einen Augenblick ihre Mutter zum Vorschein kommt, eins zu eins. Saad steht noch im Hinterhof und sieht sie durch die Einfahrt wie eingerahmt, sie und zugleich Sa-

mara, wie übereinandergelegt. Die Haare an seinen Unterarmen richten sich auf, und für die Dauer von so etwas wie drei Atemzügen ist er zugleich von Trauer gelähmt und erfüllt von Glück. Leila stemmt eine Hand in die Hüfte. Auch in dieser Pose gleicht sie ihrer Mutter. Als seien ihrem Körper Dinge eingeschrieben, von denen sie keine Ahnung hat.
– Papa, du bist so lahm wie ne Nacktschnecke!

NIHAL Als Nihal die Haustür aufschließt, kommt ihr Frau Kasprzak mit ihrem Hund entgegen. Und sieht sie vorwurfsvoll an.
– Also Ihr Bruder ... Sie lässt den Satz im Treppenhaus hängen und wendet sich ihrem Hund zu, der auch mal eine neue Hüfte gebrauchen könnte. – Komm, Balu!
Nihal nimmt zwei Stufen auf einmal und ist noch schlechter drauf, als bevor sie losgelaufen ist. Wenn sie versucht, die Schulter zu kreisen, ist da ein Punkt, an dem es ihr jedes Mal eine Nadel durchs Gelenk schiebt. Bravo, Nihal, konntest dich wieder mal nicht raushalten. Und alles wegen diesem stummen Deppen und seiner Tochter. Einfach mal die Fresse halten, wie wär's? Steht da, als würde ihn das alles nichts angehen, während dieser Fettkloß dir die Luft rauslässt, und dann liegt der Dicke plötzlich auf dem Pflaster und rührt sich nicht, und der Typ verpisst sich.
Nihal riecht das Dope bis auf den Treppenabsatz. Als wäre ihre Nase darauf trainiert. Offenbar haben Jamie und sein Quietscheentchen noch einen durchgezogen, bevor sie endgültig in Ohnmacht gefallen sind. Sobald sie die Wohnung betritt, hat sie außerdem den Duft eines Parfums in der Nase,

das nach rosa Plastik riecht, Jamies Schweißgeruch und den von Tiefkühlpizza, die zu lange im Ofen war. Die ganze scheiß Wohnung riecht nach ihrem Bruder. *Ihre* Wohnung. In der Küche der Stummel eines Joints auf einer Untertasse, drumherum ein hübscher Aschekranz. Über den Tisch verteilt die verbrannte Pizzakruste und eine halb leere Flasche Berliner Kindl in ihrer eigenen Pfütze.

Nihal flieht ins Bad, zieht den Reißverschluss ihres Anzugs auf, lässt das Oberteil auf die Hüfte rutschen und betrachtet ihren Körper im Spiegel: die definierten Schultern, die durchtrainierten Arme, der Sixpack. Da ist nichts Überflüssiges, nichts, das sie nach unten zieht. Alles drängt nach vorne. An ihrem Hals vorbei sieht sie etwas auf der Waschmaschine liegen. Sie dreht sich um, nimmt die blutigen Taschentücher und lässt sie ins Klo fallen. Da hatte jemand Nasenbluten. Erst Kokain, dann Gras. Rauf und wieder runter. Sie fragt sich, woher Jamie das Geld für Koks hat. Die wenigen Sachen in Nihals Wohnung, die sich zu Geld machen ließen, liegen zusammen mit ihrer Dienstwaffe im Schranktresor, Bargeld und EC-Karte inklusive. Wahrscheinlich ging das Koks auf das Konto von Quietscheentchen.

Sie wendet sich wieder der Schulter zu. Zu sehen ist nichts, aber nach zwei, drei schnellen Schlägen ist klar: Das lässt sich nicht wegmassieren. Nihal nimmt ihr Handy und schreibt Betül eine WhatsApp: *Brauche Arzttermin und MRT Schulter links.* Anschließend schiebt sie vorsichtig die von Jamie aus der Führung gebrochenen Plastikelemente ihrer Duschkabine ineinander und steigt in die Wanne. Sie dreht das Wasser auf. Erst so heiß, dass ihre Haut verbrennt, dann so kalt, dass ihr der Atem stockt. Dann dasselbe nochmal.

SAAD Sobald die Kita ins Blickfeld rückt, hält Leila Ausschau nach Akonos Fahrrad. Akono ist ein Jahr älter als Leila, seine Gruppe, die Dinos, auf einer anderen Etage. Ein Umstand, den Leila als persönlichen Affront und nicht zu tolerierenden Wettbewerbsnachteil empfindet.

Akono kann Dinge, die andere nicht können, freihändig Kurven fahren zum Beispiel. Aber das ist nicht alles. Er sammelt die Schnecken aus den Büschen und lässt sie dann über sein Gesicht kriechen, wobei sie auf seiner dunklen Haut glänzende Schleimspuren hinterlassen. Das finden vor allem die Mädchen sehr aufregend, und Leila macht da keine Ausnahme. Kurz: Er ist der *hot shit* der Kita.

– Wenn Ako ein Hund wäre, dann wäre er *mein* Hund, hat Leila Saad gestanden.

Doch sein Fahrrad ist noch nicht da.

In der Garderobe sitzen zwei Kinder mit ihren Müttern, ein Junge und ein Mädchen, das Mädchen heißt Joline und wird von Leila freundlich begrüßt, den Jungen ignoriert sie. Das Symbol an ihrem Haken ist der Mond, von ihr selbst gemalt. Über den anderen Haken kleben Marienkäfer, Fuchs, Schmetterling, Katze. Leila aber wollte kein Tier, sondern etwas, das zu ihrem Namen passt. Leila heißt nämlich »Nacht« oder auch »Schönste aller Nächte«. Hat ihr Frau Gismalla erzählt, die Erzieherin in Akonos Gruppe. Und Leila hat entschieden, es zu glauben.

Sie zieht ihre Turnschuhe aus und hängt ihre Strickjacke an den Haken. Saad setzt sich nicht wie sonst neben sie auf die Bank, sondern bleibt stehen.

– Ist was, Papa?

Sie forscht in seinem Gesicht.

– Alles in Ordnung.
Er hebt sie hoch, sie schlingt ihre Arme um seinen Hals. Drücken. Dann will sie in die Gruppe.
– Bis nachher.
– Ich hol dich ab.
– Ich weiß. Du holst mich immer ab.
– Um vier bin ich da.
Sie reibt mit der Hand über die Stoppeln in Saads Nacken.
– Leg dich nochmal hin, Papa.

Ecke Osloer, gegenüber dem DRK-Klinikum, hält der 255er. Hinter dem Wartehäuschen versteckt sich Atti's Café. Drei kleine Tische drinnen, zwei noch kleinere draußen. An der Kaffeemaschine steht Kacper, im Hinterzimmer werden die Bohnen geröstet und Kacpers Mutter backt Kuchen. Bevor Saad sich nochmal hinlegt, holt er sich einen doppelten Espresso. Sein Morgenritual.
Kacper ist Künstler, aber das weiß nur, wer bei ihm Kaffee trinkt. Neulich hat er für eine Frau, die gerade aus dem Krankenhaus entlassen worden war, einen Schwan in den Milchschaum gegossen. Sah aus, als sei er direkt aus dem Paradies eingeschwebt. Die Frau hatte Tränen in den Augen. Schönheit, dachte Saad, gedeiht selbst an den hässlichsten Orten, man muss sie nur sehen.
Er weiß, dass Rituale eine Illusion sind. Sie gaukeln dir vor, dass die Dinge ihren Platz haben und du deinen Platz hast und dass sich daran nichts ändern wird. Alles Unsinn natürlich. Funktionieren tut es trotzdem. Für die Dauer eines doppelten Espressos hat Saad seinen Platz in der Welt.
Er dreht die Tasse in den Fingern. Gegenüber erstrahlt das Kli-

nikum im Morgenlicht in all seiner biblischen Tristesse. Auf der Osloer rumpeln zwei Trambahnen aneinander vorbei. Er denkt an die Frau von vorhin, den schwarzen Anzug. An das Geräusch der Schuhe, die kaum den Boden berührten. Die war voll schnell, oder? Ja, war sie. Bis sie stehen blieb. Gibt's ein Problem? Oh, Mann. Saad trinkt den letzten Schluck, dann bringt er die Tasse zurück ins Café.

NIHAL

Nihal geht den Behandlungsflur entlang, als sie von einer Frau angesprochen wird, die neben Zimmer 6 wartet.

– Fräulein!

Nihal bleibt stehen, dreht sich um. Die Frau sieht aus wie gefriergetrocknet.

– Ich sitze hier seit – zum Beweis blickt sie auf ihre Uhr – einer halben Stunde!

– Und?

– Wie lange soll ich denn *noch* warten?

– Keine Ahnung, ich arbeite hier nicht.

– Ach so?

Nihal überlässt die Frau sich selbst, geht weiter zu Behandlungszimmer 3, der VIP-Lounge der Praxis. Zimmer 3 ist für die Privatpatienten unter den Privatpatienten. Es ist hinter dem Knick am Ende des Flurs, damit, wer davor wartet, nicht den Blicken der anderen ausgesetzt ist.

Den Zimmer-3-Status verdankt Nihal zum einen der Tatsache, dass ihr Sponsorenvertrag eine Zusatzversicherung beinhaltet, zum anderen ihrer Freundin Raina, die am Empfang arbeitet. Eigentlich gibt es hinter dem Tresen keine Hierarchie,

Raina ist trotzdem irgendwie die Chefin. War schon so, als sie noch zusammen zur Schule gingen. Am Ende entschied Raina, was sie machten. Und deshalb wird Nihal im selben Zimmer behandelt wie irgendwelche Schauspielstars, nachdem sie sich am Set das Knie verdreht haben.
Nihal setzt sich auf den orangeroten Designerstuhl und wartet darauf, ins Behandlungszimmer gerufen zu werden. Mit dem Zeigefinger fährt sie die Nähte des Lederpolsters entlang. Grundsätzlich findet sie Privilegien zum Kotzen. Aber so ist das: Wenn du selber davon profitierst, beschwerst du dich nicht.
Sie zieht ihr Handy heraus, ruft den Kontakt ihres Dienstgruppenleiters auf und überlegt, was sie ihm schreiben soll. Allein der Umstand, dass sie erst überlegen muss, macht, dass Nihals Bein anfängt zu zucken. Statt ihm einfach zu schreiben, dass sie sich verletzt hat und beim Arzt sitzt. Aber so einfach ist es nicht. Bernd Schäfer ist einer, der es gut mit ihr meint, gerecht ist, der zwar voll die Midlife-Crisis schiebt, weil ihm die Haare ausgehen und er ein paar Kilo zu viel drauf hat, der aber niemand anderem die Schuld dafür gibt.
In schwachen Momenten muss Nihal sich eingestehen, dass Schäfer etwas bei ihr auslöst. Hat mit Geborgenheit zu tun, Akzeptanz, Gesehen-Werden. Die Wahrheit ist: Nihal will Schäfer nicht nur nicht enttäuschen, sie will von ihm gemocht und gelobt werden. Und diese SMS wird ihn enttäuschen. Ihr erster Impuls ist also, sich zu entschuldigen. Weil sie sich die Schulter verletzt hat, als sie versucht hat, ein kleines Mädchen zu beschützen. Kann echt nicht sein.

Hab mich an der Schulter verletzt und sitze beim Arzt.
Melde mich später. Gruß Nihal.

Doktor Ritter ist einer, der gerne in Kameras lächelt. Statt eines Kittels trägt er ein weißes Polohemd, damit seinen Patienten der flache Bauch und seine Bizepsadern nicht entgehen. Bei Raina funktioniert es, die findet ihren Chef hot. Aber bei Raina funktionieren auch tiefergelegte Autos, Sixpacks, Typen auf dem Drahtseil.
Als er Nihals Schulter inspiziert, steigt ihr der wohldosierte Geruch von Kokoshaargel in die Nase.
– Ab in die Röhre, sagt er und begleitet Nihal zum MRT.
Eine halbe Stunde später sitzen sie sich wieder gegenüber. Das MRT bestätigt, was Ritter zuvor diagnostiziert hat. Auch das gefällt ihm: Befunde, die ihn bestätigen.
– Schonung, befiehlt er. Und weil er weiß, wen er vor sich hat:
– Oberstes Gebot.
– Mein Lieblingswort, zischt Nihal.
Ritter lächelt sein Gewinnerlächeln. Hat was Gönnerhaftes, wie immer bei Gewinnern. – Welches? Schonung oder Gebot?
– Beides Kacke.
Sein Lächeln ist unzerstörbar. – Zweimal täglich 75 Milligramm Diclo, und in einer Woche sehen wir uns wieder. Und wenn sich das bis dahin nicht beruhigt hat, weil Sie das Gelenk nicht geschont haben, dann werde ich dafür sorgen, dass Ihnen nichts anderes übrig bleibt, als es zu schonen.
– Ich bin mitten in der Vorbereitung auf die Olympiaquali.
– Deshalb werden Sie die Schulter ja auch schonen. Sonst wird es nämlich nichts mit der Quali.
– Du khelager yes, knurrt Nihal. Du spinnst doch. – Laufen?, fragt sie.
– Solange Sie nicht auf den Händen laufen.
Ärzte und ihre Späßchen.
– Seilspringen?

– Besser nicht.
– Pfff ...
Nihal wendet den Kopf ab, als hätte Ritter ihr Ammoniak unter die Nase gehalten.

Um ihrer Freundin die Krankschreibung zu geben, kommt Raina hinter dem Tresen vor. Sie trägt dasselbe mintfarbene Poloshirt wie ihre Kolleginnen, nur dass es bei ihr enger anliegt als bei den anderen. Nihal weiß, dass Raina und Dr. Ritter nach Feierabend gerne mal auf der Behandlungsliege in Zimmer 3 zugange sind. Ist ihr schleierhaft. Und geht sie nichts an. Jeder, wie er will.
– Lass mal wieder was machen, sagt Raina.
Dabei wissen sie beide ganz genau, dass sie nicht mal wieder was machen werden. Genauso wenig wie beim letzten oder vorletzten Mal. Wann ist das passiert, überlegt Nihal, dass alles, was Raina und sie noch verbindet, ihre Vergangenheit ist?
– Ja, klar.

BRASCH Phillipp Brasch, zwei I, zwei L, zwei P – wir nehmen, was wir kriegen können, wie sein Vater noch heute gerne sagt –, zieht die Line vom Display seines Smartphones, wartet auf das Taubheitsgefühl im Rachen. Als er merkt, wie sich die Kopfhaut zusammenzieht und die Synapsenregler hochfahren, checkt er sein Gesicht im Rückspiegel und fingert sich die Haare in Position. Bis jetzt sind weder Müller noch sein Unterhändler eingetroffen. Was psychologisch suboptimal ist. Eigentlich sollte Brasch derjenige sein, der die anderen warten lässt. Aber scheiß auf psychologische Manipulationstechniken. So oder so wird er den beiden gleich den Arsch aufreißen.

Die Lippen geschlossen lupft Brasch probeweise den linken Mundwinkel an, bis sich auf einer Seite sein Grübchen zeigt. Ein Versprechen. Ladykiller. Einziges Problem sind die geröteten Augenränder. Die meisten von Braschs Kollegen führen es auf die viele Arbeit zurück, sein Ruf als Overperformer reicht längst über das Ministerium hinaus. Der geübte Beobachter aber erkennt: Brasch sollte dringend seinen Drogenkonsum zurückfahren.

Für die Mengen an Koks, die er sich in letzter Zeit reinzieht, ist Brasch deutlich zu alt. Weiß er selbst. Da geht ganz schön was durch. Mit 28, wenn die Party von Freitagabend bis Sonntag früh dauern soll – logisch, rein damit. Mit 38, wenn deine Wochenenden mit Telefonaten und Terminen gefüllt sind – outdated. Aber Brasch steht unter Druck. Gut, ist nichts Neues. Brasch steht schon sein ganzes Leben unter Druck, hat ihn mit der Muttermilch eingesogen. Allerdings kommt der Druck seit einiger Zeit nicht mehr nur von innen, sondern auch von außen. Der Druck ist also einer, der nicht weggeht, wenn man *nicht* kokst. Das Beste, was du in so einer Situation tun kannst, ist, die Welle zu reiten. Und da hilft Koks ungemein.

Im Seitenspiegel sieht Brasch einen schwarzen A8 auf den Parkplatz einbiegen, Müller, Zeit wird's, direkt gefolgt von einem Porsche Cayenne mit sandfarbenen Ledersitzen. Dass Müller und sein Unterhändler hier in Kolonne auftauchen, fühlt sich nicht gut an. Haben die sich vorher besprochen? Brasch entscheidet, dass ihm das egal ist. Ein letzter Blick in den Rückspiegel, dann öffnet er die Tür, steigt aus – Nieselregen weht ihm ins Gesicht – und steuert mit dynamischen Schritten Müllers A8 an. Wenn er schon als Erster beim Treffen ist, will er gleich die dazugehörige Message aussenden: Offensive.

Müller nickt Brasch zu, als er aussteigt, richtet den Bund seiner Anzugshose, als hätte er sich gerade eine Schlachteplatte reingeschaufelt. Der ganze Typ hat etwas Verschlafenes. Bernhardinergesicht. Ein Unternehmer wie aus den Achtzigern. Entsprechend beschissen ist sein Englisch. Brasch kribbelt es immer in den Fingerspitzen, wenn er Müller dabei zusehen muss, wie der über eine Antwort nachdenkt.

Als der Wüstenfuchs aus seinem Porsche steigt, spürt Brasch den Widerwillen wie eine Injektion. Mit den Arabern will er nichts zu tun haben, und gesehen werden will er mit ihnen schon gar nicht. Ein Foto, das ihn gemeinsam mit einem saudischen Diplomaten und dem CEO einer deutschen Waffenfirma zeigt, könnte ihn leicht den Job kosten. Inzwischen kann man ja auf kein Klo mehr gehen, ohne beim Pinkeln gefilmt zu werden. Aber ungewöhnliche Umstände erfordern ungewöhnliche Maßnahmen. Brasch bleibt nichts anderes übrig: Wenn die rufen, muss er antreten. Auch wenn ihm das Messer in der Hose aufgeht.

Der Wüstenfuchs ist Mitte, Ende vierzig, graue Schläfen, beschissene Haltung, Bauchansatz. So sehe ich in zehn Jahren nicht aus, denkt Brasch. Für den Rest der Welt hat der Typ vor allem Verachtung übrig. Der Hochmut dieser Jungs ist einmalig. Rahmengenähte Schuhe, unter dem Hemdsärmel blitzt die Speedmaster Professional auf, 50th Anniversary Edition. Und niemand trägt 10 000-Dollar-Anzüge mit mehr Nachlässigkeit als die Saudis.

Immer noch sagt keiner ein Wort. Geredet wird erst, nachdem

alle ihre Smartphones in Müllers Spezialkoffer deponiert haben. Doppeltes Schirmungsmaterial plus faradayscher Käfig, da geht keine elektromagnetische Welle rein und keine kommt irgendwo raus. Von den akustischen gar nicht zu reden. Im Nieselregen spazieren sie ein Stück Richtung See. Der lehmige Boden gibt schmatzende Geräusche von sich.
Mit jeder weiteren Minute, die keiner etwas sagt, fällt es Brasch schwerer, die Fassung zu bewahren. *Ihr* wollt was von *mir*, dann macht auch das Maul auf.
– Also ... Müller, als sie auf den Seeweg kommen. Er switched auf sein Sechstklässler-Englisch um. – Se Sitjuäschn is a little complicäted, yes?
– No.
Das war Brasch, dem gerade die Schädeldecke wegfliegt. Se Sitjuäschn is nämlich null complicäted. Bevor Müller den Versuch einer Vermittlung unternehmen kann, bläst Brasch ihnen die Bedingungen ihres Deals ins Gesicht:
– It's really simple. You pay me two-point five percent, I arrange the export license, you get your weapons, I get paid another two-point five percent. Not. Complicated. At all.
Der Wüstenfuchs verzieht keine Miene. Also gar keine. Von seinem Kaschmirsakko perlen die Tropfen ab. Ein lebender Eisschrank. Brasch fragt sich, ob der Typ schon einmal jemanden umgebracht hat. Den Human-Rights-Aktivisten zum Beispiel, der neulich in der Botschaft verschwunden und seitdem nicht wieder aufgetaucht ist. Und falls ja, ob er dabei einen Mundwinkel verzogen hat, oder ob es so war, als würde er ein paar Krümel vom Tisch wischen. Die eigentliche Frage ist, ob der Typ überhaupt weiß, was eine Emotion ist und woran man sie erkennt.
– We did not get our delivery.

Als wüssten sie das nicht. Trottet durch die Jungfernheide, Hände in den Taschen, und sagt, was alle. Längst. Wissen! Brasch ist kurz davor, ihn anzuschreien.
– We all know that.
Er ballt die Faust in der Tasche. Auf einem Baumstamm, der zur Hälfte im See liegt, sitzen ein paar Schildkröten und lassen sich einnieseln. Wusste Brasch nicht, dass sich in Berliner Parks Schildkröten tummeln.
Er versucht, irgendwie runterzukommen, aber allein die Fresse von Wüstenfuchs macht ihn hammeraggressiv, und das Koks ist im Moment auch echt nicht hilfreich. Die Hand in der Hosentasche, kratzt sich Brasch am Oberschenkel.
– It's not my fault. It's yours. And we all know that, too.
Der Wüstenfuchs ist maximal gelangweilt. – If we don't get our delivery, we need our advance payment back.
In. Your. Dreams.
– No. You will not get your advance payment back, because I did what you paid me for – arranged the export license. That's my part of the deal. I did that. And then *you* fucked it all up.
Müller, das Weichei, sagt nichts. Stattdessen werden seine Lippen etwas schmaler, kaum sichtbar. Wer ihn kennt, weiß, dass darin Missbilligung zum Ausdruck kommt. Er fasst die Saudis gerne mit Samthandschuhen an, rollt ihnen den Teppich aus und macht den Bückling. Schließlich gehören sie zu seinen besten Kunden. Die feilschen nicht mal um den Preis, weil das Geld bei denen aus dem Boden sprudelt. Aber eben keine Maschinen- und keine Präzisionsgewehre.
Problem ist, dass sie sich aufführen wie die Sonnengötter. Wenn man denen mit rechtsstaatlichen Prinzipien kommt, fangen die an, sich in der Nase zu bohren. Frauen unterdrücken, Oppositionelle ermorden, Meinungsfreiheit abschaf-

fen – können sie, wenn es nach Brasch geht, gerne machen. Aber doch nicht in Deutschland! Dass das in demokratisch regierten Ländern nicht so funktioniert wie bei denen zu Hause, dass es zum Beispiel politische Konsequenzen nach sich zieht, wenn man am helllichten Tag einen Menschenrechtsaktivisten verschwinden lässt, ist denen nicht klarzumachen. Die verstehen nicht einmal, wo da das Problem sein soll.

– If you played by the rule, bellt Brasch, we wouldn't have any problems at all.

Und dann käut Brasch Müller und dem Unterhändler wieder, was ebenfalls alle wissen, nämlich dass die Lieferung, über die sie hier reden, seit zwei Wochen in Rotterdam festhängt, weil alle bereits erteilten Ausfuhrgenehmigungen mit Ziel Saudi-Arabien kurzfristig widerrufen wurden. Und zwar seit ein zwölf Sekunden langes Handyvideo um die Welt geht, auf dem zu sehen ist, wie eine schwarze Mercedes-Limousine mit getönten Scheiben in der Tiefgarage der saudischen Botschaft verschwindet. Sieht nach nichts aus, das Video, nicht eine Person ist darauf zu sehen. Was allerdings echt nicht cool kommt, ist der Umstand, dass Augenzeugen gesehen haben wollen, wie Nomi Sundström, eine schwarze, schwedische Menschenrechtsaktivistin, die in Berlin für ihr Engagement im Kampf gegen die Ungleichbehandlung von Frauen in islamisch regierten Ländern geehrt werden sollte, auf dem Weg ins Büro von Amnesty International in ebendiesen Wagen gezerrt worden sein soll. Und seitdem verschwunden ist.

– Right now, sagt Brasch, I don't give a fuck if you get your delivery or not.

Das größte Problem für ihn ist nämlich, dass jemand auf die Idee kommen könnte, den Inhalt des Containers zu kontrollieren und sich zu fragen, wieso es sich bei dem, was als

Zulieferung für ein EU-Projekt deklariert ist, in Wahrheit um fertig zusammengebaute Gewehre handelt. Wo da der Zulieferungsaspekt zu sehen ist. Eine Ausfuhrgenehmigung zu erwirken ist nämlich so schon nicht ganz einfach. Denn wie jeder weiß, gilt seit 2018 ein Rüstungsexportmoratorium für Saudi-Arabien.
Natürlich hat sich die Regierung ein paar Hintertüren offen gelassen, durch die sich dieses Moratorium umgehen lässt. Im Interesse der deutschen Außenwirtschaft hat noch jeder Minister sein Rückgrat gegen einen hochelastischen Gummizug eingetauscht. Eine dieser Hintertüren ist, dass direkte Rüstungsexporte zwar verboten sind, dass aber Rüstungszulieferungen für europäische Gemeinschaftsprojekte nach wie vor genehmigungsfähig sind. Die 5000 Maschinen- und Präzisionsgewehre sind also offiziell als Zulieferung deklariert.
Sie sind stehengeblieben. Ein einsamer Jogger in Neongelb auf der anderen Seeseite, ein Stück weiter eine Dame mit Hund und einem durchsichtigen Plastikhut. Dass es die noch gibt. Vor ihnen tummeln sich ein paar Enten im Wasser, in der Hoffnung, gefüttert zu werden.
– Your delivery could have reached Jeddah one week ago. If you hadn't screwed up. And now it's me you put in danger. How you get the delivery out of the harbor is entirely your problem. And if you want to keep doing business with us in the future, I advise you to solve it. Fast.
Die ersten Enten verlieren das Interesse und wenden sich ab. Bei den drei Männern ist nichts zu holen.
Während Braschs Ausführungen hat Müller sich zweimal geräuspert. Jetzt wieder. Brasch weiß, was er ihm damit signalisieren will: dass Brasch sich im Ton vergreift. Kann er seiner Mutter erzählen.

– It's your problem now, wiederholt Brasch.
Zum ersten Mal, seit sie losgewackelt sind, lässt der Wüstenfuchs eine Regung erkennen. Er zieht ein Päckchen Zigaretten aus seinem Jackett. Die Marke hat Brasch noch nie gesehen. Er zündet sich eine an, Goldfeuerzeug, dem ist kein Klischee zu breitgewalzt, bläst den Rauch über den See.
– If we have a problem, sagt er, you have a problem.

NIHAL Die letzten vier Bahnen. Konzentration auf den Beinschlag, die Arme durchziehen, das Stechen ignorieren. Dem Körper klarmachen, was von ihm erwartet wird. Nihal spürt, wie sich an den Achseln der Swimsuit dehnt.
Schwimmen hat Ritter gestattet. Weil keine Stoßbelastung. Gestattet. Was für ein Lauch. Dazu dieses Lächeln, dass einem der Nagellack abblättert. Vielleicht bei der Wende nicht so hart am Beckenrand anschlagen, zwinker. Glaubte der ernsthaft, Nihal würde auf einen wie ihn steil gehen? Allein bei dem Gedanken ziehen sich ihre Schamlippen zusammen wie ein Reißverschluss.
– Ich schlage nicht an, ich mach Rollwende.
Das Becken ist zu voll, ständig wird Nihal ausgebremst. Beim Überholen streift sie absichtlich eine Frau, deren Badeanzug sehr viel dynamischer aussieht als ihre Schwimmbewegungen. Falls das überhaupt Schwimmbewegungen sind. Schaufelt durchs Wasser wie eine Schildkröte. Aber auf der Bahn für Sportschwimmer.
Nach der letzten Bahn schmort Nihals Stimmung auf kleiner Flamme, weshalb sie gleich noch vier Bahnen dranhängt, um runterzukommen. Sie wollte sich abreagieren, aber Wasser

hat ihr einfach zu wenig entgegenzusetzen. Wasser meint es einfach zu gut mit dir, scheißweiches Medium. Als sie sich aus dem Becken stemmt, spürt sie tatsächlich eine milde Form von Ermattung. Ein leichtes Ziehen im Rücken, außerdem ist der Latissimus müde. Wenigstens war es nicht ganz umsonst.

Ist nicht klar, woher die Information kommt – vielleicht hat ihr Blick ihn schon auf dem Weg zu den Fächern gestreift –, jedenfalls spürt Nihal, als sie den Fuß in die Badesandale schiebt, dass da etwas in ihrem Rücken ist, und als sie sich umdreht, sitzt er auf der anderen Seite am Kinderbecken, barfuß und in Straßenklamotten. Und sieht durch sie hindurch. Oder nicht? Hat er sie erkannt und tut so, als wäre nichts? Oder ist er es gar nicht?

Nihal schiebt den zweiten Fuß in die Sandale, nimmt Handtuch und Shampoo. Logisch ist er es, der Typ von neulich, mit dem kleinen Mädchen. Der, dem Nihal ihre Verletzung verdankt. Wobei, wenn sie ehrlich ist, sie sich die vor allem selbst verdankt. Immer dieser kindische Gerechtigkeitsstarrsinn. Irgendein Teil von ihr steckt immer noch in der Grundschule fest. Trotzdem eine krasse Nummer von dem Typen, sich einfach zu verpissen.

Erst jetzt, da sie das Bild wieder vor Augen hat, wie die beiden an ihr vorbeigegangen sind und das Mädchen »tschüss, du« gesagt hat, kapiert Nihal, weshalb der Typ überhaupt am Beckenrand sitzt, in Straßenklamotten, und dass er zwar in ihre Richtung, aber nicht sie anguckt, sondern die Kinder beobachtet, die gerade Beinschlag üben sollen.

– *Beide* Hände ans Brett, Niclas!

Die Lehrerin steht am Beckenrand, weiße Shorts, T-Shirt. Ihre Haare sind komplett grau, aber ihre Beine sind immer noch in beeindruckender Form. Wahrscheinlich war sie mal Kaderschwimmerin oder so. Mit ihrer Stimme könnte sie Wasser teilen.

– Leila, nicht immer aus der Reihe tanzen!

Statt sich wieder einzureihen, lässt das angerufene Mädchen das Brett aus dem Wasser flutschen und wirft die Arme in die Luft:

– Ich will noch nicht sterben!

Die anderen Kinder glucksen vergnügt, Niclas' Schwimmbrett segelt ebenfalls durch die Luft, Karambolage.

– Ihr lahmen Enten, macht mal hinne!, ruft ein Mädchen von hinten, aber da stehen Niclas und ein weiterer Junge schon im Becken und hauen sich gegenseitig ihre Bretter auf den Kopf.

– Alle her zu mir!

Die Lehrerin moduliert den Ton, folgsam wackeln die Kinder zum Beckenrand, Leila als letzte. Sie schneidet eine Grimasse und winkt dem Mann auf der Bank zu, und erst jetzt – kaum zu glauben, wie schwer Nihal manchmal von Begriff ist –, erst jetzt erkennt sie in Leila das Mädchen mit den vielen Haarspangen wieder. Ihr Vater winkt zurück, doch sein Blick ist irgendwie lost. Als wäre etwas in ihm kaputtgegangen.

Als sie auf ihre Hände blickt, stellt Nihal fest, dass ihre Daumen damit beschäftigt sind, das Dichtungsgummi ihrer Schwimmbrille zu zerpflücken. Als sie wieder aufsieht, blickt sie in die Augen des Mannes, und sein Blick sagt ihr, dass er sie sehr wohl wahrgenommen hat, und nicht erst seit eben, und erkannt hat er sie auch. Und dann – Nihal kann nicht glauben, dass sie das wirklich macht – zieht sie sich die Badekappe vom Kopf und schüttelt ihre Locken.

– Weißt du noch, wer ich bin?
Leuchtet nicht ein, warum, aber sie ist zu ihm gegangen, und jetzt steht sie vor ihm, als schulde er ihr was. Neben ihm sitzen die Mütter der anderen Kinder und unterhalten sich. Das heißt: jetzt nicht mehr. Jetzt sehen sie Nihal an. Sie stemmt eine Hand in die Hüfte, Standbein, Spielbein.
Weil er nichts sagt, sagt sie: – Ich bin die Polizistin, die dir neulich den Arsch gerettet hat.
– Ich weiß. Danke.
Leuchtet immer noch nicht ein, warum sie zu ihm gegangen ist. Sie sollte gehen.
– Wieso bist'n du einfach abgehauen?
– Sorry.
Als würde sie nicht merken, dass das keine Antwort ist. Vor Sensationsgier kriegen die Mütter Schnappatmung.
– Kanntest du die Typen?
– Nein.
– Kannten die dich?
– Ist das ein Verhör?
Schon wieder friemelt Nihal am Dichtungsgummi ihrer Brille herum. Als sie sieht, dass er es sieht, hört sie damit auf. Sie sollte gehen. Stattdessen wechselt sie ihr Standbein. Irgendwie triggert der das in ihr.
Mit dem Kinn deutet er auf eins ihrer Nike-Abzeichen: – Wie geht's der Schulter?
– Schwimmen hat der Arzt gestattet.
Er nickt, hofft anscheinend, dass es das jetzt gewesen ist.
– Ich bin übrigens Nihal, sagt Nihal.
– Saad, sagt Saad.

SAAD Leila spreizt ihre Finger. – Hast du gesehen, wie ich gesprungen bin?
Der Schwimmunterricht ist zu Ende. Für einen Moment wünscht sich Saad, was er sich immer wünscht, wenn sie so vor ihm steht, leuchtend und unbezwingbar: dass ihre Mutter sie so sehen könnte.
Sie bemerkt Nihal und ihren Langarm-Badeanzug. – Oh, hi.
– Erkennst du mich wieder?, fragt Nihal.
– Klaro! Leila wischt mit dem Arm durch die Luft. – Pchiuuu. Du kannst voll schnell rennen. Cooler Anzug.
Die beiden auf dem Pflaster liegenden Männer scheinen dagegen keinen bleibenden Eindruck hinterlassen zu haben.
– Danke.
– Hast du den immer an?
– Nur wenn ich Sport mache. Er macht mich schneller.
– Und wie macht er das?
– Gute Frage. Er ist wie ein Schutzschild. Wenn ich ihn anhabe, kann ich mich ganz auf meinen Körper konzentrieren.
Leila denkt nach. – Dann ist es gar nicht der Anzug, der dich schneller macht, sondern du selbst.
– Du bist ganz schön schlau.
– Ich weiß.
Saad wäre lieber gewesen, Nihal wäre nicht rübergekommen. Jetzt wäre ihm lieber, Leila und sie würden nicht miteinander reden. Die Mütter der anderen Kinder haben inzwischen rote Ohren. Manche ringen insgeheim mit Eifersuchtsgefühlen. Seit Wochen versuchen sie, dem schweigsamen Flüchtling mit der quirligen Tochter ein paar Informationen zu entlocken – ob es zu Leila eine Mutter gibt zum Beispiel –, dann taucht diese Polizistin am Beckenrand auf, die noch dazu wie

eine Marvel-Heldin aussieht, und redet davon, dass sie ihm neulich den Arsch gerettet hat. Und mit Leila ist sie auch sofort ganz dicke.

Saad hält Leila den Bademantel hin, der ihr langsam zu klein wird und unter den Armen zwickt. Weshalb sie ihn auf keinen Fall anziehen will.

– Der kneift voll.

Sie schüttelt ihren Lockenkopf, die Tropfen spritzen in sämtliche Richtungen. Auch in Richtung der anderen Mütter. Saad steht auf, will gehen.

– Darf ich mal anfassen?, fragt Leila.

Nihal hält ihr den Arm hin.

Das hat schon mal nicht geklappt, denkt Saad.

– Fühlt sich gut an.

– Wie eine zweite Haut.

– Ich will lieber keine zweite Haut, glaube ich. Ist das nicht eklig?

– Ich mag's.

– Wir sollten ..., setzt Saad an, kommt aber nicht weiter.

– Kannst du kraulen?, fragt Leila.

Nihal zieht eine Braue in die Höhe: – Wonach sieht's denn aus?

Das ist der Moment, in dem Leila entscheidet, sie zu mögen. Was Konsequenzen nach sich zieht. Leilas Entscheidung ist endgültig. Ob sie entscheidet, dich zu mögen, oder ob sie entscheidet, dich nicht zu mögen: Da kommst du nicht wieder raus.

– So richtig schnell?

– Schon.

– Glaub ich.

Damit ist es besiegelt. Liebe auf den ersten Blick.

– Wie heißt du?
– Nihal. Und du?
– Leila.
Sie sagt es so, dass klar ist, wie cool sie ihren Namen findet.
– Schöner Name.
– Ja, ich weiß. Aber deiner auch. Papas Name ist eher so mittel.
Sie lächelt Nihal an, und die lächelt zurück. Komplizinnen, nach zwei Minuten.
– Dein Vater redet nicht viel, kann's sein?
– Mit mir schon, manchmal. Sonst nur mit seinem iPad, wenn er Deutsch lernt. Sie artikuliert überdeutlich: – Ge-würz-gurke, Bra-ten-so-ße, Rück-steu-er-ge-sta-ttung. Kommst du mit Burger essen?
Saad kann nicht länger danebenstehen. Er drängt Leila den Bademantel auf. – Geh dich mal umziehen. Wir treffen uns vorne.
Leila blickt auf den Bademantel. – Pfff.
Nihal und Saad blicken ihr nach, bis sie den anderen Kindern in die Duschkabine gefolgt ist.
– Entschuldigung, sagt er.
Und verpisst sich zum zweiten Mal.

Als Leila und Saad aus dem Schwimmbad kommen, schiebt sie wie immer ihre Hand in seine. So gehen sie zur U-Bahn, während sich die erleuchtete Schwimmhalle im Abendlicht von ihnen entfernt wie ein Ausflugsdampfer. Saad fragt sich, wie lange Leila das wohl noch machen wird, ihre Hand in seine schieben. Bevor sie sich von ihm lösen und alleine weitergehen wird. Alles immer schon das letzte Mal, kaum dass es begonnen hat.

Die Warteschlange im Burgerladen reicht bis auf die Straße. Die Luft hängt in den Seilen vor Bratfett. Als gäbe es ab morgen nie wieder Burger. Die Brückenstraße ist die Nabelschnur zwischen Mitte und Kreuzberg, hier schlüpfen die Freitagabend-Larven, um anschließend ins Nachtleben auszuschwärmen. Leila hält zwei Holzwürfel am Schaufenster frei, während Saad für das »Special« ansteht: Cheeseburger, Fries und Softdrink für 9,90 Euro. Leila bekommt die Pommes, Saad den Burger, die Cola trinken sie im Wechsel.
Die Straße ist laut, eng und stickig und rund um die Uhr verstopft. Im Sommer atmest du ab drei Uhr nachmittags wie durch einen Strohhalm.
Während sie kauen, fängt irgendwann der Neonschriftzug über ihren Köpfen zu leuchten an. Ein bläulicher Schleier legt sich auf die Pommes.
– Papa?
– Hm?
Leila betrachtet ihren ausgestreckten Arm. Auch der schimmert bläulich.
– So ein Badeanzug – ist der teuer?
– Du meinst einen mit langen Ärmeln.
Leila stopft sich die letzte Handvoll Pommes auf einmal in den Mund. Eine ragt noch einen Moment aus dem Mundwinkel, bevor sie verschwindet.
– Hm-m.
– Weiß ich nicht. Kann ich aber rausfinden.
– Okay.
Sie nickt, als wäre es Saads Idee.

MOHAMMED Saad und Mohammed sitzen auf dem speckigen Kunstledersofa mit den aufgeplatzten Armlehnen, zwischen ihnen Leila, die Knie vor dem Bauch, irgendwo zwischen Wachen und Schlafen. Sie hat sich in die Fleecedecke mit dem psychedelischen Blumenmuster eingewickelt, von der niemand weiß, wo sie herkommt. Dasselbe gilt übrigens für das Sofa. Stand schon hier oben zwischen den zerbrochenen Waschbecken und den zu skurrilen Kunstwerken geschichteten Kabeln, bevor Saad anfing, im Parkhaus zu arbeiten. Der Wind streicht mit warmen Fingern über das Dach und raschelt durch Mohammeds Cannabisplantage.

Wie üblich ist Mohammed nach der Schicht mit dem Schlauch in der Hand die Reihe mit den Bauwannen entlanggeschlendert, hat seine Pflanzen gewässert und zieht sich jetzt von seinem eigenen Zeug einen durch. Egal, wie beschissen der Tag war, das zaubert ihm zuverlässig ein Grinsen ins Gesicht. Dann betrachtet er den Mond oder was auch immer und blickt dem ausgestoßenen Rauch nach, wie er sich in der Abendluft verflüchtigt oder unter dem Segel sammelt, je nach Wind. Ist ein echtes Segel, das er über das Sofa gespannt hat, ein Surfsegel. Fand sich ebenfalls auf dem Dach, zusammengerollt in einer von Schimmel überwucherten Hülle. Heute trägt die laue Luft den Rauch Richtung Savignyplatz.

Ohne das Sofa wäre Mohammed die Idee mit der Plantage nie gekommen. Irgendwann saß er hier, rauchte seinen Feierabendjoint, starrte die Brandwand an und dachte, dass sich ein bisschen Grünzeug davor ganz hübsch machen würde. Im hinteren Aufgang standen noch ein paar Bauwannen von der letzten Renovierung herum, also seit den Siebzigern. So fing es an.

Inzwischen verteilen sich sechzig Wannen in fünf Reihen über das Dach, achtzig Liter Volumen, fünf Euro achtzig das Stück. Die Pflanzen gedeihen prächtig, gehen Mohammed bis zur Brust. Sie bekommen jede Menge Licht und sind gleichzeitig windgeschützt. Mohammed hat ein Business daraus gemacht, sein Ott ist heiß begehrt. Sein monatliches Gehalt macht nur noch einen Bruchteil seines Verdienstes aus. Sagt er. Muss man immer ein bisschen relativieren. Viele Dinge erscheinen größer, wenn Mohammed von ihnen erzählt: sein Verdienst, sein Schwanz, die Titten der neuen Lehrerin an Cems Schule. Einmal die Woche bietet er Saad an, in sein Business einzusteigen. Saad lehnt einmal die Woche ab.

Saad weiß mehr über den Drogenhandel, als ihm lieb ist. Zum Beispiel, dass, sobald du beruflich damit zu tun hast, du auch immer mit Arschlöchern und Wichsern zu tun hast, und, ab einem bestimmten Marktanteil, mit Psychos. Typen, die eine kranke Befriedigung daraus ziehen, wenn sie deiner Freundin eine Kugel in den Hals jagen. Die gibt es. Und wenn Saad sich früher von ihnen ferngehalten hätte, wären Samara und Leila und er jetzt zwar ziemlich sicher keine glückliche Familie, aber alle noch am Leben. Im Grunde hat er immer gewusst, dass er diesen Typen nichts entgegenzusetzen hat, nur eingestanden hat er es sich zu spät.

Mohammed spürt die Vibration in seiner Hosentasche, fummelt sein Handy heraus, blickt aufs Display und schiebt es zurück in die Hose.

– Keine Ahnung, wie sie's macht, Alter.

Die Dauer, für die er den Rauch in der Lunge behält, reicht anderen, um sich zu verlieben, den anderen kennenzulernen und es dann doch lieber bleiben zu lassen.

– Die weiß genau, wenn ich einen durchziehe. Jedes Mal, wallah.

Er klemmt den Joint zwischen Zeige- und Mittelfinger und hält ihn Saad hin. Der schüttelt den Kopf.
– Nächste Woche.
Ist wörtlich gemeint. In einer Woche bekommt Saad endlich sein »Unbefristet«. Bis dahin bleibt er so sauber wie die Sneaker von Kanye West. Noch ist sein Aufenthaltstitel befristet, Erwerbstätigkeit gestattet nach 25 Absatz 2 GFK, Anspruch auf Sozialleistungen, Kindergeld, Krankenversicherung. Nächste Woche allerdings ist er seit drei Jahren in Deutschland, und weil er seine C1-Prüfung schon letztes Jahr gemacht hat, bedeutet das, er bekommt ein »Unbefristet«. Mit C1 nach drei Jahren, ohne nach fünf.
– Ist gutes Zeug, sagt Mohammed.
– Ist ja auch deins.
– So isses, Mann.
Wie um es zu überprüfen, nimmt Mohammed noch einen Zug, behält den Rauch in den Lungen.
Als er ausatmet, sagt er: – Du hast ja auch keine Frau zu Hause sitzen.
Mohammed hat es allgemein selten eilig und speziell nach Hause zu kommen eigentlich nie. Hat mit Eske zu tun, seiner Frau. Sie haben zwei Kinder, Eske und er, zwei Jungen. Und die liebt Mohammed abgöttisch. Eske aber stresst ab, wie er meint. Manchmal steht er drauf, dass sie abstresst. Meistens stresst sie einfach nur. Bis letzten Sommer ging ihr jüngerer Sohn in dieselbe Kita wie Leila, so haben Saad und Mohammed sich kennengelernt. Die paar Male, die Saad Eske getroffen hat, hatte er nicht den Eindruck, dass sie stresst, aber er ist auch nicht mit ihr verheiratet.
Manchmal, wenn Mohammed von Eske erzählt und wie sehr sie abstresst, denkt Saad an Samara und wie sehr die abstres-

sen konnte. Dann kommt es ihm vor, als müsste Mohammed total dankbar sein, weil er die Chance hatte, Eske zu heiraten und sie jetzt zwei Kinder haben und eine Familie sind. Ist er auch, Mohammed, dankbar. Stress hin oder her. Nee, is geil, Mann, Familie. Wallah. Saad vermutet, dass es mit Samara und ihm so oder so nicht gut ausgegangen wäre, nicht auf Dauer. Nicht einmal Leila hätte daran etwas geändert.

MAJA Maja sitzt auf dem Bett, Rücken gegen die Wand, starrt auf den Laptop in ihrem Schoß und versucht, den Fehler zu finden. Ist zu einer Obsession geworden über die letzten Wochen. Sie weiß, dass er da ist, aber er ist wie ein blinder Fleck: Sie sieht ihn nicht. Wie auch? Um ihn zu finden, müsste sie sich nämlich konzentrieren können. Kann sie aber nicht, wenn die ganze Zeit eine Nu-Metal-Band durch die Wohnung stampft.

Maja erkennt den Song nicht, was dafür spricht, dass er von Korn ist. Die Hälfte von Kiaras Playlist besteht aus Korn-Songs, der Rest aus Bands, die versuchen, so zu klingen wie Korn, Kiaras *absolute favorite thing*! Sie sagt es so, als müsste man sie alleine dafür lieben, dass Korn ihr *absolute favorite thing* ist.

Kiara ist übrigens Majas Mitbewohnerin, was den Sachverhalt etwas verzerrt, denn Kiara ist die Hauptmieterin, also ist Maja eher Kiaras Mitbewohnerin als umgekehrt. Wie auch immer, damit Kiaras Lieblingsband und sie niemals weiter als eine Armlänge voneinander entfernt sind, schleppt sie ihre USB-Box mit sich herum wie andere ihren Urinbeutel. Pathologisch. Apropos: Kiara studiert Psychologie im Haupt- und So-

ziologie im Nebenfach, was beides ein Witz ist, und befindet sich momentan wie jeden Freitagabend im Partymodus. Sie stammt aus Geraldton, einer australischen Kleinstadt – ein Museum mit ausgestopften Kängurus, eine Kirche, ein Golfklub, ALDI –, ist vor drei Jahren nach Berlin gekommen und dreht seither frei.
Die Frequenz, mit der Korn zwischen Kiaras und dem Badezimmer hin und her pendelt, lässt darauf hoffen, dass Majas Mitbewohnerin sich stylemäßig auf der Zielgeraden wähnt und demnächst die Wohnung verlassen wird, um ihre soziologischen Studien am lebenden, männlichen Objekt des Berliner Nachtlebens vorzunehmen.
Maja selbst ist noch nicht lange in Berlin. Sie kam letztes Jahr zum Herbstsemester aus Tübingen, um an der FU ihren Master in Politikwissenschaften zu machen. Aber dann hat sie sich bei der Zeitung um ein Praktikum beworben, und die haben ihr stattdessen gleich ein Volontariat angeboten. Da lecken sich andere die Finger nach! – Ich hab ein gutes Gefühl, meinte Jutta, die Ressortleiterin. – Du kannst das.
Und schwupps, hatte Maja einen Volontariatsvertrag unterzeichnet. Seitdem schreibt sie Beiträge für die Online-Ausgabe und lebt in einem Euphorie-Loop. Das ist so viel größer als das Studium, und so viel geiler, als Unterschriften zu sammeln und Menschen davon zu überzeugen, dass ihr Konto nicht automatisch gepfändet wird, nur weil sie sich für den Schutz von Honigbienen einsetzen. Das hier ist echt!
Neulich hat sie etwas darüber gemacht, wie die BILD ihren Einfluss beim Innenministerium nutzt, um bei der Bundeszentrale für politische Bildung unliebsame Formulierungen umschreiben zu lassen. Die Reportage erschien sogar in der Printausgabe, wurde auf Twitter x-mal retweetet und generierte im Forum beinahe hundert Kommentare.

Jutta kam extra in das Büro, in dem die Praktikantinnen und Volontärinnen untergebracht sind, etwas, das sie sonst vermeidet. Sonst bleibt sie immer in der Tür stehen, als fürchte sie, sich mit Dilettantismus zu infizieren. Diesmal nicht. Diesmal kam sie rein, schloss Maja mit leuchtenden Augen in die Arme, vor allen anderen, beglückwünschte sie, legte ihr die Hände auf die Schultern und sagte: – Das war gute Arbeit. Weiter so! Nachdem sie wieder draußen war, meinte Tabea nur: – Das war dann wohl der Ritterschlag.
Die Tür fliegt auf, Kiaras USB-Box klemmt an ihrem Gürtel wie eine Handgranate. Sie und Korn stürmen das Zimmer, und für einen Moment kann Maja ihre eigenen Gedanken nicht mehr hören. Alles an dieser Musik schreit: O Gott, ich verzweifle am Leben! Aber ich find's total geil! Seht, wie sehr ich leide, ist das nicht cool? Als hätten ein Narzisst und ein Suizidkandidat den Sex ihres Lebens. Was das über diejenige aussagt, die das den ganzen Tag am Gürtel mit sich herumträgt? Könnte man die angehende Psychologin zu befragen, vorausgesetzt, sie hätte mal eines ihrer Bücher aufgeschlagen.
Kiara hat sich für eine abgeschnittene Jeans entschieden. So kurz abgeschnitten, dass Maja denkt: Geh doch gleich in Slip. Den größten Teil ihres linken Oberschenkels nimmt ein Weißer Hai in Besitz, der sich mit aufgerissenem Maul um ihr Bein windet und seine Nase unter den Rand ihrer Shorts geschoben hat. Was er jagt, entzieht sich dem Blick, allerdings hat Maja ihre Mitbewohnerin schon nackt gesehen und weiß deshalb, dass es ein Surfer ist, der auf einer Welle in Kiaras Leiste reitet. Muss schmerzhaft gewesen sein, sich den stechen zu lassen.
– Aren't you coming?, ruft Kiara.
Maja tut so, als könne sie nichts verstehen. – Can you turn that down?

Kiara stellt an ihrem Handy die Box an ihrem Gürtel leiser. – Aren't you coming? There's a concert at Marie Antoinette's tonight.
– Isn't there a concert at Marie Antoinette's every night?
– How would *you* know? You never go out. Anyway, Lutz and his new band are playing. It's a record release!
Ein Grund mehr, nicht zu gehen.
Lutz ist ebenfalls Kiaras *absolute favorite thing*. Sänger und Gitarrist in einem. Als würde man mit zwei Männern gleichzeitig ins Bett gehen. Wer's mag. Wann immer Lutz mit einer seiner Bands irgendwo auftritt, steht Kiara in der ersten Reihe, um für jeden sichtbar ihren Baum anzupinkeln. Am liebsten ist ihr, wenn dann möglichst viele Freundinnen dabei sind, die für sie keine Konkurrenz darstellen – also solche wie Maja – und ebenfalls Lutz zu Füßen liegen und Kiara damit aufwerten.
– Stop being such a tight ass bitch!
Kiara schiebt ihr Kaugummi zwischen die Zähne, lässt eine Blase von der Größe eines Pfirsichs wachsen und wartet, statt sie platzen zu lassen, bis ihr die Luft ausgegangen ist und sie schlaff auf ihrem Kinn klebt.
– You are definitely underfucked, stellt sie fest.
– Maybe you are just oversexed.
– Hell yes I am! Kiara schiebt mit der Zunge das Kaugummi zusammen und lässt es wieder im Mund verschwinden. – And I like it! But do *you* like being underfucked?
Maja nimmt ihre Lesebrille ab. Was macht eine wie Kiara, wenn die mal mit dem Studium fertig ist? Wird die dann auf echte Patienten losgelassen?
Mit dem Bügel ihrer Brille deutet sie auf den Laptop. – This is important.

– Can't be *that* important.
– Yes, it is.
– No it ain't.
Für mich schon, denkt Maja. Aber das hat sie jetzt schon zweimal gesagt. Sie dreht die Handflächen nach oben und reckt den Kopf vor: Was?!
– This party is really gonna be something.
– I am sure.
– Record release.
– You like the band?, will Maja wissen.
– Awesome!
– Have fun then.

BRASCH War Müllers Vorschlag – ein Vier-Augen-Gespräch. Solange er noch in Berlin ist. Als hätte Brasch sonst keine Termine. Macht aber Sinn. Einerseits ist Müller mit seiner grundsätzlichen Kompromissbereitschaft *a pain in the ass*, im Gegensatz zu der Kameltreibertruppe aber versteht er immerhin, was man ihm sagt.
Sie treffen sich im Marjan Grill, einem kroatischen Restaurant in den S-Bahn-Bögen am Bellevue, in dem du entweder Fleisch mit Kartoffeln oder Kartoffeln mit Fleisch essen kannst. Dafür sind die Portionen so bemessen, dass du im Anschluss auf jeden Fall noch einen Schnaps brauchst, um es aus eigener Kraft bis in die Kardiologie zu schaffen. Kein Wunder, dass Müller sich in diesem Laden so wohl fühlt. Essen wie in den Achtzigern, gemischte Grillplatte, Bier vom Fass, Serviette im Schoß.
Müller lässt sich's schmecken. Sein Hemd spannt über dem

Bauch, das Besteck legt er nur aus der Hand, um nach dem Bierglas zu greifen. Der ist hier nicht zum ersten Mal, denkt Brasch, sieht dem Waffenfabrikanten beim Kauen zu und erfreut sich an dem Ekel, den er dabei empfindet.
– Unangenehme Sache.
Müller. Immer erst mal in zwei Worten zusammenfassen, was alle längst wissen. Se Sitjuäschn. Wo lernt man so eine Art der Gesprächsführung – auf einer Schulung für Altenheimleiter?
– Mein Auftraggeber war über den Ausgang unseres letzten Gesprächs nicht gerade erfreut.
– Kann ich mir denken, entgegnet Brasch.
– Ist nicht so, dass die keine anderen Bezugsquellen hätten.
Womit dann auch geklärt wäre, weshalb sie sich treffen: Müller will seinen Deal retten. Verständlich. War ihnen aber ebenfalls schon vorher klar. Als Nächstes kommt garantiert die Manöverkritik.
– Nach meiner Erfahrung – Müllers Messer schwebt über dem Fleischmassaker, als könne es sich nicht entscheiden – ist es selten zielführend, wenn man mit den Saudis auf Konfrontationskurs fährt. Um ehrlich zu sein – er spießt ein Stück auf –, kann ich mich nicht erinnern, dass so einem Vorgehen schon einmal Erfolg beschieden gewesen wäre. Die lassen sich nicht unter Druck setzen. So funktionieren die nicht.
So weit die Manöverkritik. Müller ist so berechenbar wie das kleine Einmaleins. Brasch steigt schon wieder das Blut zu Kopf, dabei hat er das Koks in seinem Handschuhfach noch gar nicht angerührt.
– Also – übernimmt Brasch –, damit hier mal eine Richtung reinkommt, was machen wir?
– Zunächst einmal ist da die Frage zu klären, wie die Lieferung noch an ihren Bestimmungsort gelangt.

– Im Moment gar nicht – dank Ihrer Freunde. Ich arbeite an einer Lösung, aber einfach ist das nicht, und es erfordert Diskretion.
– Dann schlage ich vor, solange diese Lösung noch nicht gefunden ist, der Forderung des Auftraggebers nachzukommen und die Provision zurückzuerstatten.
Auf dem Herweg hat Brasch den aktuellen Stand seines Offshore-Krypto-Tradingkontos gecheckt: Ethereum für umgerechnet 3,7 Millionen Dollar. Das ist erfreulich, aber noch lange nicht, wo Brasch hinwill.
– Würde ich sofort machen – die Provision zurückzahlen. Wenn ich ein Verschulden auf meiner Seite erkennen könnte. Kann ich aber nicht. Wir hatten einen Deal mit denen. Dass die Lieferung jetzt festhängt, ist nicht meine Schuld.
– Denen geht es nicht darum, wer was verschuldet hat oder nicht. Und ums Geld geht es denen auch nicht. Die wollen einfach das Gefühl haben, dass sie es sind, die die Regeln diktieren.
Müller redet mit ihm wie mit einem Zweitklässler. Steht Brasch ganz besonders drauf.
– Höchste Zeit, dass wir denen klarmachen, wer in *Wahrheit* die Regeln diktiert.
– Normalerweise der, der zahlt.
– Nicht in diesem Fall.
– Ich entnehme Ihren Worten, dass Sie nicht vorhaben, die Provision zurückzuzahlen.
Ich entnehme Ihren Worten ... Nicht zu glauben, der Typ.
– No way.
– Dann sollte die angesprochene Lösung nicht zu lange auf sich warten lassen.
– *Die* gefährden mit ihrem Vorgehen das ganze System.

– Ein Risiko, das Ihnen bekannt war.
– Wenn jemand auf die Idee kommt, die Ausfuhrgenehmigung einer genauen Prüfung zu unterziehen, dann steht meine Karriere auf dem Spiel.
– Wer würde eine solche Untersuchung veranlassen?
– Ich.
– Problem gelöst.
– Es sei denn, die setzen im Bundestag einen Untersuchungsausschuss ein, das kann nicht einmal ich verhindern. Heißt nicht, dass die was finden, aber es gibt immer ein paar Übermotivierte. In vier Monaten ist Bundestagswahl. Da entdecken einige Abgeordnete turnusmäßig ihr moralisches Gewissen.
– Dann sollte dieser Untersuchungsausschuss lieber nicht eingesetzt werden.
– Und wie mach ich das? Da kriegen auch Sie ganz schnell ein Problem.
Müller hat es geschafft. Alles verputzt. Er kreuzt das Besteck auf dem Teller.
– Wenn ich ein Problem habe – Müller stößt auf –, haben Sie eins.
– Nein, mein Lieber, es ist umgekehrt: Wenn ich ein Problem bekomme, bekommen *Sie* eins. Wenn wegen Ihrer saudischen Freunde meine Karriere abschmiert, dann schmieren Sie mit ab, dafür sorge ich.
Einen Moment zu lange blickt Müller ihn mit seinen Triefaugen über den Rand der Brille hinweg an. Gott, wie der Brasch auf den Sack geht. Schließlich faltet Müller die Serviette zusammen und legt sie neben dem Teller ab. Dann winkt er dem Kellner.
– Ich glaub, ich nehm noch einen Schnaps. Wie steht's mit Ihnen?

SAAD Es ist viertel nach elf, als der Typ mit dem schwarzen BMW in die Einfahrt schießt und so in die Eisen steigt, dass sich die Motorhaube unter die Schranke duckt. Ein weißblonder Mann steigt aus, kurz vor Albino, rot geränderte Augen. Der Typ aus dem Wirtschaftsministerium.

Saad hat das Kennzeichen gegoogelt. BD 12 – 4. BD steht für Bundesrepublik Deutschland. Solche Wagen fahren nur ranghohe Politiker. Ein Wort, das Saad bei der Gelegenheit gelernt hat: ranghoch. BD 12 bedeutet Bundesministerium für Wirtschaft und Technologie, und die 4 heißt, dass der Albino-Mann direkt dem Minister unterstellt ist, der fährt die 1.

Albino zieht die Nase hoch, fingert sich durch die Haare.

– Schlüssel liegt in der Konsole.

Saad nickt ihm durch die Scheibe seiner Pförtnerloge zu. Klar liegt er da, sonst würde der Motor nicht immer noch laufen.

Der Mann, kaum älter als Saad, teurer Anzug, noch teurere Uhr, blinzelt wie jemand, dessen Augen nicht genug Tränenflüssigkeit produzieren. Seine Pupillen sind so groß, dass von der Iris kaum etwas übrig ist. MDMA oder Koks. Oder beides. Auf jeden Fall ist er so verstrahlt, dass er gleich das Ablaufrohr hochklettert. Im Laufschritt eilt er die Rampe hinunter und verschwindet Richtung Ku'damm.

Saad wirft einen Blick in den Versorgungsraum, um sicherzugehen, dass Leila schläft, öffnet die Schranke, schließt die Pförtnerloge hinter sich ab, steigt in den BMW und fährt auf die fünfte Ebene. Dabei bemerkt er, dass in der Auffahrt schon wieder eine Neonröhre auszutauschen ist. Oben angekommen hakt er die Kette mit dem »Privat«-Schild aus, fährt darüber und stellt den Wagen neben dem Treppenaufgang auf dem Stellplatz 22 ab.

Er lehnt sich zurück, stellt die Sitzmassage auf max und lässt sich den Hintern kraulen. Tippt sich im Infotainmentsystem zum Radio durch – Billie Eilish beschwört gerade die Seelen aller 19-Jährigen – und fährt den Regler hoch, bis er die Bässe an den Waden spürt. Im Licht der LED-Scheinwerfer zeichnen sich die Abdrücke der Holzverschalung in der Betonmauer ab. Zwei aufgeschreckte Asseln verschwinden in einer Ritze.
Als Billie Eilish fertig beschworen hat und Saad die Elektronik ausschaltet, wird es sehr plötzlich sehr ruhig. Er steigt aus, verriegelt den Wagen, hakt die Kette wieder ein und nimmt den vorderen Treppenaufgang. Auch hier muss eine Leuchte gewechselt werden. Saad wechselt jede Woche Lampen aus. Im Keller stehen zwei Paletten: eine mit den Leuchtröhren für die Parkdecks, eine mit den Lampen für die Aufgänge. Eigentlich sollen die Jahre halten, tun sie aber nicht. Liegt an der Elektrik, überall Kriechströme.
Auf halbem Weg nach unten hallt eine Stimme durchs Treppenhaus: – Gibt's hier jemanden, der zuständig ist für diesen Saftladen?
Im Erdgeschoss wartet ein Mann um die 60 mit einem Puls um die 120.
– Der Scheißautomat nimmt mein Geld nicht an!
Als würde der Scheißautomat nur sein Geld nicht annehmen und hätte es einzig auf ihn abgesehen.
– Es gibt zwei. Sie müssen den anderen benutzen.
– Gar nichts muss ich! Sie lassen mich jetzt auf der Stelle hier raus!
Der Mann trägt ein rot-blaues Holzfällerhemd, darüber eine Weste mit gefühlt fünfzehn aufgenähten Taschen. Sein Bart ist ein Statement: Ich hab den schon so getragen, da war der Hipster noch gar nicht erfunden. Einer, der gerne Fische aus-

nimmt oder mit der Armbrust Wildschweine schießt. Aber einen Q8 mit Leichtmetallfelgen fahren.
– Wo haben Sie denn Ihr Ticket?
– Der Scheißautomat hat's gefressen!
Einen Atemzug lang unterdrückt Saad den Impuls, dem Mann das linke Schlüsselbein zu zertrümmern. Ist schmerzhaft, wenn die gesplitterten Teile sich in die Schulter bohren. Da ist ein Moment der Verunsicherung, als der Mann die Ausdruckslosigkeit im Gesicht seines Gegenübers bemerkt. Dann sagt Saad den Satz, für den er eingestellt wurde.
– Ich mach die Schranke auf.
1,4. Die Durchschnittsbewertung des Parkhauses auf Google. »Ratten im Treppenaufgang!« »Fahrstuhl seit Jahren defekt.« »Putz fällt von der Decke.« »Unisolierte Kabel aus Wand.« Stimmt alles, wenngleich die Ratten das Dach bevorzugen. Es ist das räudigste Parkhaus der Stadt. Wer sich beschweren will, kann die Handynummer wählen, die auf dem Zettel am Bezahlautomaten steht, und erfährt, dass die Nummer nicht vergeben ist. Danach bleibt noch die »Pförtnerloge«. Also Saad. – Ich mach die Schranke auf.
Nicht einmal in Marseille gibt es ein Parkhaus mit einer beschisseneren Bewertung. Saad hat es gegoogelt. In schwachen Momenten macht er das, verliert sich auf Street-View. La Savine. Das Meer. Die Spitzkehre des Boulevard, der hinunter in die Stadt führt. Was die Ebene 5 angeht, sind Saads Aufgaben klar umrissen: Schnauze halten, weggucken, keine Fragen stellen. Wem auch? Die Edelschlittendichte auf der 5 ist höher als am Ku'damm: Porsche Cayenne, Mercedes AMG, Jaguar F-Pace. Bei manchen sind die Nummernschilder abmontiert.
Es gibt einen Smart auf Stellplatz 7, der schon da stand, bevor

Saad anfing, hier zu arbeiten. Die Abdrücke an der Heckklappe bezeugen, dass sie regelmäßig geöffnet wird, die Türen hingegen nicht. Eine *boîte aux lettres morte*, ein toter Briefkasten. Manchmal kommen mehrere SUV in Kolonne, fahren rauf und verlassen eine Stunde später wieder das Parkhaus, ohne dass in der Zwischenzeit jemand raus- oder reingegangen wäre. Schnauze halten, weggucken, keine Fragen stellen. Manche, wie der Typ aus dem Ministerium, fahren ihren Wagen nicht selbst nach oben, sondern halten mit laufendem Motor vor der Schranke und überlassen Saad den Rest. Die Schlüssel werden in der abschließbaren Box unter der Konsole verwahrt. In der sind 22 Haken, so viele, wie es auf der fünften Ebene Stellflächen gibt. Manche Schlüssel hängen seit Monaten oder Jahren an ihren Haken.
Seinen Arbeitgeber kennt Saad weder vom Sehen noch vom Hören. Mohammed hat den Job für ihn klargemacht. Saad musste nur seinen abfotografierten Aufenthaltstitel, seine Bankverbindung und seine Adresse an einen Gmail-Account schicken, drei Tage später lag der Vertrag im Briefkasten, MonDaRi GmbH & Co. Kg, Adresse in Lichtenstein, als Unterschrift ein Klecks, der verdächtig nach Taubenscheiße aussah. Seitdem werden Saad jeden Monatsanfang 1690 Euro überwiesen. Schnauze halten, weggucken, keine Fragen stellen.

NIHAL Als Nihal die Tür aufschließt, steht eine nackte Blondine im Flur wie ein Reh im Scheinwerferkegel. Offenbar sucht sie das Bad. Es riecht nach Sex, Dope und verbranntem Toast. Mal was Neues.

– Oh, hi. Bist du Jamies Schwester?
Nihal hängt ihre Bomberjacke an den Haken. – Bin ich.
– Dann wohnst du auch hier.
Ist nicht klar, ob es eine Frage oder eine Feststellung sein soll.
– Nein. Es ist Jamie, der *auch* hier wohnt.
Wo reißt ihr Bruder nur diese Frauen auf? Gibt's die auf Tinder? Locken wie ein Engel und Beine wie ein Model. Womöglich ist sie eins. Model. Nihal fragt sich, ob sie das Quietscheentchen von neulich ist. Dann fragt sie sich, warum sie sich das fragt. Sollte ihr komplett am Arsch vorbeigehen.
Sie schiebt ihr Kinn Richtung Badezimmer: – Lass dich nicht aufhalten.
Blondie blickt an sich herab. – Uups.
– Ja, genau. Ups.
Sie trippelt ins Bad, ihr Hintern sieht aus wie gefotoshopped. Bevor sie die Tür hinter sich schließt, wirft sie Nihal ein Lächeln in den Flur. – Ich bin übrigens Pris. Wir sehen uns ja bestimmt öfter jetzt.
– Du kennst meinen Bruder noch nicht lange, oder?
Pris kichert, als hätte Nihal einen super Joke rausgehauen, dann schließt sie die Tür.
Jamie sitzt in der Küche, grinst und dreht sich eine Zigarette. Im Unterschied zu Pris hat er immerhin eine Unterhose an. Yeah.
– Echt jetzt, fragt Nihal, Pris? Sind denen die As ausgegangen?
– Kurzform von Priscilla.
Er lacht sein Jamie-Lachen, ein Synapsenkurzschluss im Kopf, der random auftritt und ihn durchzuckt wie ein Blitz. Anschließend leckt er das Paper an, dreht zu Ende und gibt sich Feuer. Der Tisch sieht aus wie eine Wüstenlandschaft. Jamie hat die Kruste des verbrannten Toasts direkt auf die Plat-

te geraspelt, zwischendrin Nutellaschlieren. Das verschmierte Messer ragt zur Hälfte aus dem Glas.

– Wie wär's mit 'nem Teller?

Er grinst. – Überbewertet.

Nihal wartet, bis er den ersten Zug genommen hat, bevor sie die Zigarette aus seinen Fingern schnappt, sie zum Waschbecken trägt, Wasser drüberlaufen lässt und sie in den Müll wirft.

– In meiner Wohnung wird nicht geraucht. Hab ich dir gesagt, als du eingezogen bist. Und seitdem garantiert noch hundert Mal.

– Dann lass' doch langsam mal.

Nihal, die gerade dabei ist, das Messer am Nutellaglas abzustreifen, hält inne. Dem sitzt der Teufel im Nacken. Hat Ata schon gesagt, als sie noch Kinder waren. Und trotzdem – oder gerade deshalb, wer weiß – konnte Jamie sich immer alles erlauben.

Nihal zieht langsam die Klinge über den Rand, macht dasselbe mit der anderen Seite. Ist schon klar, warum die Frauen so auf ihren Bruder steilgehen: Die wollen ihn heilen.

– Du musst ausziehen, Jamie.

– Wegen ein paar Krümeln auf dem Tisch? Jetzt hab dich mal nicht so.

– Ich hab mich nicht. Du hast bis Monatsende.

Jamie fängt an, sich die nächste Zigarette zu drehen. – Keine Sorge, die rauch ich erst, wenn wir gehen.

Pris kommt aus dem Bad, trippelt durch den Flur und verschwindet in Jamies Zimmer.

Nihal schraubt den Deckel aufs Glas. – Ich kann dich nicht heilen, Jamie. Und ich will den Job auch nicht. Komm alleine klar.

Jamie leckt das Paper an, zweiter Versuch. – Du bist so anders raus, Schwesterchen.
Schwesterchen. Er weiß echt, wie er zuverlässig ihren Puls nach oben treibt.
– Wenn es dir bei mir nicht gefällt, warum sitzt du dann in meiner Küche rum?
– Weil ich mir 'ne eigene Wohnung nicht leisten kann.
– Dann geh nach Hause zurück. Ata empfängt dich unter Garantie mit offenen Armen. Wie er es immer gemacht hat.
– Auf keinen. Ich zieh nicht zurück zu dem Alten.
– Dann versuch's mit Arbeiten. Apropos leisten können: Du schuldest mir drei Monatsmieten, macht 1050 Euro. Ich kann mir dich nämlich auch nicht leisten. Hast du eine Ahnung, was ich als Anwärterin verdiene? 1750 Euro im Monat. Brutto.
Jamie hat fertig gedreht, klopft die Zigarette auf den Tisch und steht auf. – Augen auf bei der Berufswahl, kann ich da nur sagen.

SAAD Es ist kurz vor zwei, als Saad die beiden Männer bemerkt, die die Knesebeck überqueren und das Parkhaus ansteuern. Purer Zufall, dass er in diesem Moment nicht in der Pförtnerloge sitzt, sondern draußen an einem Fahrradständer lehnt und eine raucht. Schwarze Trainingsanzüge, Hoodies, mechanischer Gang, eingedrehte Schultern. Und sie tragen Handschuhe. Ende April.
Einem Impuls folgend lässt Saad die Zigarette, die er sich gerade erst angezündet hat, zu Boden fallen, tritt sie aus und wird eins mit dem Bäumchen, das die Stadt im Frühjahr in das mit Erde gefüllte Rechteck vor der Ausfahrt hat pflanzen lassen.

Die Männer haben die Straße zur Hälfte überquert, als sie sich aufteilen, einer rechts, einer links. Saad versucht, beide im Auge zu behalten und sich gleichzeitig nicht zu bewegen, verfolgt, wie sie zwischen den parkenden Autos verschwinden, zwei Sekunden später auf dem Bürgersteig auftauchen und … ins Parkhaus gehen. Einer von ihnen nimmt die Einfahrt, der andere die Ausfahrt.

Derjenige, der durch die Einfahrt geht, inspiziert das Pförtnerhäuschen, drückt die Klinke. Verschlossen. Die Pförtnerloge ist so breit wie der Treppenaufgang, von der Aus- und der Einfahrt aus zugänglich und zu beiden Seiten verglast. Durch die Scheiben hindurch signalisiert er dem Mann in der Ausfahrt, dass sie sich das Treppenhaus vornehmen. Bei der Gelegenheit blitzt das Tattoo auf der Innenseite seines Handgelenks auf, und Saad weiß: Sie haben ihn.

Insgeheim, das wird ihm in diesem Moment klar, wartet er seit Jahren darauf, dass dieser Augenblick kommt. Du kannst dich tot stellen, eine andere Identität annehmen, du kannst im Wedding in den dritten Hinterhof ziehen, Nachtschichten in einem versifften Parkhaus schieben und jedes Mal, wenn jemand mit seinem Smartphone ein Foto macht, den Kopf abwenden, aber eine Garantie dafür, dass sie dich nicht trotzdem eines Tages finden, gibt es nicht.

Zur Straße hin besteht das Treppenhaus aus Glasbausteinen. Die Schemen der Männer sind inzwischen auf der ersten Ebene angelangt. Und suchen ihn. Saad denkt nicht, er fühlt, wie Leila im Versorgungsraum unter dem Baldachin liegt und schläft. Unwillkürlich ploppt das Bild auf, das sich ihm als Standbild fürs Leben eingebrannt hat: Samara, auf dem Beifahrersitz, die Augen aufgerissen, während ihr stoßweise das Blut aus dem Hals quillt. Und wie er ruft: – Halt die Hand

drauf, du musst die Hand draufpressen! Und Samara, ein Flüstern im Sturm: – Ich kann mich nicht bewegen.
Die Männer haben Ebene 2 erreicht. Saad zieht den Reißverschluss seiner Jacke hoch und läuft ins Parkhaus, lautlos, vorbei am Treppenhaus, vorbei an der Pförtnerloge und den Bezahlautomaten, hinüber zur Rückseite, wo ein weiterer Aufgang ist, unbeleuchtet. Er nimmt zwei Stufen auf einmal, spurtet hoch in die 5, Stecknadeln im Nacken und den Fingerspitzen, jedes Haar eine Antenne.
Im vorderen Treppenaufgang ist die Tür zur fünften Ebene herausgebrochen und lehnt neben dem Rahmen an der Wand. Saad läuft die Reihe parkender Autos entlang, hört die Männer heraufkommen, schleicht auf die andere Seite des Durchgangs und drückt seinen Rücken gegen die Wand. Für das, was er vorhat, muss er von links kommen. Im Geiste geht er den Bewegungsablauf durch. Die Schritte der Männer nähern sich, auf dem Absatz erscheint ein Schatten.
Saad wartet, bis der erste von ihnen im Türrahmen sichtbar wird, dann schlägt er zu. Gallenblase 14, Gallenblase 20, linkes Schienbein. Alles, was der Typ noch wahrzunehmen Gelegenheit hat, ist der Schatten zu seiner Linken. Saad trifft ihn so punktgenau und mit solcher Wucht, dass er nicht einmal mehr den Arm hochreißen oder einen Laut von sich geben kann. Mit dem Fuß das linke Schienbein, eine Handbreit über dem Knöchel, die Stirn mittig, den Nacken seitlich rechts. Setzt man die Impulse gleichzeitig, tritt eine sofortige Lähmung ein. Hokuspokus, sagen die einen. Und Saad hat es auch gesagt. Legende. Bis Tulu es ihm demonstrierte, Saad umstandslos zusammensackte, und Tulu auf ihn herabgrinste: – Du musst nicht daran glauben, damit es funktioniert.
Der Mann, der sich gerade fragt, weshalb er sich nicht mehr

bewegen kann, ist noch nicht vollständig auf dem Boden angekommen, da springt Saad bereits über ihn. Dem anderen Mann fehlen noch drei Stufen bis zum Treppenabsatz, was gut ist. Und er hat eine 9 Millimeter SIG in der Hand, was nicht gut ist. Er bringt die Pistole in Anschlag, im selben Moment greift Saad nach der Klinke der herausgebrochenen Tür und zieht sie vor sich wie einen Schild. Zwei Kugeln kann der Mann noch abfeuern, bevor Saad sich mitsamt der Tür die Stufen hinabstürzt.

Die Wucht des Aufpralls reißt den Mann von den Beinen, schleudert ihn nach hinten, Saad begräbt ihn unter der Tür, Knochen brechen. Das Türblatt unter sich holpert Saad bis auf den Treppenabsatz, wo seine Fahrt abrupt von einer Mauer beendet wird. Als er wieder auf den Beinen ist, liegt der Angreifer auf den Stufen, und allein der Winkel, in dem sich Kopf und Körper zueinander befinden, sagt Saad, dass er unmöglich noch leben kann. Genickbruch. Anders bekommst du einen Kopf nicht in diese Position.

Saad geht in die Hocke, blickt in Augen, die nichts mehr sehen. Möglich, dass er den Mann schon einmal gesehen hat – in seinem früheren Leben. Aber es ist schwer zu sagen, zumal der Kopf insgesamt verformt ist. Außerdem hat Saad einen Puls von 180 und mehr Adrenalin im Blut als ein Fuchs mit einer Hundemeute im Nacken. Er betrachtet noch das Gesicht, als dem Toten Blut aus dem Auge zu laufen beginnt. Und dem Ohr. Plötzlich kommt es Saad sehr still vor. Er hört das Sirren der Neonröhren, die S-Bahn am Savignyplatz. Dinge, die er eigentlich nicht hören kann.

Er weiß, er muss handeln. Sofort. Er hat einen Vorsprung, doch der ist möglicherweise kleiner, als er sich anfühlt. Da, von wo die beiden Männer herkommen, gibt's noch mehr.

Endlos. Und Clément wird sehr bald wissen wollen, wo die beiden abgeblieben sind.
Saad geht zurück auf die 5 und sieht nach dem anderen Mann. Es gibt ein Zeitfenster, in dem man jemanden zurückholen kann, nachdem die Lähmung eingetreten ist, aber das hat sich bereits geschlossen. Erstickt. Bei vollem Bewusstsein. Niemand will so sterben. Saad überlegt, die Leichen liegenzulassen. Sein Leben der letzten drei Jahre ist vorbei. Ab sofort läuft die Uhr gegen ihn. Doch je später die Leichen entdeckt werden, desto größer ist möglicherweise sein Vorsprung. Er lauscht ins Treppenhaus, geht zu dem Mann auf der Treppe, sichert die SIG, checkt das Magazin und steckt sie sich in den Hosenbund. Als er den Oberkörper des Mannes aufrichtet, schieben sich in dessen Schädel Knochen übereinander. Von hinten greift Saad ihm unter die Arme, schleift ihn die Stufen hoch auf die fünfte Ebene und von dort hinauf aufs Dach.
Dass das möglicherweise nicht die beste Idee ist, wird Saad klar, als er überlegt, wo er die Leiche verstecken soll. Es gibt kein Versteck. Außer ... Er legt die Leiche ab, zieht das Sofa vor und platziert den Toten an die freigeräumte Stelle. Ob beide Leichen unter dem Sofa Platz haben, ist fraglich, aber eine bessere Idee hat Saad nicht.
Er ist zurück auf der 5 und hat gerade die andere Leiche aufgerichtet, als eine Stimme ruft: – Was ist denn das für ein beschissener Servicegedanke?
Saad hört Schritte im Treppenhaus, hat eine Leiche im Arm und kann nirgendwo hin. Zehn Sekunden noch, im Bestfall fünfzehn. Der Mann sagt: – Wieso liegt denn hier eine Tür im Weg?
Eine Frauenstimme: – Da soll ich rüber? Das Ding ist total wackelig.

Der Mann hilft seiner Begleiterin über die Tür, sie erklimmen die letzten Stufen, und dann steht Saad mit einem Mal vor ihnen, und vor Schreck ruft der Typ aus dem Wirtschaftsministerium: – Ich such Sie schon überall!
Die Frau, die er hinter sich herzieht, ist eine Professionelle, gemachte Lippen, gemachte Titten – teuer gemacht –, und Schuhe, mit denen auch Saad sich nur widerwillig auf die Tür gewagt hätte.
– Tut mir leid, sagt Saad. Es gibt ein Problem mit der Elektrik.
– Eins?
Saad tritt von Braschs Wagen zurück, reicht ihm den Schlüssel, den er noch in der Tasche hat. – Ich hake die Kette aus, dann können Sie durch.

NIHAL Nihal träumt davon, zu schlafen. Die Chance dazu hätte sie. Jamie und seine Bitch sind ausgeflogen, die Nutellastriemen weggewischt, die Küche aufgeräumt. Sie hat nur deshalb nicht auch noch gestaubsaugt, weil sie nicht das ganze Haus aufwecken will. Bei Sipkes läuft der Fernseher.
Jamie konnte die Wohnung gar nicht schnell genug verlassen, nachdem Nihal ihm klargemacht hatte, wie ernst es ihr mit seinem Auszug ist. Hatte sogar einen unerwarteten Reuemoment, was bei ihrem Bruder eigentlich nicht vorgesehen ist. Nächste Woche, die Miete, versprochen. Und klar, das mit dem Rauchen in der Wohnung könne er auch bleiben lassen, sooo wichtig sei ihm das nicht. Wie wichtig, wollte Nihal wissen. So wichtig, dass du auf die Regeln scheißen musst, die in meiner Wohnung gelten?
Dann sagte er noch, dass der Alte sich gemeldet habe. Was

ja klar ist – dass er sich bei Jamie meldet. Ist schließlich sein einziger Sohn. Sich bei Nihal zu melden, käme dem Alten nicht in den Sinn. Ist ja nur die einzige Tochter.
Es kotzte sie an, aber sie konnte nicht anders: – Was wollte er denn?
– Wie meinst'n das?
Nihal war dabei, die Krümel auf dem Tisch zu einem Hügel zusammenzuschieben. – Der Grund seines Anrufs?
Jedes Mal wieder eine neue Erfahrung für Jamie: sich zu überlegen, wie es anderen gehen könnte.
– Keine Ahnung. Hat gesagt, er wär beim Arzt gewesen, irgendwas mit der Lunge.
Sofort hatte Nihal das verqualmte Wohnzimmer ihrer Kindheit vor Augen. Und in der Nase. Das Sofa mit der Sultan-Palace-Husse, die so sehr nach Rauch roch, dass es einem schon in der Nase kitzelte, wenn man nur in die Nähe kam.
– Krebs?
– Glaub nicht. Hat nichts weiter gesagt.
– Und auf die Idee gekommen, ihn zu fragen, bist du nicht?
– Chill mal. Machst du dir etwa Sorgen um den Alten?
– Findest du das etwa ungewöhnlich?
– In deinem Fall schon. Hat dich doch immer nur gesehen, wenn er was von dir wollte.
Das immerhin hatte Jamie offenbar mitbekommen. Ganz blöd war er dann doch nicht.
– Mein Vater ist er trotzdem.
Über den musste Jamie kurz nachdenken. *Mein Vater ist er trotzdem*. Segelt komplett an ihm vorbei, streift ihn kaum.
– Sicher, dass ich dir nicht doch einen drehen soll? Entspannt.
– Wann kapierst du es endlich, Jamie? Ich will mich nicht entspannen.

Jetzt sitzt Nihal am blank gewischten Tisch, starrt das rote Licht am Boiler über der Spüle an und denkt an ihren Vater, an Ata. Ist aserbaidschanisch für Papa. Und an ihren Bruder. An Axmaq. Aserbaidschanisch für Idiot. Mit dem, was Jamie und ihr Vater schon von ihrer Zeit und ihren Nerven gefressen haben, könnte man Deponien füllen.
Da ist noch ein Gedanke, der sie beschäftigt: Sie hat sich nie gefragt, weshalb sie zur Kripo gegangen ist. Irgendwann saß sie im Wartezimmer ihrer Gynäkologin und blätterte in einem Werbeblättchen. Hinterher, in der U-Bahn, stellte sie fest, dass sie die Broschüre eingesteckt hatte: *Polizei Berlin – vielfältig wie die Stadt*. Vorne drauf ein schwachsinniges Foto von acht Polizist*innen in acht unterschiedlichen Uniformen, einer mit Kettensäge und Schutzhelm, einer mit Bombenschutzanzug, einer mit Taucherflossen und Sauerstoffflasche, alle mit Daumen hoch, lächelnd, keiner mit Migrationshintergrund. Vielfalt am Arsch. In der Broschüre noch mehr schwachsinnige Fotos, ergänzt durch Erklärungstexte für Lernbehinderte. Offenbar hatte man es vor allem auf unterdurchschnittlich intelligente Bewerber abgesehen.
Trotzdem stellte sich, nachdem sie das Heftchen durchgeblättert und weggeschmissen hatte, bei Nihal ein diffuses Gefühl ein: dass die Kripo so etwas wie eine Großfamilie war, nur eben eine, die funktionierte, weil alle gemeinsam am selben Ziel arbeiteten und sich gegenseitig unterstützten. Dann dachte sie an Jamie und ihren Vater und dass sie mit unterdurchschnittlich intelligenten Kollegen eigentlich ganz gut klarkommen müsste.
Als ihr Smartphone vibriert, ist Nihal beinahe dankbar. Ihr Chef, Bernd Schäfer, um 2:27 Uhr.
– Hallo?

– Guten Morgen, Frau Kollegin. Du klingst wach, das ist gut.
Was das nun wieder heißen soll? Geht ihr mit Bernd oft so, dass er etwas sagt, und Nihal nicht richtig weiß, wie es gemeint ist.
– Du eher nicht so.
– Grippe.
– Ach ja, die gibt's ja auch noch.
Schön, dass wir drüber gesprochen haben.
Und weil Bernd weiter nichts sagt: – War's das?
– Das wirst du dir gleich wünschen, dass es das gewesen wäre. Ich bin gerade von den Kollegen vom KDD kontaktiert worden: ein Leichenfund, männlich, Kant Ecke Uhland.
Das Telefon am Ohr steht Nihal auf und geht in den Flur. – Todesursache?
– Wissen wir noch nicht.
– Und wie kommen die Kollegen dann darauf, dass es Mord war?
– Die Leiche liegt in einem Kofferraum. Offenbar gehen die Kollegen davon aus, dass der Mann sich nicht selbst hineingelegt, anschließend den Deckel zugezogen hat und dann eines natürlichen Todes gestorben ist.
– Knallhart kombiniert.
– Ich hab noch etwas für dich – damit du nicht mit zu guter Laune am Tatort eintriffst: Der Fahrer des Wagens, in dem die Leiche liegt, ist Mitglied des Bundestages.
Nihal schlüpft in ihre Schuhe. Ihre Schaltkreise stehen bereits unter Strom.
– Artikel 46, sagt sie.
– Wenn das der Artikel ist, der die Immunität von Bundestagsabgeordneten regelt – ja.
– Bin unterwegs.

– Dachte ich mir.
Der Bernd und seine Bemerkungen.
Nihal fällt noch etwas ein. – Sag mal, darf ich das überhaupt? Bin doch noch krankgeschrieben.
– Seit Null Uhr nicht mehr.

SAAD Saad blickt dem BMW nach, der aus dem Parkhaus schießt, als würden sie eine Filmszene drehen, und mit quietschenden Reifen Richtung Savignyplatz davonrauscht. Er öffnet die Ausfahrtschranke und stellt sie fest, lässt die Pförtnerloge so aussehen, als sei er nur mal eben zum Pinkeln raus. Anschließend geht er zu Leila in den Versorgungsraum, packt ihre Sachen in den Rucksack, wickelt sie in ihre Decke ein und hebt sie aus dem Bett.
Als er sich zu ihr hinunterbeugt, spürt er die SIG Sauer, die in seinem Hosenbund klemmt und von der tatsächlich etwas Beruhigendes ausgeht. Dafür ist eine 9 Millimeter nützlich – dir das Gefühl von Sicherheit zu geben. Ist nur ein Placebo, aber die verschreibt der Arzt ja auch nicht ohne Grund.
– Ist was, Papa?, murmelt Leila.
– Alles in Ordnung, schlaf weiter.
Leila auf dem linken Arm geht er die Knesebeck hinunter. Den rechten will er frei haben, falls er nach der SIG greifen muss. Leila hebt den Kopf an, sieht ihm in die Augen. Nein, da ist nicht alles in Ordnung. Aber wenn Saad das sagt, obwohl er weiß, dass es nicht stimmt, dann hat er einen Grund. Es ist eine Verabredung: Saad tut so, als wäre alles in Ordnung, und Leila tut so, als würde sie ihm glauben. Auch wenn beide wissen, dass der andere nur so tut als ob.

Sie legt den Kopf wieder auf seine Schulter: – Okay.

Bevor sie den Ku'damm erreichen, biegt ein Taxi in die Knesebeck ein, Schild erleuchtet. Saad winkt es heran, steigt mit Leila im Arm auf die Rückbank, denkt nach. Wissen die, wo er wohnt? Unwahrscheinlich. Sonst hätten sie nicht versucht, ihn im Parkhaus zu erwischen. Saad muss Leila und sich selbst aus der Stadt schaffen, sofort. Aber vorher muss er noch ein paar Sachen holen.

– Drontheimer Straße.

Der Taxifahrer blickt in den Rückspiegel, denkt sich seinen Teil. Sie tauchen unter der S-Bahn durch, biegen am Savignyplatz in die Kantstraße ab. Ecke Uhland herrscht Blaulichtgewitter. Ein BMW ist einem Streifenwagen draufgefahren und hat ihn halb über die Kreuzung geschleudert, bunte Scherben glitzern auf dem Asphalt, das Heck des Streifenwagens ist eingedrückt. Eine Polizistin winkt sie auf der Fahrradspur vorbei.

Als Saad, Leila auf dem Schoß, sieht, wie der Typ aus dem Wirtschaftsministerium neben seinem BMW steht und auf einen Beamten einredet, glaubt er für einen Moment an eine Sinnestäuschung. Das sehe ich nicht, denkt er. Dann bemerkt er die Prostituierte, die am Kotflügel des BMW lehnt, als warte sie auf einen Freier, und weiß, es ist keine Täuschung.

Als sie in der Drontheimer ankommen, scannt Saad die Straße, bevor er aussteigt.

– Können Sie warten? Wir sind in drei Minuten wieder unten.

– Wo soll's denn hingehen?

– Omnibusbahnhof. Das Taxameter können Sie laufenlassen.

Der Taxifahrer dreht sich um: – Ich hoffe mal, das ist keine Kindesentführung.

– Nein, erwidert Saad. Das ist meine Tochter. Und die Mutter lebt nicht mehr.

Der Fahrer denkt sich schon wieder seinen Teil. Als er damit fertig ist, schaltet er das Taxameter aus.
– Passt schon. Ich warte.
Sobald Saad die Hofeinfahrt betritt und der Taxifahrer ihn nicht mehr sehen kann, zieht er die SIG aus dem Bund und hält sie so, dass Leila sie nicht bemerkt.
– Ich kann laufen, Papa.
– Ich trag dich.
Erst vor der Wohnungstür setzt er sie ab, sagt ihr, dass sie sich in die Ecke stellen soll, weg von der Tür. Er horcht ins Treppenhaus, checkt die Tür. Keine Spuren. Wenn jemand in der Wohnung auf sie wartet, muss er einen Schlüssel haben. Er schließt auf, horcht in die Wohnung. Dann streckt er seinen Arm nach Leila aus, und sie schiebt ihre Hand in seine.

Es dauert tatsächlich nur drei Minuten. 1400 Euro in bar, die er unter der Türschwelle versteckt hat, ihre Dokumente, Unterhosen, T-Shirts, die dünne Wolldecke, Waschzeug, Buggy, Skateboard. Licht aus, abschließen.
Bevor sie aus dem letzten Durchgang und auf die Straße treten, checkt Saad den Bürgersteig, steckt die SIG zurück in den Hosenbund. Der Taxifahrer öffnet den Kofferraum, um den Buggy zu verstauen. Eine Viertelstunde später setzt er sie am ZOB ab.
– Alles Gute.
Saad nickt.
Der nächste FlixBus fährt nach Hamburg, Abfahrt 2:50 Uhr, 11,99 Euro. Weniger als das Taxi zum Bahnhof. Hamburg, Tor zur Welt. Mehr weiß Saad nicht über die Stadt. Er zahlt in bar und geht mit Leila durch die Sitzreihen bis ganz nach hinten,

will niemanden im Rücken haben. Unter ihren Sitzen gurgelt warm der Dieselmotor. Außer ihnen steigen noch ungefähr zwanzig weitere Personen in den Bus, darunter zwei Teenager in Hertha-Trikots. Leila aber ist das einzige Kind. Von Saad und seiner Tochter nimmt dennoch kaum jemand Notiz.
Bei den meisten hat man den Eindruck, sie würden das jede Woche machen, Freitagnacht in den Bus nach Hamburg steigen und durch die Nacht fahren, auf muffigen Polstern, die Schläfen gegen speckige Kopfteile gelehnt, erschöpft vom Leben. Manche nicken einander zu, kennen sich von früheren Fahrten. Wenn geredet wird, dann im Flüsterton.
Als der Bus vom Parkplatz rollt, spiegeln sich nächtliche Berlinimpressionen in den Scheiben wie im Vorspann einer Telenovela: der hinter dem Messegelände aufragende Funkturm, das seit Jahren sich selbst überlassene ICC, die kilometerlange Schneise, die den Blick bis zur Siegessäule freigibt.
Sobald sie auf der Autobahn und auf dem Weg aus der Stadt sind, zieht Saad Leila die Schuhe aus und stopft die Ritze zwischen den Sitzen so aus, dass sie sich quer über zwei Plätze legen kann.
– Wohin fahren wir?
– Nach Hamburg.
– Und warum?
– Ist schön in Hamburg.
Tor zur Welt.
Zehn Minuten später sind Leilas Augen noch immer nicht geschlossen.
– Ich bin hier, sagt Saad.
– Ich weiß.

NIHAL Als sie von der Leibniz kommend auf die Kantstraße abbiegt, sieht Nihal die Blaulichter bereits in der Ferne über die Kreuzung flackern. Sie will zwei Gänge hochschalten, die Kette rasselt und knackt, und etwas verhakt sich. Sie schaltet zurück in den vorherigen Gang, mit dem Unterschied, dass jetzt an ihrem Hinterrad hörbar Kräfte gegeneinander wirken und sie das Gefühl hat, die Hälfte ihrer Energie wird von ihrem Scheißfahrrad geschluckt.

Sie versucht, sich Artikel 46 GG ins Gedächtnis zu rufen: Ein Abgeordneter darf nur mit Genehmigung des Bundestages zur Verantwortung gezogen werden. Es sei denn ... Tja, wenn Nihal das wüsste. Die Straße ist von feuchtem Glanz überzogen. Der Berliner April ist eine Bitch. Tagsüber räkelt sie sich bauchfrei in Cafés herum, nachts steckt sie noch mit einem Bein in Russland fest.

Nihal schließt ihr Fahrrad an, spürt die Kälte an den Wangen, steckt die Hände in die Taschen ihrer Bomberjacke. So, wie die geschwungene Fassade des »Stilwerk« die Blaulichter reflektiert, sieht es aus wie ein organischer Prozess, Zellteilung. Wie üblich, wenn Nihal auf ein Absperrband zugeht, kommt ein Kollege und will ihr erklären, warum Absperrbänder Absperrbänder heißen. In diesem Fall ist der Kollege mittleren Alters, wohlmeinend, mit grau meliertem Schnauzer und einem Bürzel unter der Unterlippe, zu dem Nihal das Wort obszön einfällt.

Sie streckt ihm den Dienstausweis entgegen: – Khigarian, Mordkommission.

– Konnte ich ja nicht wissen.

– Nein. Konnten Sie nicht.

Sie taucht unter dem Absperrband durch und betrachtet die

Szene. Der Streifenwagen, ein Corsa, wurde beim Aufprall in den Kreuzungsbereich geschleudert. Was von ihm übrig ist, steht quer auf der Fahrbahn. Das Heck sieht aus wie die Schnauze einer englischen Bulldogge, die Scheibe ist geborsten. Aus eigener Kraft bewegt der sich nicht mehr. Der Schaden am BMW sieht weniger endgültig aus, aber ernsthaft reparieren will den auch keiner mehr. Der Fahrer- und Beifahrerairbag hängen in den Fußraum wie benutzte Riesenpräser.

Vor dem Laden, der alles hat, was teuer ist und das keiner braucht, steht ein Vito der Polizei. Die Seitentür schiebt sich auf, und eine Frau mit Pistolenholster kommt herüber. Müde Augen hinter dicken Brillengläsern. Nihal meint, ihr schon einmal begegnet zu sein, muss aber nicht stimmen. Wer beim KDD Nachtschichten schiebt, läuft meist mit müden Augen herum.

– Frau Khigarian?

Offenbar hat Bernd sie angekündigt.

– Bin ich.

Die Kollegin stellt sich als »die Ulrike« vor und stemmt eine Hand in die Hüfte. – Rauchen Sie?

Nihal schüttelt den Kopf.

– Ein Glück. Ulrike blickt zum Vito hinüber, in dem ein Kollege, den Nihal ebenfalls zu kennen meint, einem Mann und einer Frau gegenübersitzt. – Ich hab aufgehört, aber wenn du mir jetzt eine anbieten würdest, ich wär nicht abgeneigt.

Der Mann auf der Rückbank fuchtelt mit den Armen herum, ist jung und so blond, dass es in den Augen wehtut. Seine Begleiterin blickt gelangweilt zu Nihal herüber.

– Ist das der Fahrer?

– Das ist vielleicht ein Spezi, sag ich dir. Brettert völlig zugedröhnt einer Streife rein, hat eine Leiche im Kofferraum und führt sich auf wie der Sonnengott.

– Und die Frau?

– Aus dem horizontalen Gewerbe. Saß auf dem Beifahrersitz. Den Abend hat die sich auch anders vorgestellt. Komm, ich zeig dir erst mal den blinden Passagier.

Die Leiche im Kofferraum des BMW ist männlich, nicht älter als dreißig und durchtrainiert, hat einen Bart und trägt schwarze Handschuhe.

– Habt ihr auch ein paar Handschuhe für mich?, fragt Nihal.

Während Ulrike mit schmatzenden Sohlen zum Vito schlurft, zieht Nihal ihr Smartphone aus der Jacke und schaltet die Taschenlampe ein. Blut ist auf den ersten Blick keins zu erkennen. Eine Verletzung ebenfalls nicht. Sie tritt einen Schritt zurück. Der Körper des Toten ist unnatürlich verdreht, ein Arm hinter dem Rücken eingeklemmt, eins der Beine seitlich abgespreizt, der Kopf in den Nacken gedreht wie bei einer Yogaübung. Der sterbende Hund. Entweder jemand hatte es eilig, als er ihn in den Kofferraum gehievt hat, oder der Tote ist beim Aufprall ordentlich durchgeschüttelt worden. Oder beides.

Ein Paar blaue Einweghandschuhe schweben in Nihals Blickfeld. Ulrikes Kollege steht neben ihr. Nihal hatte tatsächlich schon mit ihm zu tun. Mirko.

– Wir kennen uns doch. Du bist Nihal, stimmt's?

Mirko lächelt, als hätten sie ein Spiel gespielt und er hätte gewonnen.

Er hatte sie mal während einer Fortbildung an der Polizeiakademie angebaggert, Thema: Verwaltungsrecht. Wollte, dass sie ein Bier mit ihm trinken geht. Und gleich wird er es wieder tun, jede Wette. Mirko gehört nicht zu denen, die sich durch ein »Nein« entmutigen lassen, im Gegenteil. Das weckt nur seinen Jagdinstinkt.

Als Nihal beim letzten Mal »Nein« sagte, erwiderte Mirko:

– Warum nicht?

– Weil einer wie du nicht fragt, ob ich ein Bier mit ihm trinken gehe, ohne darauf zu hoffen, dass er mich später ins Bett kriegt.

– Dann gehen wir eben ins Kino.

– Nein.

– Und warum nicht?

– Selber Grund.

Mirko lächelte. Als sei ihm etwas Superschlaues eingefallen.

– Wir können das Kino auch überspringen.

Nihal streift die Handschuhe über.

– Weißt *du* noch, wie *ich* heiße?, fragt Mirko.

– Vergessen, sorry.

Sie beugt sich über den Kofferraum und kann fühlen, wie Mirkos Blick sich dabei in ihren Arsch verbeißt.

– Glaub ich dir nicht.

Glaub, was du willst, denkt Nihal und studiert das Gesicht des Toten. Eine alte Narbe auf der Stirn von einer aufgeplatzten Augenbraue, eine Prügelei vermutlich, oder er ist als Kind mit dem Fahrrad an einem Laternenpfahl hängengeblieben. Jamie hat so eine Narbe. Bei ihm war es kein Laternenpfahl. Was hat dich hierhin gebracht? Was für ein Leben hast du gelebt, wenn du mit dreißig tot im Kofferraum endest?

– Gehen wir hiernach ein Bier trinken?

– Die Antwort kannst du dir selber geben.

Sie will den Kopf des Toten auf Anzeichen äußerer Gewalteinwirkung absuchen, zieht aber reflexhaft ihre Hand zurück.

– Der ist ja noch warm!

– Tot ist er trotzdem.
Mirko ist offensichtlich eine Intelligenzbestie. Nihal sollte ihm Rainas Nummer geben, die hätte sicher nichts dagegen, sich von ihm abschleppen zu lassen. Sie befühlt den Hals des Toten. Normale Körpertemperatur.
– Ja, sagt sie, aber höchstens eine Stunde.
– Also ist er innerhalb der letzten Stunde erst in den Kofferraum gelegt worden.
– Oder er war noch am Leben, als er reingelegt wurde. Sie sieht zum Vito hinüber. – Hast du die Personalien von dem Typen?
– Phillipp Brasch, zwei I, zwei L, zwei P. Staatssekretär im Wirtschaftsministerium.
– Und die Frau?
– Vanessa Sobotka. Zweiundzwanzig.
Nihal blickt in den Kofferraum. Könnte ihr Bruder sein, in fünf bis zehn Jahren. Wenn ihn nicht noch jemand einfängt.

BRASCH Braschs Augen brennen, als hätte er sich Rasierwasser reingerieben, in der Nase sieht es noch schlimmer aus, sein ganzes Scheißgesicht steht in Flammen. Als wäre seine Haut eine Rinde und darunter kröchen Borkenkäfer und Asseln und wer weiß was für Ungeziefer herum. Kommt davon, wenn man sich fremdes Zeug durch die Nase zieht, Anfängerfehler. Er sieht sein linkes Bein zittern, hat aber kaum Gefühl darin. Wahrscheinlich war das Koks mit Levamisol gestreckt, und nicht zu knapp.
Er versucht, mehr als einen Gedanken in eine Richtung zu denken, aber sein Gehirn ist außer Kontrolle geraten, genau wie sein Bein. Was macht er hier? Wie kommt eine fucking

Leiche in seinen Kofferraum? Liegt da wirklich eine Leiche drin? Eigentlich sollte er jetzt in seiner Wohnung sein und Natalia ficken. Alleine bei dem Gedanken daran wird er hart. Wieso halten die ihn hier fest? Handschellen? Ist da echt eine Leiche in seinem Kofferraum?

Eine Frau sitzt vor ihm und glotzt ihn an. Eben saß da noch ein Typ. Oder nicht? Da saß doch eben noch ein Typ. Und was sollen die Handschellen? Braschs Blick zuckt durch den Wagen, Natalia sitzt neben ihm, Handtasche auf dem Schoß, Blick zur Seite raus. Die kann sich auf was gefasst machen, sobald sie hier fertig sind. So ist die noch nie gefickt worden.

Als Brasch nach vorne sieht, sitzt da immer noch die Frau und glotzt ihn an. Auch geil, fickbar, auf jeden Fall.

Er brüllt: – Wollen Sie mich hypnotisieren, oder was?

Die Frau hält Brasch eine rote Scheckkarte hin, die er unmöglich scharf stellen kann. – Khigarian, Mordkommission.

Er zeigt seine Handschellen vor, beinahe rammt er ihr dabei die Hände ins Gesicht. – Schön, dann nehmen Sie mir mal diese Dinger hier ab.

– Ich würde gerne mit Ihnen über die Leiche in Ihrem Kofferraum sprechen.

– Sie nehmen mir jetzt sofort die Handschellen ab. Ich bin Staatssekretär im Wirtschaftsministerium.

Brasch sieht, wie sehr sich die Frau zusammenreißen muss, ihm nicht eine zu ballern. Und findet's geil. Er ist der mit den Privilegien. Und der mit der Macht. Unantastbar. Und das ist das geilste Gefühl überhaupt. Ich fick euch beide, kein Ding.

– Im Kofferraum Ihres Wagens liegt eine Leiche, sagt die Frau.

– Möchten Sie mir dazu etwas sagen?

Die Leiche gibt es also wirklich. Brasch blinzelt, zieht die Na-

se hoch. Das Brennen in den Augen ist echt die Pest. Er verschränkt die Hände, legt die Zeigefinger und die Daumen aneinander und zielt damit auf die Stelle zwischen ihren Titten.
– Abnehmen.
– Arschlecken.
Hat sie das ernsthaft gerade gesagt? Hat sie echt gerade »arschlecken« zu ihm gesagt?
– Sie hätten mich den Kofferraum überhaupt nicht öffnen lassen dürfen!, brüllt Brasch.
– Dann wussten Sie also, was wir darin finden würden.
– Einen Scheiß wusste ich! Sie hätten mich den gar nicht öffnen lassen dürfen.
– Was soll ich sagen: Sie haben ihn geöffnet, und was drin liegt, ist eine Leiche.
Brasch drückt es die Augen aus dem Schädel. – Jetzt pass mal gut auf ...
Er beugt sich so weit vor, dass seine Zeigefinger die Kriminaltussi da berühren, wo sie schon die ganze Zeit hinzielen. Zwischen den Titten.
– Finger weg.
Brasch lässt die Finger, wo sie sind. Entfernt nimmt er wahr, wie Natalia sich von ihm abwendet.
– Du kannst mir gar nichts, sagt er. Und weil es ihn tatsächlich aufgeilt, der Kommissarin dabei zuzusehen, wie sie ihre Ohnmacht verflucht, schiebt er hinterher: – Schlampe.
Es geht so schnell, dass Brasch erst begreift, was gerade passiert ist, als sich der Schmerz dumpf und langsam in sein Gehirn vorarbeitet.
Natalia schreit auf und rückt von ihm ab.
Mit den Zeigefingern, die sich eben noch in die Brust der Kommissarin gebohrt haben, befühlt Brasch seine Nase und

stellt fest, dass sein Nasenrücken verrutscht ist. Blut läuft ihm über den Mund und rinnt von seinem Kinn.
Die Kommissarin hält ihm ein schmutziges Tuch hin: – Hier. Sonst versauen Sie uns noch den Boden.
Brasch sieht Blut von seinen Handschellen tropfen. Er nimmt den Lappen und presst ihn gegen die Nase.
– Das kostet dich deinen Job, muffelt er in das Tuch.
Die beiden Frauen wechseln einen Blick, dann lässt die Kommissarin die Seitentür aufgleiten. Ihr Kollege hat in Türsteherpose neben dem Vito Stellung bezogen, Rücken zum Wagen.
– Mirko?
Er dreht sich um.
– Kannst du kurz übernehmen?
Mirko blickt in den Wagen, sieht das Blut, Braschs fassungslosen Blick, das Tuch unter der Nase.
– Klar.
Sie wechseln die Plätze, Mann rein, Frau raus. Als die Kommissarin sich an ihrem Kollegen vorbeidrückt, raunt der ihr zu: – Wusst ich's doch – dass du meinen Namen nicht vergessen hast.
– Hey, ruft Brasch, haben Sie das gesehen? Haben Sie gesehen, was Ihre Kollegin gemacht hat? Die hat mir die Nase gebrochen. Ist die irre?
Mirko schiebt sein breites Kreuz zwischen Brasch und die Tür.
– Also ich hab hier nur gesehen, wie Sie versucht haben, mit den Handschellen aus dem Wagen zu steigen und dabei an der B-Säule hängen geblieben sind.
– Sie haben ... Brasch dreht sich zu Natalia, inzwischen ist der Lappen einigermaßen durchgeblutet. – Du bist meine Zeugin!
– Ich hab nichts gesehen, sagt Natalia.

Währenddessen steht die Kommissarin draußen, massiert sich die Schulter und tippt auf ihrem Smartphone herum. Plötzlich dreht sie sich um, streckt einen Arm zur Tür herein und präsentiert Brasch ihr Display.

– Artikel 46!

Brasch drückt sich in die Lehne. Die Alte ist komplett durchgeknallt.

Sie dreht sich das Smartphone zurecht und liest vom Display ab: – Absatz zwei: Wegen einer mit Strafe bedrohten Handlung darf ein Abgeordneter nur mit Genehmigung des Bundestages zur Verantwortung gezogen oder verhaftet werden. Sie wirft Brasch einen Blick zu. – Es sei denn, dass er bei Begehung der Tat oder im Laufe des folgenden Tages festgenommen wird. Sie wendet sich an Mirko: – Herr Brasch möchte dringend in eine Ausnüchterungszelle. Aber vorher möchte er noch seine Fingerabdrücke abgeben.

Und Mirko antwortet: – Alles klar.

NIHAL Mirko drückt den Kopf des Staatssekretärs in den Streifenwagen, als wollte er eine Zitrone auspressen. Dabei wirft er Nihal über das Dach hinweg einen Blick zu. Er will sie beeindrucken. Seine Mundwinkel verziehen sich zu etwas, das Nihal mit »Jetzt bist du mir ein Bier schuldig« übersetzt. Und was das übersetzt heißt, wissen sie beide. Dann geht es ab Richtung Zoo, mit Blaulicht und überhöhter Geschwindigkeit. Als wäre noch irgendwas zu verhindern. Anschließend ist es für einen Moment sehr still. Wie ein Loch in der Zeit. Wären da nicht die Blaulichter, die noch immer über die Fassaden lecken, könnte man glauben, es sei ein Standbild.

Die Frau, von der Nihal weiß, dass sie Vanessa Sobotka heißt und zweiundzwanzig ist, sitzt ihr gegenüber und riecht nach zu viel Parfum. Geht auch bei teurem Parfum. Zu viel ist zu viel. Nagellack, Lippenstift und so fett Mascara, dass es aussieht, als hätte sie sich Fächer auf die Lider geklebt. Dabei ist sie drei Jahre jünger als Nihal und würde auch ohne Make-up aussehen wie gefotoshopped. Durch die geöffnete Schiebetür zieht kalte Luft herein. Regen hat eingesetzt. Drei Häuser weiter treten zwei Männer auf die Straße. Sie kommen aus dem Schwarzen Café, geöffnet 24/7. Berliner Institution seit sehr viel länger, als Nihal auf der Welt ist.
Etwas sagt ihr, dass sie bei Vanessa weiter kommt als bei Brasch. Good cop, entscheidet sie. Sei verständnisvoll.
– Möchten Sie einen Kaffee oder so?
Vanessa hat deutlich an Hochmut eingebüßt, seit sie gesehen hat, wie Nihal ihrem Kunden die Nase gebrochen hat.
Nihal deutet zum Schwarzen Café hinüber. – Ich hol mir einen. Wenn Sie wollen, bring ich Ihnen einen mit.
Vanessa verzieht einen Mundwinkel. – Okay.
– Cappuccino?
– Wenn die Hafermilch haben.
– Zucker?
– Nein, danke.
Nihal läuft rüber ins Café, das um diese Zeit eine Art Sammelbecken für Nachtgestalten aller Art ist. Manche sitzen hier seit den Siebzigern. Sie lässt sich zwei Cappuccini geben, geht zurück, steigt in den Vito, stellt die Becher auf den Klapptisch und schließt die Tür. Privacy. Wir sind unter uns, haben Sie Vertrauen.
– Tut mir leid, dass ich Sie so lange festhalte. Ich versuche, es kurz zu machen.

Statt zu antworten, nippt Vanessa an ihrem Cappuccino. Danach klebt etwas von ihrem Lippenstift am Deckel. Mein Gott, kann die gelangweilt aussehen. Mit zweiundzwanzig. Kann sich Nihal gar nicht vorstellen, wie man mit zweiundzwanzig schon vom Leben gelangweilt sein kann. Mitgefühl, los, Nihal, du kannst das.
– Sie arbeiten für einen Escort-Service, richtig?
– Gelegentlich.
– Lässt sich das nachprüfen?
– Wenn Sie wollen. Nipp nipp. – Top Shelf. Die Agentur. Ich werde da unter Natalia geführt – falls Sie mich buchen wollen.
– Und sonst so?
Vanessa blickt sie an.
– Sie sagten *gelegentlich*, erklärt Nihal. – Da habe ich mich gefragt, ob Sie sonst noch was machen.
– Studieren. Sinologie und Kunstgeschichte. Sie trinkt noch einen Schluck. – Haben Sie nicht gesagt, Sie wollten es kurz machen?
Nihal nippt ebenfalls. Inzwischen prickelt der Regen hörbar auf das Busdach.
– Kennen Sie Herrn Brasch schon länger?
– Halbes Jahr ungefähr. Bucht mich normalerweise Dienstag oder Mittwoch, je nachdem.
– Je nach was?
– Wie lange er arbeiten muss. Sitzungen, Meetings, was weiß ich. Ich geh dann zu ihm in die Wohnung. Er hat ein Appartement im Regierungsviertel.
– Und an den Wochenenden?
– Ich bin nicht seine Sekretärin.
– Wie kommt's, dass Sie sich heute getroffen haben? Es ist nicht Dienstag und auch nicht Mittwoch.

– Hab ich mich auch gefragt. Am Telefon hat er was von feiern gesagt. Er wolle mit mir feiern, keine Ahnung. Ich hab gesagt, ich hätte keine Zeit.
Sie verdreht nicht direkt die Augen, aber so in die Richtung geht es. Typen, die dich fürs Vögeln bezahlen und dann glauben, sie seien mit dir befreundet ...
– Aber?
– Aber er meinte, er legt nochmal tausend drauf, wenn ich mit ihm was trinken gehe und dann die Nacht über bei ihm bleibe.
– Da hatten Sie dann doch Zeit.
– Obviously.
Sie überlegt kurz, sagt aber nichts, sondern nippt nur wieder an ihrem Becher.
– Kommen Sie schon, sagt Nihal.
– Er wollte mich in der Fox Bar treffen, hat mich dann ewig warten lassen. Ich dachte schon, er hat's vergessen, aber dann kam er doch noch. War wie aufgeblasen. Hat mich umarmt wie eine alte Freundin. Ist dann sofort mit mir aufs Klo, um eine Line zu ziehen. Dabei war er schon total drauf, hat nicht mal gemerkt, wie ich sein leeres gegen mein volles Glas getauscht hab. Er wollte dann ziemlich schnell zu sich nach Hause, bestand darauf, seinen Wagen aus dem Parkhaus zu holen – ich wollte, dass er ein Taxi ruft, aber er wollte nicht –, na ja, schätze, den Rest wissen Sie.
– Sie waren also in der Stunde, bevor der Unfall passiert ist, die ganze Zeit über mit ihm zusammen?
– Hat sich deutlich länger angefühlt, aber ja.

SAAD Die Hand auf Leilas Schulter spürt Saad, dass sie eingeschlafen ist. Ihr Atem läuft auf Autopilot, manchmal stockt er. Irgendein Traum. So tief wie Leila jetzt hat Saad seit Jahren nicht geschlafen. Und wird es nie wieder tun. Die Deutschen haben ein Wort dafür: Urvertrauen. So wie Leila schläfst du nur, solange du Urvertrauen hast.

Abseits der Fahrbahn lassen sich Felder erahnen. Die Ränder werden von den Scheinwerfern gestreift, der Rest weicht zurück in die Dunkelheit. Der FlixBus schiebt sich in einer LKW-Kolonne auf der rechten Spur Richtung Hamburg. Drei Uhr nachts, aber auf der Autobahn herrscht Hochbetrieb.

Während sich sein Blick in der Dunkelheit verliert, hat Saad eine Vision. Es ist die Vision, die ihn seit Jahren immer wieder heimsucht und die dennoch nie ihren Schrecken verliert. Ist einige Monate her, dass er sie das letzte Mal hatte, jetzt ist sie wieder da. Er sieht Leila unter ihrem Baldachin, wie sie aufwacht und begreift, dass er nicht mehr da ist. Dass sie niemanden mehr hat. Dass sie alleine ist. Und es immer bleiben wird. Und dass, egal, was ihr in ihrem Leben noch passiert, sie nie wieder so schlafen wird wie jetzt. Er presst seine Stirn gegen die Scheibe. Wie hat Clément ihn gefunden? Saad hat alles getan, um unter dem Radar zu bleiben, und doch haben sie ihn aufgestöbert.

Saad mochte Berlin, wäre gerne geblieben. Sein Job, Mohammed, Leilas Kita. Selbst die Wohnung mit dem Balkon, der gerade groß genug war, um eine Zigarette darauf zu rauchen. Der Kaffee am Morgen, die stabile Illusion. Nächste Woche hätte er seinen unbefristeten Aufenthaltstitel bekommen. Leila wäre in Berlin aufgewachsen, mit den Kindern ihrer Gruppe von der Kita auf die Schule gewechselt. Sie gehörte dazu, war

Teil einer Gemeinschaft. Nachmittage im Freibad, das war der Plan für den Sommer – bis dahin hätte sie schwimmen gelernt –, mit Irin und Aaliyah, ihren Freundinnen. Stattdessen die nächste Flucht. Auch eine Möglichkeit, sein Leben zu begreifen: als eine fortlaufende Aneinanderreihung von Fluchten. Bis die Verfolger eines Tages schneller sind als du.
Und jetzt? Leila und er haben gültige Pässe. Und einen Aufenthaltstitel. Eine neue Wohnung suchen, einen neuen Job, eine neue Kita, neue Freunde? Wissen die, wie er inzwischen heißt? Und falls ja: Können sie ihn in Hamburg ausfindig machen? Unwahrscheinlich. Irgendwer muss ihn im Parkhaus gesehen und erkannt haben. Hamburg. Tor zur Welt.
Mit einem Schnaufen bleibt der Bus stehen, irgendwo auf der Strecke. Rote Rücklichter, soweit das Auge reicht. Ein kurzes Fiepen, als der Fahrer zum Mikro greift, dann die Durchsage: Stau, Vollsperrung, kann dauern. Der Motor läuft weiter. Merkt man aber nur, wenn man darauf achtet. Es ist warm im Bus. Saad stellt sich vor, dass es einfach so bliebe – er auf der Rückbank, Leila neben ihm, schlafend, konserviert zwischen Aufbrechen und Ankommen. Als er aus dem Fenster sieht, trabt ein Fuchs die Böschung entlang, taucht auf, verschwindet in der Dunkelheit.

– Wenn du Scheiße baust, zertrümmer ich dir das Knie. Und glaub nicht, ich würd's nicht machen. Du hast jetzt ein Kind, kapierst du?
Samara nahm Saads Kinn in die Hand und drehte seinen Kopf nach oben. Dass er sie das machen ließ, war bereits ein Eingeständnis. Logisch würde er Scheiße bauen.
– Glotz mir nicht auf die Titten, wenn ich mit dir rede. Ich

mach's, ich schwör's. Ich warte, bis du schläfst, dann nehm ich den Baseballschläger und ...
Ihre Brüste bebten vor Zorn, als sie ihm demonstrierte, wie sie den Schläger halten, ihn über seinem Knie schweben lassen und dann ausholen und zuschlagen würde.
– Danach baust du nie wieder Scheiße. Keiner will einen Krüppel im Team, ist ein Zeichen von Schwäche. Das ist wie in der Natur: Wer nicht mithalten kann, wird von der Herde ausgestoßen, sonst schwächt er die Gruppe. Natürliche Auslese.
Sie funkelte Saad düster an, ihre Hände hielten noch immer den Griff des imaginierten Baseballschlägers umschlossen. Das war der Moment, in dem Saad anfing zu grinsen. Das brachte sie nur noch mehr in Rage. Er stellte sich vor, wie er nach Hause kommen, seine Tasche aufs Bett stellen und sagen würde: Ich hab Scheiße gebaut, Sam, sorry. Aber bevor du mir das Knie zertrümmerst, schau hier rein. Und dann würde sie den Reißverschluss aufziehen und das Geld sehen. Eine Reisetasche voll mit Geld. Kam anders. Später hat er sich oft gewünscht, Samara hätte ihm vorher das Knie zertrümmert.

Neulich hat Saad einen neuen Ausdruck gelernt: auf Krawall gebürstet. Das war Samaras Chipsatz, schon als Kind, solange sich Saad zurückerinnern kann, und das ist, in ihrem Fall, länger als alles andere. Einmal, erste oder zweite Klasse, beschuldigte sie ihre Freundin Bénédicte, ihr den Radiergummi geklaut zu haben. Bis einer von der Sécurité dazwischengehen konnte, hatte Samara ihr ins Gesicht geschlagen. Saad erinnert sich, wie das Blut auf die frisch gezogene Linie des Kunstrasens getropft ist und Bénédicte sich die Hand vor das

Gesicht hielt. Am Ende fand sich der Radiergummi am Boden von Samaras Schultasche.
– Na und!? Verdient hast du's sowieso!
Der Motor des Busses macht sich bemerkbar, die Kolonne schiebt sich ein paar Meter vorwärts. Vielleicht, überlegt Saad, war Samara gar nicht auf Krawall gebürstet. Vielleicht hat sie einfach nur weggebissen, was ihr zu nahe kam. Für manche Menschen sind die eigenen Gefühle die größte Bedrohung.

NIHAL Die Neonröhre über dem Bezahlautomaten hat Schluckauf, aus der Decke ragen verrostete Stahlträger. Der Fahrstuhl ist defekt und nicht erst seit gestern. In der Pförtnerkabine brennt Licht, aber besetzt ist sie nicht. Abgeschlossen ist sie außerdem.
– Hallo?
Nihals Stimme verliert sich im Parkhaus. Außer einem spätnächtlichen Testosteronschlitten, der draußen über das Straßenpflaster nagelt, ist nur das in unregelmäßigen Abständen wiederkehrende Ping zu hören, wann immer die Neonröhre einen neuen Belebungsversuch unternimmt.
Dass Brasch auf der oberen Etage geparkt habe, hat die Sobotka gesagt. Und dass der Fahrstuhl defekt sei. Sinologiestudentin. Bis vorhin wusste Nihal nicht einmal, was das ist – Sinologie. Und die Sobotka hat natürlich gecheckt, dass sie es nicht wusste. Inzwischen hat Nihal es gegoogelt: die Wissenschaft von der chinesischen Sprache und Kultur. Zweiundzwanzig, sieht aus wie aus einem Mangaporno, vögelt Geld und kann Chinesisch. Wenn sie es schlau anstellt, und das wird sie, hat sie in fünf Jahren ausgesorgt.

Nihal achtet auf die Stufen. Sollte die Leiche in Braschs Kofferraum gelangt sein, während die Sobotka in der Fox Bar ihr volles gegen Braschs leeres Glas getauscht hat, gibt es nur zwei Möglichkeiten: Die Leiche kam im Auto und ist hochgefahren. Dann steht das Auto womöglich noch oben. Oder sie kam über die Treppe. Auf dem Absatz zur Ebene 2 hat ein Junkie sein Spritzbesteck liegenlassen, auf Ebene 5 ist die Tür aus den Angeln gebrochen und lehnt an der Wand. Aber das muss schon eine Weile her sein, auf den Scharnieren blüht der Rost.

Abgesehen von ein bisschen Straßenlicht, das wie Leuchtstaub die Wände pudert, ist die Ebene dunkel. Nihal schaltet die Lampe ihres Smartphones ein. Und staunt. Was ist das hier – ein Friedhof für Nobelschlitten? Insgesamt stehen sieben Autos auf der Etage, zwei davon ohne Nummernschild und fingerdick mit Staub überzogen, keins sieht aus, als wäre es in jüngster Zeit bewegt worden. Hier sollten die Kollegen mal mit einem Spürhund durchgehen.

Nihal sieht sich die Wagen an, fotografiert Nummernschilder, wirft einen Blick in den Hof hinter dem Parkhaus, wo schütterer Rasen ein lichtloses Dasein fristet. Eine wuchernde Pflanze krallt ihre Spinnenbeine in den verwaschenen Beton. Zwei Gedanken, nein, drei. Erstens: Wie kommt eine Leiche in einen Wagen des Wirtschaftsministeriums? Zweitens: Wieso der Staatssekretär? Drittens: Wo ist der Pförtner hin?

Nihal hat die Wahl: nach Hause fahren und mit einer Fifty-fifty-Chance Jamie und einer seiner Bitches in die Arme laufen. Oder direkt ins Präsidium. Sie weiß, sie hat Mist gebaut. Darf ihr nicht passieren, dass sie einem Typen die Nase bricht, nur weil der ihr den Finger zwischen die Titten legt und sie Schlampe nennt. Und wenn der Typ ein Staatssekretär im

Wirtschaftsministerium ist, darf es ihr doppelt nicht passieren.
Sie schließt ihr Fahrrad ab, wickelt die Kette um die Sattelstange und blickt den beleuchteten Treppenaufgang empor. Alles, was sie jetzt noch tun kann, um Bernd den Wind aus den Segeln zu nehmen, ist, ihm als Erstes morgen früh einen Ermittlungserfolg auf den Tisch zu legen. Schon komisch: Bevor die Ermittlungen richtig begonnen haben, steht Nihal schon wieder knöcheltief in der Scheiße, und dieser Staatssekretär wird ihr die Hölle heißmachen, sobald er wieder bei Verstand ist. Und woran denkt sie als Erstes? Wie sie ihren Chef besänftigen kann.

SCHÄFER Schäfer hat seine Motorradjacke noch nicht über die Lehne gehängt, da steht Nihal in seinem Büro und wippt auf den Fußballen. Immer auf dem Sprung.
Bevor er etwas sagen kann, sagt sie: – Tut mir leid.
Der Staatssekretär, fällt Schäfer ein, dieser Brasch, die gebrochene Nase. Braschs Anwältin sitzt draußen im Flur und hätte ihm auf dem Weg ins Büro beinahe ins Bein gebissen. Er wirft seiner Kollegin diesen Blick zu: Du musst an deiner Affektkontrolle arbeiten.
– Der Typ hatte 1,7 Promille im Blut, verteidigt sich Nihal. Das Ergebnis des toxikologischen Tests steht noch aus, aber da kommt noch mehr, da verwette ich meinen Arsch drauf. Er hat einen Streifenwagen quer über die Kreuzung geschoben und hatte bei der Gelegenheit eine Leiche im Kofferraum. Und als ich ihn dazu befragen will, drückt er mir seinen Zeigefinger in die Brust und nennt mich Schlampe!

– Also hast du ihm mal eben die Nase gebrochen, zweifach.
Nihal hasst es, sich für etwas zu entschuldigen. Und sich für etwas zu entschuldigen, dass ihr nicht einmal leid tut ...
– Ja, Mann.
– Hm, macht Schäfer.
In Bernds Repertoire gibt es unterschiedliche Hms. Dieses gibt zu verstehen, dass für ihn das Thema erschöpfend abgehandelt ist. Der erste Kaffee ist auf dem Weg in seinen Kopf irgendwo in Mitte im Stau steckengeblieben. Er hat wieder das Motorrad genommen. Dabei hat er sich gestern wie jeden Abend fest vorgenommen, mit dem Fahrrad zu fahren. Und wie immer nicht fest genug. Nihal kommt immer mit dem Fahrrad, selbst nachts um drei, selbst im Schneesturm.
Er ist ein besserer Mensch, wenn er das Fahrrad nimmt. Außerdem muss er endlich abnehmen. Fünfundneunzig wäre gut, auf jeden Fall unter die Hunderter-Marke. Und dann doch wieder die XT genommen. Und die Jacke, die Sabine neuerdings nur noch seine Midlife-Crisis-Jacke nennt.
– Mann, muss die jung sein, hat sie gesagt, als sie die Pausenbrote für die Kinder geschmiert hat. Wenn die sich von einer Lederkutte und einer alten XT beeindrucken lässt.
Dabei hat sie nicht einmal vom Brett aufgesehen. Bernd hat das unkommentiert gelassen. Was hätte er auch sagen sollen? Is, wie es is.
– Ist dir das gar nicht peinlich – mit einer Kollegin rumzumachen, die halb so alt ist wie du?
Gemeint ist übrigens nicht Nihal, nicht dass hier falsche Rückschlüsse gezogen werden. Sondern Amena. Die war beim Vernehmungskurs in Brandenburg dabei, und er ihr Ausbilder. Und er hatte nicht vorgehabt, etwas mit ihr anzufangen, jedenfalls nicht lange. Aber jetzt ist sie nach Berlin versetzt

worden, und Sabine hat ihm gesagt, er soll sich eine eigene Wohnung suchen, die Kinder natürlich beide voll im Team Mom, und Amena nervt ihn, weil sie wissen will, was jetzt ist. Kurz: Seine Ehe ist ein Scherbenhaufen, und statt einer hat Bernd jetzt zwei Frauen, die ihn mit Erwartungen konfrontieren. Dass so was gleich so aus dem Ruder laufen muss!
Auf jeden Fall muss er abnehmen.
Nihal sieht ihn an.
Vor ihm liegen zwei Ausdrucke, einer von der Leiche im Kofferraum, einer von dem Tattoo auf deren Unterarm.
– Ich hab die Datenbanken gecheckt, sagt Nihal. – Vor zwei Jahren wurde in Rotterdam eine Leiche in einem Container entdeckt. Gleiches Tattoo. Leider konnte die Identität des Toten nicht ermittelt werden.
Mehr Kaffee, denkt Bernd.
– Und was wissen wir über die Identität *unserer* Leiche?
– Bis jetzt war es das. Die Fingerabdrücke sind in Deutschland nicht registriert, und beim Gesicht gab es auch noch keinen Treffer.
Rotterdam, denkt Bernd, ungeklärte Identität, vor zwei Jahren. Im größten Hafen Europas. Er war mal da, hat Kollegen von Europol bei einer Durchsuchung begleitet. Dieser Hafen hat kein Anfang und kein Ende. Neulich haben sie in einem Container drei Tonnen Kokain gefunden, unverschnitten. Drei Tonnen! Rotterdam ist so etwas wie der Trichter für alles, was nach Europa rein oder aus Europa raus soll und außerdem illegal ist.
Schäfer sieht sich noch einmal das Tattoo an. Schon sonderbar, der Mensch. Immer will er irgendwo dazugehören, Teil von etwas Größerem sein. Hier, mein Tattoo, ich gehöre dazu.

– Brasch müssen wir so oder so erst einmal laufen lassen.
– Kann ich vorher mit ihm reden?
– Das hältst du nicht ernsthaft für eine gute Idee.
– Irgendwas muss er wissen. Die Leiche ist doch nicht zufällig in seinem Auto aufgetaucht.
– Auf. Keinen. Fall.
– Und warum nicht?
– Weil ich das mache.

NIHAL Nihal sitzt vor ihrem Rechner und brütet über dem Foto des Toten, als es zweimal kurz klopft, trocken und schnell, und die Tür geöffnet wird.
– Affektkontrolle, sagt Bernd nur.
Er wird die Fragen stellen, will sie aber dabeihaben. Kann nicht schaden, meint er, bei Brasch eine emotionale Reaktion zu triggern.
Vor Vernehmungszimmer zwei ein kurzer Blickwechsel.
– Hab's kapiert, sagt Nihal.
Bernd drückt die Klinke.
– Guten Morgen, mein Name ist Bernd Schäfer, Erster Hauptkommissar. Mit meiner Kollegin haben Sie ja bereits Bekanntschaft geschlossen.
Originelle Formulierung, denkt Nihal, Bekanntschaft geschlossen. Triggern wir mal eine emotionale Reaktion.
Sie setzen sich, Nihal Brasch gegenüber, Bernd der Anwältin. Der Unfallarzt hat Brasch letzte Nacht noch das Nasenbein auf dem kurzen Dienstweg gerichtet und ihm einen Nasengips verpasst. Wie nach einer Schönheits-OP, nur ohne Betäubung. Der Arzt wollte kein zusätzliches Risiko eingehen –

bei dem, was Brasch schon alles intus hatte. Gespürt hat der Staatssekretär auch so nichts.

Der Bluterguss hat sich über die Wangen verteilt. Im Moment geht's noch, aber in drei, vier Tagen wird seine Ich-hab-in-Harvard-studiert-Fresse wie eine gammelige Banane aussehen. Sein Blick sagt: Dich mach ich fertig. Nihals Blick, ganz unschuldig, sagt: Leg nochmal deinen Finger zwischen meine Titten, und ich mach dir Ohrringe aus deinen Eiern.

Braschs Anwältin wirkt, als sei er ihr Sohn. Teures Kostüm, die grauen Haarsträhnen wie Orden, kein bisschen zu viel geschminkt. Mein Junge hat niemandem etwas getan, der würde sich nie etwas zuschulden kommen lassen, und wer etwas anderes behauptet, kann sich auf einen Tornado einstellen. Wir sind schließlich keine gewöhnlichen Menschen.

Bernd hat es drauf, Affektkontrolle, das ganze Programm, Verständnis, dem anderen das Gefühl geben, er habe die Situation im Griff. Von dem kann Nihal sich noch einiges abgucken. Will sie auch. Von Bernd kann sie es annehmen, von anderen eher nicht.

Als Erstes entschuldigt er sich, ernsthaft. Es tue ihm leid, dass er Brasch so lange habe festhalten müssen. Interessiert Brasch einen Scheiß.

– Wird das hier aufgezeichnet, will der Staatssekretär wissen. Eigentlich sollte er das Quatschen seiner Anwältin überlassen, ist aber zu sehr in seiner Eitelkeit gekränkt.

– Das wäre unzulässig, sagt Bernd, ohne die Frage zu beantworten. – Dies ist keine offizielle Vernehmung, sondern eine Zeugenbefragung.

– Ist das ein Nein? Die Anwältin diesmal.

– Das ist ein Nein, sagt Schäfer.

Brasch wieder, kann es nicht lassen: – Dann hören Sie mir jetzt mal gut zu!

Und schon liegt das gesamte Ausmaß seiner Kränkung auf dem Tisch. Dass er Nihal anzeigen wird, wegen Körperverletzung, Freiheitsberaubung, Nötigung, Verletzung seiner Immunität ... Die Leiche im Kofferraum scheint er vergessen zu haben. Es ist tatsächlich, als hätte Nihal ihm nicht die Nase gebrochen, sondern die Eier abgeschnitten.

Bernd lässt ihn ausreden, legt die Hände auf den Tisch als Zeichen, dass er nichts zu verbergen hat. – Mein Vorschlag ist, Sie tun nichts dergleichen. Im Gegenzug sorge ich dafür, dass die Information, wer letzte Nacht am Steuer des Wagens saß, der mit überhöhter Geschwindigkeit eine Streife gerammt und dabei einen Beamten verletzt hat und dessen Fahrer außerdem unter erheblichem Alkohol- und Drogeneinfluss stand und zu guter Letzt eine Leiche im Kofferraum hatte – dass diese Information die Mauern dieses Gebäudes vorerst nicht verlässt.

Es geht noch ein bisschen hin und her, weil Brasch darauf beharrt, dass Nihal zur Rechenschaft gezogen wird, wie er das nennt. Was genau das heißt, davon scheint er selbst auch keine allzu konkrete Vorstellung zu haben. Irgendeine Strafe, damit sein Gesichtsverlust nicht zu dramatisch ausfällt. Hübsche Wortwahl, wenn man bedenkt, wie Brasch gerade aussieht: Gesichtsverlust. Wie auch immer, der Staatssekretär plustert sein Gefieder, aber nicht halb so penetrant wie vergangene Nacht. Es ist eher wie ein Reflex. Mit nachlassendem Drogenpegel scheint auch seinem Ego die Luft auszugehen. Außerdem – Nihal erkennt es an seinen Bewegungen – hat der Schmerz eingesetzt. Mit Schmerzen muss man umgehen können. Brasch kann's nicht. In freier Wildbahn wäre er jetzt zum Abschuss freigegeben. Lauch.

Das Ding ist, außer Brasch wissen alle am Tisch, dass hier

nur noch Scheingefechte ausgefochten werden. Bernd nickt, sieht ernst und nachdenklich aus.
Irgendwann schlägt er der Anwältin vor: – Vielleicht möchten Sie sich unter vier Augen besprechen.
Will sie.
– Gut, dann lassen wir Sie jetzt kurz allein.
Nihal und Bernd stehen auf und verlassen den Raum, und während er seine hundertsiebeneinhalb Kilo den Flur hinunterbewegt und Nihal neben ihm wie eine Spiralfeder aussieht, sagt sie: – Danke.
Mit dem Bedanken ist das bei ihr wie mit dem Entschuldigen. Beides nur unter Schmerzen. Nihal hasst es, jemandem etwas schuldig zu sein. Aber bei Bernd geht es. Manchmal. Gemeint ist der verletzte Beamte von letzter Nacht. Den gibt es nicht. Hat Bernd sich ausgedacht, um noch etwas Gewicht auf die Waage zu bringen.
– Hm.
Damit hat sich's. Gibt Menschen, die drücken auf diese Weise Zuneigung aus.
Bernd starrt in seinen vierten Kaffee, als warte er darauf, dass etwas an die Oberfläche kommt.
– Schon sonderbar. Er trinkt einen Schluck. Bitter. Bitter ist gut. – Die Leiche hat den gar nicht interessiert.

– Mein Mandant ist einverstanden.
Die Anwältin, nachdem Nihal und Bernd wieder ihre Plätze eingenommen haben.
– Danke. Wir wissen Ihr Entgegenkommen zu schätzen.
– War's das jetzt?, fragt Brasch. – Ich hab eine Ausschusssitzung zu leiten.

Nihal beißt sich von innen auf die Lippe, um nicht zu grinsen. Jemand mit einer frisch gebrochenen Nase, der sich an Worten mit fünf S und einem Z versucht, ist schwer ernst zu nehmen.

– Ich habe noch eine Bitte, sagt Bernd. Sie haben letzte Nacht ausgesagt, dass Sie nichts über die Identität der Leiche wissen und sich auch nicht erklären können, wie sie in Ihren Kofferraum gelangt ist.

Er hebt eine Augenbraue, um zu signalisieren, dass das schwer zu glauben ist. Dann legt er Brasch und der Anwältin die beiden Ausdrucke vor, die Leiche, das Tattoo.

– Sind Sie sicher, diesen Mann nicht zu kennen?

Brasch braucht keine drei Sekunden für die Antwort: – Bin ich.

– Und das Tattoo?

– Sagt mir nichts.

– Weshalb fragen Sie?, will die Anwältin wissen.

Bernd lehnt sich zurück. – Wir ermitteln noch, aber das Tattoo könnte ein Indiz dafür sein, dass wir es hier mit organisierter Kriminalität zu tun haben.

Brasch sieht so leer aus wie eine Pizzaschachtel, nachdem Jamie sie in den Fingern hatte.

– Bedeutet?

– Bedeutet, dass der Mann in Ihrem Kofferraum möglicherweise jemand war, der anderen die Drecksarbeit abnahm. Dass hinter dem Mann eine Organisation steht.

– Was für Dreck?, fragt Brasch. Plötzlich scheint ihn die Leiche doch noch zu interessieren.

– Jede Art von Dreck.

Der Staatssekretär sieht sich noch einmal das Foto an: – Ist ja ein Ding.

SAAD Saad wacht auf, als sich die Kolonne wieder in Bewegung setzt. Ein Blick auf sein Smartphone sagt ihm, dass sie sich anderthalb Stunden nicht vom Fleck bewegt haben und er anderthalb Stunden geschlafen hat. Dabei schläft er sonst nachts nicht. Das kommt, wenn der Adrenalinspiegel fällt, dazu die Vibration des Motors, die Wärme.
Leila hat sich ebenso wenig bewegt wie der Bus, die dunklen Locken über dem Gesicht, den Kopf auf Saads Oberschenkel. Sofort ist der Wunsch zurück, sie könnten für immer in diesem Moment weiterleben, eingeschlossen. Doch die Kolonne rollt wieder. Neunzig Minuten Auszeit, mehr gibt es nicht.
Im Bus ist Ruhe eingekehrt, die meisten versuchen zu schlafen, so viel sie können, bevor sie in Hamburg aussteigen und wieder funktionieren müssen. Vereinzelt leuchten Handydisplays, es gibt WLAN. Saad zieht sein Smartphone heraus und lässt sich auf Google-Maps Hamburg zeigen. Für die ersten Tage werden sie ein Hotel brauchen, am besten eins, das wenig kostet und Barzahlung akzeptiert, ohne dass er schräg angeguckt wird.

Bis sie am Busbahnhof eintreffen, ist es heller Tag. Um 6:05 Uhr hätten sie ankommen sollen, jetzt ist es kurz vor acht. Leila holt die Dose mit den Haarspangen aus ihrem Rucksack und klemmt sie sich ins Haar, alle dreiundzwanzig, in festgelegter Reihenfolge. Ihr Morgenritual. Geht zur Not auch ohne Spiegel.
– Was machen wir jetzt?
– Wir gehen ins Hotel, bringen unser Zeug aufs Zimmer und gehen frühstücken.

– Ins Hotel?
– Ich dachte, vielleicht bleiben wir über Nacht.
Sie stehen neben dem Bus und frösteln. Die Mitreisenden ziehen Taschen und Koffer heraus, Saad den Buggy und das Skateboard.
– War ich schon mal in einem Hotel?
– Nein, ist das erste Mal.
– Und wo gehen wir frühstücken?
– Weiß nicht. Vielleicht im Hotel, die haben da Frühstücksbuffet.
– Was ist ein Buffet?
– Ein Buffet ist, wenn ganz viel Essen da steht, und jeder nimmt sich, so viel er will.
– Auch Joghurt?
– Bestimmt.
– Und Himbeeren?
– Himbeeren weiß ich jetzt nicht, aber Himbeermarmelade sicher.
Er faltet den Buggy auseinander und schiebt ihn Leila hin. In dem Moment fällt ihr etwas ein, etwas Großes.
– Schokocroissants?
– So viel du willst.
Statt sich in den Buggy zu setzen, dem sie sich sowieso längst entwachsen fühlt, lässt Leila ihren Rucksack hineinfallen.
– Skateboard, sagt sie nur.
Google gibt den Fußweg zum Hotel mit neun Minuten an. Sie gehen entlang des Bahnhofs, keine Wolke am Himmel, lange Schatten auf dem Asphalt. Schon jetzt spürt man, dass es später warm werden wird. Menschen in T-Shirts werden in der Sonne sitzen, die Augen geschlossen, dem Licht zugewandt wie Pflanzen.

Der Bahnhof spuckt ununterbrochen Menschen aus, viele haben es eilig. Leila kommt kaum vorwärts auf ihrem Skateboard, lässt sich aber nicht beirren. Es Saad zurückzugeben, käme einem Eingeständnis gleich, ist also keine Option. Niemand nimmt Notiz von ihnen, um sie herum ist alles in Bewegung, tausend Geräusche und Gerüche gleichzeitig. Sollte nicht schwer sein, hier einen Job zu finden. Einen, der Saad wieder unsichtbar macht. Hamburg. So gut wie jeder andere Ort, besser als die meisten vermutlich.

– Du lahme Ente!

Leila steht vor ihm, einen Fuß auf dem Skateboard, eine Hand in der Hüfte. Ihre Spangen reflektieren das Morgenlicht wie eine bunte Discokugel. Saad hat dieses Ziehen in der Brust, und wie sonst denkt er, dass es daher kommt, dass in diesem Moment ihre Mutter in ihr aufscheint und er die Schuld an ihrem Tod trägt, und zwar für alle Zeit, da ist nichts dran zu drehen, und dass das Einzige, was er tun kann, ist, damit zu leben.

– Was sind das für Vögel?

– Welche meinst du?

– Da, die dicken weißen, die so quieken.

In dem Moment wird Saad klar, warum er stehengeblieben ist.

– Möwen. Das sind Möwen.

Und dann ist alles wieder da. Das Licht, die Wärme, der heiße Beton, Mourads erstes Motorrad und er hinten drauf, bekifft, wie sie die Serpentine hinunterfahren, der Schwindel in den Kurven. Und Samara und er auf der Kellertreppe, zwischen Müll und einer halb verwesten Ratte, bei der schon die Rippen zu sehen sind, wie sie ihr Tanktop hochzieht und sagt:

– Jetzt fass schon an, du Lusche.

– Komme, sagt Saad.

NIHAL Die Griffe ihres Handmuskeltrainers geben jedes Mal ein leises Klicken von sich, wenn Nihal sie zusammenpresst. Klick, klick, klick, klick. Eine der Sachen, die sie gar nicht draufhat, ist Geduld. Warten. Sie kriegt schon Pickel, wenn sie anderen beim Warten zusehen muss, aber selber warten zu müssen ist die Pest. Betül, ihre Trainerin, sagt, das sei ihr größtes Problem. Dass sie jede Gegnerin gleich in der ersten Runde auf die Matte prügeln will. Dass Ungeduld einen manchmal eher vom Ziel weg- als zu ihm hinführt. Den Gegner lesen, so nennt Betül das. Wenn Nihal das noch lernt und ihre Wut beibehält, dann, meint sie, gibt es keine Boxerin mehr, die sie noch schlagen kann.
– Ich bin nicht wütend, meinte Nihal.
Und Betül nur: – Logisch nicht.
Sie wartet auf das Ergebnis der Fingerabdrucksuche in der Prüm-Datenbank. Da sind zwar nicht alle europäischen Länder zusammengeschlossen, aber immerhin dreizehn. Sie starrt auf den Screen, als könnte sie die Suche dadurch beschleunigen. Stefanie, ihre harmoniesüchtige Kollegin aus P-Berg, mit der sich Nihal das Büro teilt, ist zum Glück noch nicht da. Wahrscheinlich hat sich Darius an einem Croissantkrümel verschluckt, oder Marlene ist wieder mit einer Hautirritation aufgewacht oder einem Pickel am Arsch oder irgendetwas anderem Gravierendem, das einen sofortigen Arztbesuch erfordert. Klick, klick, klick.
Während Nihal wartet, läuft der Polizeiticker durch. Vergewaltigung in Charlottenburg, Messerstecherei in Rudow, Fahrerflucht, geklaute Autos, Einbrüche. Traumatisierte Kinder, zerstörte Seelen, alles wie immer.
Schüsse an der Bornholmer Brücke, liest sie. Etwa zu der

Zeit, als Nihal letzte Nacht ihre Affekte mal wieder nicht unter Kontrolle hatte, hat ein Typ mit vorgehaltener Waffe die Tankstelle Ecke Jülicher überfallen. Dummerweise kam ausgerechnet in diesem Moment eine Streife vorgefahren. Drei Schüsse hat der Flüchtende abgegeben, eine Kugel steckte anschließend im Arm des Beamten. Dann ist er unter die Brücke, über die Gleise, und weg war er. Es gibt ein Foto von der Überwachungskamera der Tankstelle. Aber gerade als Nihal das anklicken will, ploppt oben rechts ein Fenster auf: Treffer.

Schäfer sagt quälend lange nichts, bei Nihal knistert es schon wieder unter den Fußsohlen.
– Saudi-Arabien, sagt er schließlich.
Als hätte Nihal sich das ausgedacht, um ihn zu ärgern. Sie drückt so lange mit dem Daumen an ihrer Schulter herum, bis sie den schmerzenden Punkt gefunden hat, der gestern wieder aufgegangen ist.
Das Ding ist: In Deutschland sind die Fingerabdrücke des Toten zwar nirgends registriert, in Belgien aber schon. Dort wurden sie vor gut einem Jahr in Verbindung mit einem Anschlag auf einen Staatsanwalt sichergestellt. Identität unbekannt. Der Staatsanwalt ermittelte zu diesem Zeitpunkt in einem Korruptionsfall, die Spuren führten nach Saudi-Arabien. Und da verließen sie ihn. Und jetzt taucht der Mann, dessen Fingerabdrücke in Verbindung mit einem Mordanschlag in Brüssel sichergestellt wurden, im Kofferraum eines Staatssekretärs des Wirtschaftsministeriums wieder auf. Und der Herr Staatssekretär ist so ahnungslos, wie nur Politiker das hinkriegen.
Bernd wirkt erschöpft, müde. Vielleicht die Grippe, die er letzte Nacht am Telefon erwähnt hat.

– Selten so viele Sackgassen auf einmal gesehen, sagt er.
– Ich hab überlegt, sagt Nihal.
Was sie überlegt hat, sagt sie erst einmal nicht. Stattdessen bohrt sie sich den Daumen in die Schulter, dass der Schmerz bis in die Finger ausstrahlt. Als wäre sie süchtig danach. Manchmal fragt sie sich das: Warum sie immer den Schmerz sucht, immer dahin geht, wo es wehtut. Als würde ihr sonst etwas fehlen.
– Immer gut, sagt Bernd, was natürlich als Aufforderung zu verstehen ist.
– Ich hab überlegt, ob es eine Verbindung mit dieser Nomi Sundström gibt.
– Der verschwundenen Aktivistin?
– Genau.
– Die saudische Botschaft, überlegt Bernd.
Noch eine Sackgasse. Bernd blickt so lange aus dem Fenster, dass Nihal sich schon fragt, welche Tierart wohl gerade ausstirbt. Schließlich sieht sie selbst nach, ist aber nichts.
– Ich sag dir das nur ungern, weil ich weiß, wie hartnäckig und motiviert du bist. Das sind gute Eigenschaften für eine Kriminalkommissarin.
Aber?
Bernd blickt sie an: – Aber diese Eigenschaften können einem das Leben auch schwer machen.
– Was soll denn das heißen?
– Ich schätze, das soll heißen, dass du in diesem Fall keinen übermäßigen Ehrgeiz entwickeln solltest. Warte ab, was die Obduktion ergibt, und schau, ob sich die Identität der Leiche ermitteln lässt, immerhin haben wir jetzt ein Gesicht zu den Fingerabdrücken und spätestens übermorgen die DNA. Und während du das tust, versuch möglichst wenig Staub aufzuwirbeln.

– O-kay … Nihal fühlt sich, als hätte ihr Bernd gerade die Tür vor der Nase zugeschlagen. – Wer ist noch dabei?
– Vorerst niemand.

SAAD Leila schiebt sich ihr drittes Mini-Schokocroissant in den Mund, Orangensaft gibt es auch. Nicht schlecht für ein Hotel, das 52 Euro die Nacht kostet und kein Problem mit Barzahlung hat.
– Solange die Scheine echt sind, meinte der Mann an der Rezeption nur.
Leila ist unter sechs und zahlt nichts, nicht einmal für das Frühstück. Selbst wenn sie dreimal so viel isst wie Saad. Der trinkt gerade seinen zweiten Kaffee. Der Frühstücksraum ist geschmacksneutral eingerichtet, es riecht dezent nach Mangoshampoo, alles ist praktisch und leicht abwischbar. Könnte auch ein Pflegeheim sein.
Eine neue Identität, überlegt Saad. Aber so einfach wie damals kriegst du die heute nicht mehr. Außerdem ist Leila keine anderthalb mehr, sondern wird demnächst fünf. Deren Erinnerung lässt sich nicht mehr löschen.
Der Typ im Kofferraum wird die Polizei noch eine Weile beschäftigen, aber irgendwann wird der Typ unter dem Sofa auf dem Dach zum Vorschein kommen. Spätestens dann wird ihnen auffallen, dass Saad abgehauen ist und die Sachen in seinem Kühlschrank vor sich hin schimmeln, und dann wird es schwer werden, keine Verbindung zu ziehen. Also was – in die Illegalität abtauchen? Aber dann kann Leila niemals auf eine Schule gehen, er kann nur noch schwarz arbeiten, kann legal keine Wohnung mieten, wird immer auf Betrüger ange-

wiesen sein, die seine Situation ausnutzen und ihn abziehen werden.

– Papa?

So wie Leila ihn ansieht, ist klar, dass sie längst gecheckt hat, dass hinter ihrem Ausflug nach Hamburg noch mehr steckt.

– Ja?

Und dann sagt sie etwas, das ihm echt die Beine wegzieht, weil er es nicht kommen sieht.

– Du bist traurig.

Sie macht nicht einmal eine Frage daraus. Darf dir nicht passieren, unter keinen Umständen. Wenn du alles bist, was ein vierjähriges Mädchen in ihrem Leben hat, darfst du nicht der sein, der einknickt.

Er will ihr versichern, dass alles in Ordnung ist, als Leila sagt:

– Ist es wegen Mama?

Leilas Mutter ist bei einem Autounfall gestorben, als Leila ein Jahr alt war. In Damaskus. Und sie hieß Samira, nicht Samara. Das ist die offizielle Version von Leilas Leben, damit wächst sie auf, das ist, was Saad ihr eingepflanzt hat. Sein ganzes Leben besteht aus Lügen. Wie ein Haus, das ständig an- und um- und ausgebaut wird.

Irgendwann wird er ihr alles erzählen. Und sie wird verstehen. Und ihm verzeihen. Das ist sein Traum. Dass sie eigentlich aus Marseille stammen. Von Mourad, mit dem er aufgewachsen ist und der das gemacht hat, was in La Savine alle machen. Drogen verticken. Musst du nur mal googeln, La Savine. Erster Eintrag: Ort der Verlorenen und Verdammten. Irgendwann war Mourad an dem Punkt, an dem es für einen wie ihn nur noch Knast, Tod oder Reichtum gibt. Den Reichtum kennst du vom Hörensagen, Knast und Tod aus dem Alltag. All das wird er ihr erzählen. Und noch mehr. Von Mourads Schwester, die Samara hieß und nicht Samira, und die die krasseste Frau war, die Saad je getroffen hat. Wie sie schwanger von ihm wurde und sie Leila bekamen, was total der Wahnsinn war, aber gleichzeitig auch total zu viel. Wie die Schwester ihm Leila das erste Mal zu Halten gab – da hat der Arzt noch an Samaras Muschi herumgenäht –, und wie Saad nicht fassen konnte, wie leicht sie war und wie er anfing zu zittern, am ganzen Körper, und das Baby der Schwester zurückgab, weil er sich übergeben musste, im Kreißsaal. Dass er keine Ahnung hatte, wie er jemals die Verantwortung für etwas derart Zerbrechliches übernehmen sollte.

– Ich bin nicht traurig, sagt Saad. – Nur müde.

Den Rest erzähle ich dir. Eines Tages. Falls ich dann noch lebe.

Leila scheint sich mit der Antwort zufriedenzugeben. Fürs Erste.

– Was machen wir jetzt?

– Hamburg ist schön, sagt Saad. – Es gibt einen See, mitten in der Stadt, auf dem kann man mit einem Schiff herumfahren und sich alles vom Wasser aus ansehen.

Leila steht auf und holt sich ernsthaft ein viertes Mini-Schokocroissant. Statt sich wieder hinzusetzen, bleibt sie neben Saad stehen, beißt ab.

– Kann ich mein Skateboard nehmen?

NIHAL Doktor Ritter drückt einen verschwenderischen Klecks Gleitcreme auf Nihals Schulter und verteilt ihn sanft, aber bestimmt mit seinem Ultraschalldildo. Dabei ruht sein professioneller Blick auf dem Monitor seiner rollbaren Ultraschallstation. Gefällt ihm, wie fachmännisch er das macht, dass er ein Profi ist. Und nach Feierabend auf derselben Behandlungsliege schnell noch eine Nummer mit Raina schieben. Er kann sich gar nicht vorstellen, dass irgendwer ihn nicht bewundert oder begehrt. Wahrscheinlich glaubt er sogar, Nihal stehe auf ihn. Dabei könnte sie niemals von jemandem berührt werden, der seit seiner Geburt nur grüne Ampeln gesehen hat. Schon wieder ist sie sooo kurz davor, sich von ihrer Affektkontrolle zu verabschieden.

Ritter drückt ein paar Knöpfe an seiner Kontrollstation. Auch in dieser Pose gefällt er sich: der kompetente Knopfdrücker.

– So was kommt von so was.

Gemeint ist: Sie hätten auf mich hören sollen.

Noch so ein Spruch, und ich brech dir irgendwas, denkt Nihal. So was kommt von so was.

Ritter wendet sich seiner Patientin zu und wechselt in den Dozentenmodus. – Die Schulter ist das komplizierteste und komplexeste Gelenk im menschlichen Körper. Da will man nur eingreifen, wenn es nicht anders geht. Er deutet auf eine Stelle seines Monitors, die aussieht wie ein Silberschweif am Horizont. – Da ist ein entzündlicher Prozess im Gange. Er berührt Nihal am Arm: – Ich weiß, dass es Ihnen schwerfällt, zu akzeptieren, dass Ihr Körper Ihnen seine Grenzen aufzeigt. Aber die Physis lässt sich durch Willen nur bis zu einem gewissen Grad biegen.

– Und das heißt was?

– Das heißt: Nach »fest« kommt »ab«.

Ritters Stuhl rollt schwungvoll zur anderen Zimmerseite hinüber. Er sammelt diverse Zutaten ein, anschließend zieht er eine Spritze auf. Dabei gefällt er sich noch besser als beim Gleitgel-Verschmieren und Knöpfe-Drücken.

– Ich geb Ihnen jetzt eine Kortisonspritze, damit sich das ein

bisschen beruhigt. Aber Sie müssen auch Ihren Beitrag dazu leisten, dass das nicht chronisch wird. Sonst ist Ihre Boxerkarriere beendet, bevor sie richtig begonnen hat.
Nihal sieht Ritter dabei zu, wie der die sehr lange Nadel bis in ihr Gelenk schiebt und langsam den Kolben drückt.
– Ist schmerzhaft, sagt Ritter, ich weiß.
Du hast keine Ahnung, was Schmerzen sind.
– Was ist mit Seilspringen?
– Ich tue mal so, als hätte ich diese Frage nicht gehört.
– Schwimmen?
Ritter hat fertig gespritzt, zieht die Nadel aus dem Gelenk.
– Frühestens in einer Woche bis zehn Tagen. Und nur, nachdem ich mir das nochmal angesehen habe.
– Laufen?
– Also wenn »Nichts tun« wirklich keine Option ...
– ... Ist es nicht.
– ... ist, dann von mir aus: Laufen Sie.

Nihal erwartet, sie aus dem Bett zu klingeln, aber als Vanessa Sobotka ihr die Tür öffnet, ist sie hellwach, sieht schon wieder aus wie gefotoshopped und trägt eine sandfarbene Kombination, für die Nihal keinen Namen hat. Hausanzug? Jedenfalls besteht, wie immer man das nennt, aus zwei Teilen und ruft Nihal zu: Willst du mich berühren, ich bin aus hundert Prozent Kaschmir, komm, berühr mich! Sobotka ist barfuß, ihre Fußnägel sind in einem Bordeauxrot lackiert, das auf magische Weise ihren Hausanzug matched.
Bevor sie geklingelt hat, hat Nihal sich ermahnt. Sei nett zu ihr, Sei nett zu ihr, SEI NETT ZU IHR! Immerhin hat Sobotka letzte Nacht so getan, als hätte sie *nicht* gesehen, wie Nihal

Brasch die Nase eingedrückt hat. So etwas verbindet doch, oder, hm, Vanessa?
– Ich hätte noch ein paar Fragen.
Sobotka bewohnt eine frisch renovierte und lichtdurchflutete Zwei-Zimmer-Altbauwohnung mit Südbalkon. Lackierte Dielen, Stuck, drei fünfzig Deckenhöhe. Es riecht auf angenehme Art sauber.
– Tee?, fragt Vanessa. – Hab mir gerade welchen aufgesetzt.
Hat Nihal noch nie verstanden, die Sache mit dem Tee. Das ganze Konzept ist ihr schleierhaft.
– Gerne.
Während Vanessa in der Küche dezente Geräusche erzeugt, setzt Nihal sich auf das Dreisitzer-Ledersofa und befühlt das Polster. Ikea ist das nicht. Als Vanessa hereinkommt, schwebt ein Tablett aus Bambusholz vor ihr her, das formvollendet auf dem Couchtisch landet. Sie rollt ihre Yogamatte zusammen, stellt sie hinter die Tür und lässt sich im Schneidersitz auf dem Boden nieder. Nihal kommt sich vor wie in einer Inszenierung. Spielt die das?
Die nächste Ermahnung ist fällig: Beziehungsaufbau! Oberste Prio bei jeder Vernehmung und jeder Zeugenbefragung: Stellen Sie eine Beziehung her! Die Scheiße ist, dass Nihal schon als Kind nicht verstanden hat, wie das funktioniert. Und wirklich weitergekommen ist sie seitdem nicht. Okay, was würde Bernd jetzt sagen?
– Danke.
Nihal nippt am Tee. Die Schale ist so dünnwandig, dass man wahrscheinlich durchsehen kann, wenn man sich anstrengt. Schmeckt zum Davonlaufen.
– Flowers and Leaves, sagt Vanessa.
Der Tee. Ich kotz gleich.

– Hm-m.
Nihal nippt nochmal. Schmeckt immer noch zum Davonlaufen.
Beziehungsaufbau!
– Ich schätze, den Abend gestern hatten Sie sich auch anders vorgestellt.
Vanessa hält die Schale mit beiden Händen in ihrem Schoß.
– Jeder erwischt mal einen schlechten Tag, in jedem Job.
– Ich dachte nur – falls Sie mal umschulen wollen …
Nihal denkt an ihre Kollegin Stefanie und deren Kuscheltiersammlung.
– Bei uns im Kommissariat könnten wir gut noch eine schlaue Frau gebrauchen.
Geht so Beziehungsaufbau, überlegt Nihal. Wir könnten ein Team sein, Vanessa, Geschlechtersolidarität und so weiter, so viele Gemeinsamkeiten.
– Passt schon, sagt Vanessa, und Nihal weiß, sie hat es verbockt.
Dann eben ohne Beziehung.
Sie stellt den Tee zurück auf das Tablett. – Wie lange kennen Herr Brasch und Sie sich denn schon?
– Wollen Sie's genau wissen?
– Wär gut.
Vanessa nimmt ihr Smartphone vom Tisch, scrollt und sagt:
– Letztes Jahr, dritter Oktober.
– Tag der deutschen Einheit.
– Von mir aus.
Das mit dem Beziehungsaufbau ist wirklich gründlich schiefgegangen.
– Und wie oft sehen Sie sich so?
– Phillipp bucht mich in der Regel einmal die Woche, meis-

tens dienstags. Den halte ich mir immer schon frei. Manchmal auch zweimal. Drei Mal nur, wenn er extrem unter Druck steht.

– Wie war das gestern? Hatten Sie da den Eindruck, dass das so ein Abend war, an dem er extrem unter Druck stand?

– Nicht mehr als Sie, würde ich sagen.

Sie sehen einander an. Ich stand nicht extrem unter Druck, denkt Nihal. Ich stand ganz normal unter Druck. Du solltest mich mal im Ring erleben, wenn der Gong ertönt.

– Kam Ihnen Herr Brasch gestern ... verändert vor, versucht es Nihal. – War er anders drauf als sonst?

– Sie haben ihn ja erlebt. Mehr drauf geht eigentlich nicht. Also ja. Er hatte vorher irgendein wichtiges Meeting, fragen Sie mich nicht, worum es dabei ging.

– Als Sie ins Parkhaus gegangen sind, um sein Auto zu holen, ist Ihnen da irgendetwas aufgefallen? Sind Sie jemandem begegnet?

– Oben lag eine Tür im Weg, über die musste ich rüberbalancieren. Das war schon strange. Begegnet sind wir nur dem Pförtner, glaube ich.

– Wissen Sie, ob Herr Brasch neben Ihnen noch die Dienste anderer Escortdamen in Anspruch nimmt?

Vanessa zieht sehr dezent eine Augenbraue in die Höhe. – Soweit ich weiß, nicht. Mir sagt er immer, dass ich die Einzige sei.

– Dann haben Sie also eine relativ enge Beziehung zueinander.

– Würde ich nicht sagen.

– Warum Sie? Und *nur* Sie?

– Das müssen Sie ihn fragen.

– Mögen Sie ihn?

– Nein.
Und trotzdem lässt du dich jede Woche dafür bezahlen, dass du mit ihm ins Bett gehst.
Vanessa trinkt ihren Tee aus, stellt die Tasse aufs Tablett.
– Ich mag ihn nicht, aber ich finde ihn auch nicht abstoßend oder so. Er tut so, als würde er das ganz große Rad drehen, und denkt, das müsste mich beeindrucken. Ein bisschen tut er mir leid, manchmal. Und um die Frage zu beantworten, die Sie nicht gestellt haben: Er bezahlt mich nicht für den Sex. Ich meine, der Sex gehört natürlich dazu, das ist ja wie eine Belohnung. Aber eigentlich geht es darum, dem Kunden das Gefühl zu geben, der Größte zu sein. Ich boostere nur ihr Ego. Am Ende ist es Psychologie.
Im Flur stehen sie sich dann noch einmal gegenüber, Hausanzug versus Bomberjacke. Auch ohne High Heels ist Vanessa zehn Zentimeter größer als Nihal.
– Nur aus Interesse: Wie viel zahlt er Ihnen dafür, dass Sie ihm das Gefühl geben, der Größte zu sein.
– Fünfhundert, wenn es schnell gehen soll, fünfzehnhundert, wenn ich bis zum nächsten Morgen bleibe.
Die verdient in zwei Nächten so viel wie ich in einem Monat, denkt Nihal.
Vanessa wölbt einmal mehr ihre Augenbraue: – Falls Sie mal umschulen wollen …
– Passt schon.

SAAD Sie gehen zu Fuß, vielmehr: Saad geht, Leila fährt. Sobald sie auf dem Skateboard steht, wird aus ihr eine Amazone. Saad fragt sich, wie lange er das noch durchhalten kann, Leila seine geistige Abwesenheit als Müdigkeit zu verkaufen. Noch im Bus hat er nach Jobs in Hamburg gesucht, vorher die mobilen Daten deaktiviert. Soweit er weiß, kann ein Handy nur geortet werden, wenn es mit einem Sendemast verbunden ist. Sicher aber ist er nicht.

Sie werden neu anfangen, das hat er inzwischen entschieden. Und Hamburg ist vermutlich nicht der schlechteste Ort. Hoffen, dass sie ihn diesmal nicht finden werden. Gibt natürlich eine Menge Fragen, auf die er noch keine Antwort hat. Zum Beispiel die, wie er die Leiche auf dem Dach des Parkhauses verschwinden lassen soll, bevor sie entdeckt wird und ohne dass es jemand mitbekommt.

– Tschakka!, ruft Leila.

Plötzlich haben sie die Alster vor sich, alles wird groß und weit, und die Aprilsonne spiegelt sich auf dem Wasser, dass Saad die Augen zusammenkneifen muss. Es ist kalt und warm gleichzeitig, die Sonne kriecht einem bereits unter die Haut, aber der Wind macht, dass man trotzdem friert. Leila streckt ihre gespreizten Finger von sich, als würde die Alsterfontäne nur dank ihrer Superkräfte in den Himmel schießen, und für einen Moment gelingt es Saad, nicht an die Zukunft und nicht an die Vergangenheit zu denken.

Dann ist der Moment auch schon wieder vorbei, denn als er seine Hände in die Taschen stecken will, bemerkt er den Riss in seiner Jacke, ungefähr eine Handbreit. In dem Riss kleben schwarze Fussel, und von wem die stammen, da muss Saad nicht lange nachdenken. Das wiederum bedeutet, dass an der Leiche mit Sicherheit Fasern seiner Jacke zu finden sind, weshalb er sich schleunigst eine neue besorgen sollte.

Der Platz vor dem Anlegesteg ist mit großen Steinplatten gepflastert, auf denen sich wunderbar Skateboard fahren ließe.

Wenn er nicht so voll wäre. Da stehen mindestens sechzig Personen in ihrer eigenen Testosteronwolke herum, fast alle männlich. Erst denkt Saad an Hertha-Fans, wegen der Farben, blau-weiß, aber als Leila und er näher kommen, erkennt er den Rostock-Schriftzug auf den Schals.

– Heute wird St. Pauli zerlegt!

Eine Barkasse steuert den Steg an. Saad fragt sich, wie die alle da draufpassen sollen, ohne dass der Kahn absäuft.

– Vielleicht warten wir einfach auf das nächste Boot.

Die Barkasse legt an, die Fans poltern an Bord und freuen sich, als hätten sie das Schiff gekapert. Es legt ab, ohne zu sinken, die Rufe entfernen sich.

Der Vorplatz ist von einer steinernen Bank eingefasst. Saad spürt die Müdigkeit in den Beinen, den fehlenden Schlaf, und setzt sich. Leila freut sich über den frei gewordenen Platz und das klackernde Geräusch, wenn sie mit dem Board über die Fugen der Platten rattert.

Sie sind nicht die Einzigen, die entschieden haben, das nächste Boot abzuwarten. Zwei ältere Frauen sitzen ebenfalls in der Sonne, beide mit Hund, beide Hunde mit Westen, beide Westen mit Reflektorstreifen. Die Frauen unterhalten sich, allerdings hört Saad es nur mit halbem Ohr, er kommt sich vor wie einer dieser Vögel, die schlafen, während sie fliegen, erst die eine Gehirnhälfte, dann die andere. Mauersegler? Er hat es vergessen.

Leila hat eine Stufe in den Platten entdeckt, die sie jedes Mal beinahe vom Board wirft, wenn sie darüberfährt. Aber eben nur fast, und das ist natürlich aufregend, denn die Frage ist, wo ist die Grenze, wie weit kann ich gehen? Um das herauszufinden, nimmt Leila bei jedem neuen Versuch etwas mehr Schwung.

– Das sieht denen ähnlich, hört Saad eine der Frauen sagen. Offenbar schläft sein Gehirn tatsächlich nur halb, oder es wird gerade geweckt.
– Die haben doch überall ihre Finger drin, erwidert die andere. Saad blickt zu ihnen hinüber. Die eine hält der anderen ihr Smartphone vor das Gesicht.
– Ranghoher Politiker, liest die vom Display ab.
– Die sind mit allen Salben gesalbt, sag ich dir.
Ihr Hund sieht mit zittrigen Beinen zu ihr auf.
Als die Frau bemerkt, dass Saad ihren Hund betrachtet, sagt sie: – Keine Unterwolle.
– Wie bitte?, sagt Saad.
– Frenchies haben keine Unterwolle, deshalb der Mantel.
Unterwolle, denkt Saad. Das Wort scheint irgendwo zwischen dem wachen und dem schlafenden Teil seines Gehirns festzustecken.
Als Nächstes sagt die andere Frau: – Im Kofferraum, wo gibt's denn so was?
Danach ist Saad wach.
RANGHOHER POLITIKER MIT LEICHE IM KOFFERRAUM. Bild.de. Die Nummer des Wagens ist unkenntlich gemacht worden, das Gesicht der Leiche ebenfalls. Sechs Fotos zum Durchwischen, das vierte zeigt eine Großaufnahme des Tattoos. Saad spürt, dass etwas nicht stimmt, noch bevor er das Smartphone quer hält, damit das Foto den Bildschirm füllt. Eine Spannung, als hätte jemand ganz hinten in seinem Kopf Strom angelegt. Er starrt ein paar Sekunden das Tattoo an, zieht es groß und starrt es noch einmal an. Da ist eine plötzliche Stille in seinem Kopf, eine Leerstelle, wie wenn du in einem schwarzen Raum aufwachst und nicht weißt, wo du bist.

Leila steht vor ihm und hält ihm ihre blutende Hand hin. Offenbar hat sie den Punkt gefunden, an dem es sie vom Board schleudert.
– Danke.
Saad gibt der Dame das Smartphone zurück und sieht sich Leilas Hand an. Der Ballen ist aufgeschürft, kleine Steinchen stecken in der abgeschabten Haut. Schmerzhaft. Die Dame reicht ihm so ein Taschentuch, wie man sie früher hatte, bestickt, mit Monogramm. Das sieht ebenfalls aus wie eintätowiert.
– Sehr freundlich von Ihnen, sagt Saad. Und zu Leila: – Tut es sehr weh?
– Geht, sagt Leila, die der Anblick des rohen Fleisches so sehr fasziniert, dass die Schmerzen irgendwie nicht mehr so wichtig sind.
Saad umwickelt die schmale Hand mit dem Taschentuch, das sich sofort rot färbt, nimmt Leila an der unverletzten Hand und klemmt sich das Board unter den Arm.
– Ich glaube, da war eine Apotheke auf dem Herweg.
– Krieg ich einen Verband?
Saad ist mit den Gedanken schon wieder woanders. Bei dem Tattoo nämlich, das er auf dem Smartphone gesehen hat.
– Papa!
– Was?
– Krieg ich einen Verband?
Die Begeisterung in Leilas Stimme ist unüberhörbar.
– Ich würde sagen: ja.
– In Blau? Ich will einen in Blau. Und so, dass nur vorne noch die Finger rausgucken.

NIHAL – In zehn Minuten will ich dich in meinem Büro sehen, hat Bernd am Telefon gesagt. Als müsste Nihal eine Blutung stillen.

– Was gibt's denn?

– Zehn Minuten.

Noch auf dem Fahrrad stellt Nihal sich vor, wie sie in Bernds Büro kommt, der Boden voller Blut und er hinter dem Schreibtisch und bleich wie die Wand: – Du bist zu spät.

Sie nimmt zwei Stufen auf einmal, rauf in den dritten Stock, den Flur hinunter und reißt Bernds Tür auf.

– Anklopfen sparen wir uns neuerdings, oder wie hab ich das zu verstehen?

Kein Blut auf dem Boden, natürlich nicht. – Ich dachte ...

Bernd wartet, ob noch was kommt. Ist aber nicht. Stattdessen klingelt das Telefon, und Bernd hebt nicht ab. Was ungewöhnlich ist. Der geht sonst immer ran, ist sein Job.

– Sag mir, dass du damit nichts zu tun hast.

Das Telefon klingelt munter weiter.

Nihal sucht nach der richtigen Erwiderung: – Womit?

Bernd macht etwas, was sie ihn noch nie hat machen sehen: Nimmt den Hörer und lässt ihn direkt wieder auf das Gehäuse fallen.

Anschließend dreht er Nihal den Screen zu: – Hiermit.

Bild.de. Ranghoher Politiker mit Leiche im Kofferraum. Darunter sehr wenig Text und sehr viel Foto. Der Redakteur hat scheinbar einen Clown gefrühstückt: *Früher hatten Politiker ihre Leichen noch im Keller. Heute fahren sie sie im Kofferraum spazieren.*

Nihal zieht ihr Smartphone aus der Jacke und gleicht die Fotos auf Bild.de mit denen ab, die sie letzte Nacht gemacht hat.

– Die sind nicht von mir.
Sie zeigt es ihm. Ihre Aufnahmen sind ähnlich, der Winkel aber ist ein anderer.
– Hm.
Nihal hat einen Verdacht, wer die Fotos gemacht und an die Bild durchgestochen haben könnte. Mirko, der Typ vom KDD, der in seiner Freizeit gerne mit seinen Kumpels Tinder-Dates abgleicht und der seit letzter Nacht denkt, er hätte bei Nihal einen gut.
Wieder klingelt das Telefon, wieder hebt Bernd den Hörer nur an, um ihn anschließend fallen zu lassen.
– Den Innensenator hatte ich schon, alles andere kann warten.
Nihal überfliegt den Text. – Brasch wird nirgends erwähnt.
– Nein.
– Und das Nummernschild ist verpixelt.
– Ich habe Brasch und seiner Anwältin heute früh versichert, dass die Sache nicht an die Öffentlichkeit gelangt. Drei Stunden später bringt die Bild Fotos der Leiche. Und morgen hängt das überall, wo es Zeitungen gibt.
Dass diese Fotos den Weg ins Internet gefunden haben, trifft Bernd an einer empfindlichen Stelle: Er ist ein Ehrenmann, jedenfalls in seiner Vorstellung. Wenn er ein Versprechen gibt, dann hält er das.
– Soweit ich mich erinnere, hast du nur zugesagt, dass die Information, wer den Wagen gefahren ist, nicht an die Öffentlichkeit gelangt. Und das ist ja auch nicht passiert. Sie dreht Bernd den Screen wieder zu. – Vielleicht hat's ja auch was Gutes.
Bernd betrachtet das Foto. – Du meinst, dass, wer immer den geschickt hat, jetzt weiß, an wen er sich wenden muss.

– Ich hab vielleicht eine Spur, sagt Nihal.
– Dann schlage ich vor, du gehst ihr nach.
Er nimmt den Hörer, doch bevor er gewählt hat, drückt Nihal auf Aus. Was ganz klar einen Übergriff darstellt, wissen sie beide. Nihal versucht sich an einem Gesichtsausdruck, der Zerknirschung zum Ausdruck bringen soll.
– Du willst jetzt nicht ein Team zusammenstellen.
– Was denn sonst? Stefanie wird die Ermittlungen leiten, erst mal nur ihr zwei ...
Nihal sieht ihre Kollegin vor sich, die Tröstebärensammlung, das permanente Mitgefühl.
– Heute morgen meintest du noch, es gibt erst mal kein Team.
– Heute morgen kursierten auch noch keine Fotos der Leiche im Internet.
– Ich bin mein eigenes Team. Bitte, Bernd.
– Kann ich nicht machen.
– Offiziell kannst du es gar nicht anders machen. Ich bin wieder krankgeschrieben.
– Dann kann ich dir auch keinen Ermittlungsauftrag erteilen.
– Genau.
– Eine Kommission muss ich trotzdem bilden, geht ja gar nicht mehr anders.
Nihal sieht ihn an: Mach, was du willst, Hauptsache, ich kann alleine weitermachen. Komm schon. Please.
Bernd atmet hörbar ein und wieder aus. Zweimal. Nein, dreimal. Als würde ihm jemand die Lunge abhören.
– Du gehst nirgendwo hin, ohne dein Handy dabeizuhaben. Und ich weiß zu jeder Zeit, wo dein Handy sich aufhält. Ist das klar?
So was von.

SAAD Die Apothekerin zerfließt vor Mitleid, als Leila ihr die Hand mit dem blutgetränkten Taschentuch entgegenstreckt und ruft: – Ich bin voll hingeknallt! Und, als wäre das noch nicht dramatisch genug: – Mit dem Skateboard!
Die Apothekerin trägt einen Pferdeschwanz, eine schmalrandige Brille mit kreisrunden Gläsern und sieht aus, als würde sie mit über vierzig noch Kinderbücher zum Einschlafen lesen. Ihre vergrößerten, sehr blauen Augen blicken Saad an. Am liebsten würde sie den jungen Mann und seine reizende Tochter mit nach Hause nehmen und dafür sorgen, dass dem Mädchen nie wieder etwas zustößt, nie.
Passiert Saad öfter. Genau weiß er nicht, warum, aber bei bestimmten Frauen triggert er das. Ich hab letzte Nacht zwei Menschen getötet, denkt er. Die falschen.
Die Apothekerin kommt hinter dem Tresen hervor, geht vor Leila in die Hocke und wickelt vorsichtig das Taschentuch ab.
– Lass mal sehen.
– Krieg ich einen Verband?
– Auch du liebe Güte. Zuerst mal müssen wir das sauber machen. Und desinfizieren. Und dann bekommst du einen Verband.
– Hast du einen in Blau?
Die Apothekerin sieht Leila an: – Tut das nicht furchtbar weh?
– Nicht so schlimm. Hast du?
– Komm mal mit nach hinten, dann kümmer ich mich darum.
Zu Saad sagt sie: – Vielleicht möchten Sie so lange hier warten.
Sie deutet auf den Stuhl neben der Blutdruckmessstation. Als Saad sich nicht bewegt, blickt sie ihn an wie ein Forschungsobjekt. – Ver-ste-hen Sie Deutsch?
Saad sieht auf ihr Namensschild: – Ja, Frau Hugenbeck. Danke.

– Ah, lesen können Sie auch, gut. Dann setzen Sie sich doch, Sie sehen ganz blass aus, ich bring Ihnen ein Glas Wasser.
Während Frau Hugenbeck Leila verarztet und Saad in sein Wasserglas blickt, versucht er, sich zu konzentrieren. Neue Situation. Denk nach, Saad. Das Tattoo auf Bild.de ist nicht das Tattoo, das du letzte Nacht zu sehen geglaubt hast. Es war nicht die Silhouette von Notre-Dame de la Garde mit dem *Environment sombre*-Schriftzug, sondern zwei gefaltete Hände mit irgendeinem Schriftzug, der sich über die Finger zog. Ein Tattoo, das du noch nie gesehen hast. Die Ähnlichkeit war nicht einmal besonders groß, dabei warst du dir letzte Nacht so sicher. Der Mensch sieht nur, was er schon weiß. Für alles andere ist er blind. Das Ergebnis ist, dass du letzte Nacht zwei Männer getötet hast. Die waren zwar auf der Suche nach jemandem, aber ziemlich sicher nicht nach dir.
Wenn ihr jetzt gleich nach Berlin zurückfahrt, könntest du zu Schichtbeginn im Parkhaus sein. Nur dass Leila nicht in der Kita war, dafür müsstest du dir etwas einfallen lassen. Und die Leiche auf dem Dach musst du loswerden, schnell, bevor jemand nach ihr sucht oder Mohammed sie entdeckt.
– Ta-daa!
Leila präsentiert ihren Verband. Blau. Und so, dass nur die Finger vorne rausschauen. Manchmal kommt es Saad so vor, als könnte seine Tochter die Welt um sich herum nach ihrem Willen formen, als könnte sie machen, dass der Verband die Farbe annimmt, die sie will.
– Warten Sie. Die Apothekerin legt Saad eine Hand auf den Arm. – Wo Sie schon da sitzen, messe ich gleich mal Ihren Blutdruck. Sie gefallen mir gar nicht.
Ehe Saad es sich versieht, hat er eine Manschette um den Arm.
– Viel zu niedrig, stellt die Apothekerin fest.

Da schwingt Befriedigung mit. Saad ist einer, um den man sich kümmern muss.
Sie lässt ihn erst gehen, nachdem sie ihm drei Tablettenfläschchen eingepackt hat: Vitamin B12, Vitamin D und Vitamin C. Und für Leila eine Sprühflasche mit Desinfektionsmittel, eine sterile Wundauflage und einen Ersatzverband, blau, selbsthaftend. Und Taschentücher, für alle Fälle. Und Traubenzuckerlollis. Mon dieu.
– Warum sagst du nie was?
Leila, als sie wieder auf der Straße stehen. Die Sonne spiegelt sich auf dem Pflaster, an den Bäumen frisches Grün, alles strebt nach oben.
– Was hätte ich denn sagen sollen?
– Vielleicht danke? Mann, Papa, die war total verknallt in dich!
Die war nicht verknallt in mich, denkt Saad, die hätte nur gerne jemanden, der sie braucht. Aber das findest du selbst heraus, später.
Leila schnappt sich ihr Skateboard, setzt einen Fuß darauf.
– Was machen wir jetzt?
Saad zeigt Richtung Bahnhof: – Da lang.
– Wer schneller ist!, ruft Leila.
– Okay, ich zähle bis drei. Eins ...
Da ist Leila schon los.

Als sie aus der Umkleide kommt, sieht sie aus wie eine Marvel-Heldin, nur maßstabsgetreu verkleinert. Purer Zufall, dass sie bei Niketown einen Kinder-Swimsuit haben, der genauso aussieht wie der, den Leila an Nihal gesehen hat, schwarz, mit langen Armen und Neonswooshs auf den Schultern. Als Leila ihrem Spiegelbild begegnet, kann sie kaum den Blick von sich abwenden.

Saad tritt hinter sie, und in dem Moment versteht Leila: – Sind wir deshalb nach Hamburg gefahren?

Als könnte man nirgends sonst so einen Anzug kaufen.

Saad macht ein Gesicht, als habe sie ihn durchschaut. Sie drückt sich an ihn, schlingt ihre Arme um seine Hüfte, und Saad hat die nächste Lüge am Hals.

– Gefällt er dir?

– Voll!

– Dann können wir ja jetzt nach Berlin zurückfahren.

Leila testet die Elastizität ihres Swimsuits, zieht daran und lässt ihn zurückschnappen. – Darf ich ihn anbehalten?

– Schuhe wären gut, sagt Saad. – Und ich brauch noch eine Jacke.

MAJA Als der BMW mit den getönten Scheiben nicht auf den Stadtring abbiegt, sondern stattdessen über die Beusselbrücke fährt, spürt Maja zum ersten Mal, dass sie tatsächlich an etwas dran sein könnte. Wie ein Wespenstich. Ihre Finger kribbeln nicht, sie brennen!

Jenseits der Autobahn gibt es nur noch die Jugendarrestanstalt und eine Kleingartenkolonie. Sofern du kein Anwalt oder Kleingärtner bist, fährst du hier nur hin, wenn du irgendetwas vorhast. Und Phillipp Brasch ist weder das eine noch das andere. Der BMW passiert die Haftanstalt und biegt in die Straße ab, die durch die Kleingartenkolonie führt. Das ist eine Verfolgung, denkt Maja. Ich mach das wirklich.

Sie hat den Fehler noch gefunden, neulich Abend, nachdem

Kiara endlich gegangen war. Vielmehr hat er sich ihr aufgedrängt. Ihr Laptop hatte sich in den Ruhezustand verabschiedet, also war Maja aufgestanden und hatte sich einen Mate-Guarana-Tee gemacht. Die Mischung nennt sich »Geistesblitz«. Sie kam zurück in ihr Zimmer, nahm einen Schluck, weckte den Laptop aus dem Ruhezustand, und das erste Wort, das sie ansprang, war: Sammelausfuhrgenehmigung.

Das ist es, was sich die Regierung hat einfallen lassen, um nicht genehmigungsfähige Waffenlieferungen genehmigungsfähig zu machen. Wenn es sich nämlich dabei um Teillieferungen für europäische Gemeinschaftsprojekte handelt. In diesem Fall um Steuerungseinheiten für Kampfjets des Typs Eurofighter. Nur dass die Firma, deren Geschäftspraktiken Maja aufzudecken versucht, Handfeuerwaffen produziert. Für die braucht es keine Steuerungseinheiten. Die Pressesprecherin der Firma jedenfalls kannte das Wort nicht einmal.

Anschließend benötigte Maja einen weiteren Tag, um herauszufinden, dass der Container, der angeblich Steuerungseinheiten enthielt, nicht wie alle anderen von Hamburg aus nach Liverpool verschifft worden war, sondern nach Rotterdam. Obwohl die Eurofighter-Endmontage in Warton erfolgt. Und unterschrieben und genehmigt hat das alles der Mann, der in dem schwarzen BMW sitzt, dem Maja gerade folgt.

Hinter der Kleingartenkolonie schließt sich das nächste Wohnviertel an. Passiert einem in Berlin öfter, dass du denkst, die Stadt ist irgendwie zu Ende und franst aus, und dann bist du doch wieder mittendrin. Maja fragt sich, zu was für einem Stadtteil das hier gehört, Charlottenburg, Reinickendorf? Der Ausschnitt, den Google ihr auf dem Handy anbietet, ist keine Hilfe. Und dann ist der BMW über die Kreuzung, und Maja steht vor einer roten Ampel.

Sie blickt Braschs Limousine nach, wie die hinter frisch belaubten Bäumen verschwindet, spürt, wie es ihr das Blut durch die Halsschlagadern drückt, schiebt die Nase von Kiaras Berlingo über die Markierung und prescht hinterher. Jungfernheide, liest sie auf dem Display, nie gehört. Ein Park. Der BMW ist weg. Was will der hier, überlegt Maja, während sie im Vorbeifahren die Seitenstraßen nach seinem Wagen absucht. Und ihn nicht findet.

Am Ende des Parks hat sie die Wahl: geradeaus und hinein ins nächste Wohnviertel oder abbiegen und am Park bleiben. Sie biegt ab, die Straße führt in den Park hinein, Verkehr gibt es hier kaum noch – ein Seniorenpärchen auf Fahrrädern kommt ihr entgegen –, und dann entdeckt sie ihn, Brasch, nicht den Wagen. Den BMW hätte sie glatt übersehen, weil der Staatssekretär ihn hinter zwei anderen Autos auf einem zurückgesetzten Platz abgestellt hat. Seine weißblonden Haare nicht. Die leuchten wie eine Boje. Und wieso hat er einen Nasengips?

Viel zu abrupt bremst Maja ab, reißt das Steuer herum und rumpelt auf den lehmigen Platz. Brasch stockt in der Bewegung, verfolgt, wie die blaue Schrottkiste auf die Fläche schlingert und in einen der aus verwitterten Baumstämmen gebildeten Parkplätze rutscht. Auffälliger geht's kaum. Maja, du Zipfelklatscher!

Ob er nur den Berlingo oder auch Maja gesehen hat, ist unklar. Klar ist, dass sie jetzt schlecht im Auto sitzen bleiben kann, sonst macht sie sich nur noch verdächtiger. Also tut sie so, als telefoniere sie, blickt aus dem Augenwinkel zu Brasch hinüber, der noch einen Moment verharrt und sich schließlich abwendet. Auf dem Beifahrersitz liegt die Spiegelreflex mit dem fetten Tele aus der Redaktion, aber wenn Brasch sie damit sieht, weiß er Bescheid. Die rettende Idee kommt Maja, als sie aussteigt und im Kofferraum Kiaras Sporttasche liegen sieht. Und daneben deren schlammverkrustete Laufschuhe.

Während sie sich unter der geöffneten Heckklappe in Kiaras ungewaschene Laufleggings zwängt, beobachtet sie, wie Brasch auf einen weiteren Wagen mit getönten Scheiben zugeht, aus dem ein Mann aussteigt und ihn begrüßt. Der Moment, in dem sie das Gesicht des Mannes erkennt, ist der Moment, in dem sie sich den Kopf an der Heckklappe stößt und einen Aufschrei unterdrückt, denn hinter Klaus-Peter Müller recherchiert sie schon seit Wochen her. Sieht in real life eher harmlos aus, wie Maja auffällt, ein bisschen wie ihr Vater, Typ Oberstudienrat. Und doch gibt es keinen Kontinent, auf dem nicht mit seinen Waffen gemordet wird. Steuerungseinheiten. In Rotterdam. Aber sicher doch.

Die Versuchung ist zu groß. Als Maja sich umgezogen und außerdem das Gefühl hat, dass Brasch und Müller sie vergessen haben, nimmt sie die Kamera vom Beifahrersitz und fotografiert durch die Scheiben hindurch, wie die beiden ihre Handys in einem kleinen Metallkoffer verstauen, den der Waffenproduzent anschließend im Kofferraum verschwinden lässt. Dann gehen sie in den Park, und Maja fängt an zu joggen.

BRASCH Brasch will wissen, was Müller weiß. Deshalb lässt er ihn kommen. Ein falsches Wort, Müller, *ein* falsches Wort! Wenn du da mit drinhängst, zerlege ich dich und deine Firma bis aufs Mark. Gibt genug Waffenproduzenten in Deutschland, die liebend gerne deinen Platz einnehmen würden.

Müller sagt natürlich erst einmal nichts, tappt mit plumpen Schritten über den aufgeweichten Boden, die Hände auf dem Rücken verschränkt.

Irgendwann fällt ihm doch noch etwas ein: – Was ist denn mit Ihrer Nase passiert?

– Unwichtig, bellt Brasch. – Wichtig ist, was letzte Nacht mit meinem Wagen passiert ist.

Müller blickt stoisch geradeaus. – Hab mich schon gefragt, ob Sie das waren. Die Leiche im Kofferraum ...

– Und?

– Und?, wiederholt Müller. – Ein Grund mehr, Zusammenkünfte wie diese zu vermeiden.

– Das hier ließ sich nicht vermeiden! Braschs Halsschlagadern treten hervor. – War das Ihre Idee?

Müller blickt auf ihn herab: – Die Leiche im Kofferraum? Wieso sollte ich etwas tun, was unsere Zusammenarbeit gefährdet?

Hat sich Brasch auch schon gefragt. Ergibt keinen Sinn. Die ganze Scheiße ergibt von vorne bis hinten keinen Sinn. Außer es war tatsächlich ein Zufall, aber solche Zufälle gibt es nicht. Seit Stunden zermartert sich Brasch das Hirn auf der Suche nach einer Antwort. Die Scheiße ist: Die Erinnerung an den Abend ist wie ein Karton voller verschwommener Polaroids. Da kriegst du nicht einmal eine Reihenfolge hineinkonstruiert, geschweige denn etwas Zusammenhängendes.

– Da hat jemand eine Leiche in meinem Kofferraum entsorgt!

Müller bleibt stehen, blickt sich um. Zu laut, dieser Brasch ist immer zu laut. Außer der Joggerin, die über die Insel trabt und die hoffentlich Kopfhörer drin hat, ist niemand zu sehen. Sie stehen am Wasser, dieselbe Stelle wie letztes Mal, Blick auf den Ponton. In ein paar Wochen, wenn das Seebad geöffnet

haben wird, werden sich knutschende Teenager darauf drängeln, und der Geruch von Sonnencreme wird über dem See hängen wie Smog, sichtbar. Jetzt steht ein Fischreiher dort, der sich so wenig bewegt, dass man sich fragt, ob er echt ist.
– Sind Sie sicher ... – Müller, bedächtig wie immer – ... dass nicht Sie selbst es waren, der die Leiche in Ihren Kofferraum gelegt hat?
Müllers Frage tritt bei Brasch eine Gedankenlawine los. Hab ich?, überlegt er. Hab *ich* den da reingelegt? Müsste ich das nicht irgendwie noch wissen? Dieses Chaos in seinem Kopf. Er erinnert sich, wie der Kommissar etwas von organisierter Kriminalität gefaselt hat. Dass der Tote einer gewesen sein könnte, der anderen die Drecksarbeit abnahm.
– Sie glauben, der hatte es auf *mich* abgesehen?
– Möglich.
Die Gedanken rollen bei Müller durch die Gehirnwindungen wie Murmeln. Bis da eine unten rausfällt, das dauert.
– Das Tattoo, sagt er schließlich.
– Was soll damit sein?
– Haben Sie das schon einmal gesehen?
– Dasselbe wollte der Kommissar von mir wissen. Nein. Natürlich ni ... In dem Moment geht Brasch ein Licht auf. – Sie aber. *Sie* haben es schon einmal gesehen.
– Möglich. Bei unserem letzten Treffen ...
– Der Wüstenfuchs?
– Sein Fahrer. Ich hab den nur kurz von hinten gesehen, aber ich glaube, der hatte so eins.
Heilige Scheiße, denkt Brasch. Ich hab den Fahrer vom Wüstenfuchs ausgeknipst. Oder nicht?
Spätestens an diesem Punkt der Überlegungen würde sich bei den meisten Menschen ein Unwohlsein einstellen, Angst, Pa-

nik, irgendetwas in dieser Richtung. Nicht so bei Brasch. Der hielt sich bis eben für unantastbar, ab jetzt für unsterblich.
– Hören Sie! Brasch legt den Schalter um, nennt sich Weisungsbefugnis. – Sie machen Ihrer Kameltreibertruppe klar, dass das so nicht läuft, und zwar unmissverständlich. Andernfalls macht hier keiner mehr Geschäfte mit irgendwem. Und selbstverständlich werde ich meine Provision nicht zurückzahlen. Die sollen lieber die zweite Rate bereitstellen. Ich bin nämlich gerade dabei, den Deal noch durchzuziehen. Das wird aber nicht einfacher, wenn man mir im Parkhaus auflauert. Und sagen Sie denen noch was: Sollten die nochmal auf die Idee kommen, so eine Scheiße abzuziehen, dann können sie ihre Wunderwaffe am nächsten Morgen im Vorgarten der Botschaft einsammeln.
Was Müller in diesem Moment denkt – ob er überhaupt einen formulierbaren Gedanken hat –, lässt sich schwer sagen. Äußerlich passiert da ja immer nicht so viel. Er blickt über den See, die Hände in den Taschen. Auf der anderen Seite trabt die Joggerin den Uferweg entlang. Als sie auf Höhe des Pontons ist, zieht der Reiher den Kopf ein, stößt sich ab, entfaltet seine Flügel und verschwindet hinter den Baumwipfeln.
– Wir sollten gehen.

SAAD Wenn du mit deinem Kollegen und deiner Tochter auf einem Sofa sitzt und als einziger weißt, dass unter diesem Sofa eine Leiche liegt, dann ist es fast unmöglich, nicht daran zu denken, dass unter dem Sofa eine Leiche liegt. Diese Erfahrung macht Saad gerade.
Schichtwechsel. Leila hat entschieden, dem Buggy entwach-

sen zu sein und sich ab sofort nur noch auf dem Skateboard fortzubewegen, am besten in Kombination mit ihrem Langarm-Swimsuit. Den hat sie natürlich sofort Mohammed vorgeführt, hier, schau mal, wie eine zweite Haut.
Leila mag Mohammed, hat ihn durchschaut – dass er immer über alles meckern muss, was er eigentlich mag, seinen Job, seine Frau, sein Leben. Nervt alles total ab, geil ist es trotzdem.
Sie hielt ihm den Arm hin. – Willste mal ziehen?
Mohammed machte es wie Leila bei Nihal: zog am Stoff und ließ ihn zurückschnalzen.
– Next level shit.
– Cool, oder?
– Molto.
Und jetzt sitzen sie auf dem Sofa, Leila liegt, besser gesagt, eingewickelt in die Psycho-Fleecedecke, die du auf keinen Fall ansehen solltest, nachdem du bewusstseinserweiternde Substanzen konsumiert hast. Ihr Kopf ruht auf Saads Oberschenkel, ihre Füße liegen auf Mohammeds. Das Segel über ihnen knistert leise. Und unter dem Sofa liegt die Leiche.
Mohammed baut sich seinen Feierabendjoint und stopft so viel von seinem Zeug rein, dass er gleich nach Hause schweben kann, direkt vom Dach aus. Er macht eine Handbewegung, als würde er die Flugbahn einer Rakete beschreiben.
– Die werden fünf Meter hoch. Gemeint sind seine Pflanzen.
– Der Boden muss nährstoffreich und feucht sein, aber nicht staunass.
– Staunass, wiederholt Saad.
Jeden Tag ein neues Wort.
– In ein paar Wochen ist das Dach krass der Dschungel, Alter.
Ehrlich gesagt, ist es das jetzt schon. Jeden Abend vor seinem

Feierabendjoint schreitet Mohammed mit dem Ausziehmetermaß seine Plantage ab und kontrolliert das Wachstum seiner Sprösslinge. Heute haben die ersten die Eins-vierzig-Marke geknackt.
– Bis Weihnachten bin ich steinreich.
Saad könnte ihm jetzt etwas erzählen über Geld, wohin das führt, wenn man an nichts anderes denken kann als ans Reich-Werden. Wenn es zu deiner Religion wird. Was dann alles auf der Strecke bleibt. Und dass es, wenn du das kapiert hast, zu spät ist.
– Weiß Eske, was du hier oben machst?
– Logisch nicht, Alter. Bin ich bescheuert?
Mohammed hat fertig gedreht, nimmt den ersten Zug, schmeckt ihm nach. Da werden Träume wahr.
– Hab schon Gespräche geführt.
Bei Saad flackert eine Warnlampe auf: – Was für Gespräche?
– Distribution, Abnehmer, Mengen, Vakuumierung ... Ich zieh das ganz groß auf, Alter. Kannst immer noch mit einsteigen.
Mohammed hält den Rauch in der Lunge und Saad wie jeden Abend den Joint hin, Running Gag. Aber dann macht Saad etwas, das ihn selbst überrascht. Er nimmt den Joint und zieht daran. Mohammed verschluckt sich am Rauch.
– Was ist los mit dir, Mann? Ich denke, in einer Woche kriegst du dein »Unbefristet«, und bis dahin gehst du nicht mal bei Rot über die Ampel.
– Fünf Tage, korrigiert Saad. Und um sich selbst den Joint zu erklären: – Schräger Tag, heute.
– Was ist passiert, will Mohammed wissen.
Dabei zieht er wie immer »was« und »ist« zu einem Wort zusammen: Wass passiert.

Saad verspürt den Impuls, es ihm zu erzählen, alles, Lebensbeichte: die beiden Männer, die Verwechslung, dass er dachte, sie hätten ihn gefunden, und dass unter dem Sofa eine Leiche liegt. Dass er in Wahrheit nicht aus Homs stammt, sondern aus Marseille, und Leilas Mutter nicht bei einem Autounfall ums Leben kam, sondern weil sie abhauen wollten, aber hinter den Müllcontainern in der Spitzkehre zwei Typen mit Kalaschnikows warteten und Samara von einer Kugel im Hals getroffen wurde. Sein ganzes scheiß Leben würde Saad ihm am liebsten erzählen, schließlich ist Mohammed vielleicht kein Freund, aber einen, der dem näher käme, hat Saad nicht. Ist schwer manchmal, alleine klarzukommen, immer. Wie ein dunkler, langsam wachsender Tumor an einem schwer lokalisierbaren Ort.
Ein gefährlicher Impuls, dieser Beichtwunsch. Die Sehnsucht nach Absolution. Saad hätte nicht an dem Joint ziehen sollen, das rundet die Kanten ab, und plötzlich hast du das Bedürfnis, irgendwo hineinzupassen, organisch. Er reicht den Joint zurück.
– Nicht wichtig. War einfach nur schräg, heute.
Mohammed zieht, behält den Rauch drin, und dann entlässt er gemeinsam mit dem Rauch aus seinen Lungen alles, was sich an Lebensweisheit und Erfahrung in ihm angesammelt hat, geronnen zu einem einzigen Satz:
– Du brauchst eine Frau, Alter.
Er nimmt noch einen Zug, und dann ist der Moment der unendlichen Weisheit auch schon wieder vorbei, verweht in sämtliche Himmelsrichtungen.
– M-mm, macht er als Nächstes, – fast vergessen: War jemand da, heute, von der Kripo. Hätte beinahe eingekackt, Alter. Wollte sich aber nur die fünfte Etage ansehen und hat gefragt, ob es auch eine Nachtschicht gibt.

– Was hast du gesagt?
Mohammed sieht Saad an, als frage er sich, wo der Fehler ist.
– Dass es logisch eine Nachtschicht gibt?
– Nee, klar, sagt Saad. – Logisch.
Mohammed gibt sich noch einen Zug zum Nachdenken, bevor er fragt: – Echt alles okay bei dir?
– Hab doch gesagt: War einfach nur schräg, heute.
– Schräg. Schräg. Was soll'n das heißen, Mann? Schräg nach oben oder schräg nach unten? Oder schräg nach vorne oder nach hinten? Oder was schräg? Schräg ist wie Maggi, Alter. Machst du ans Essen, damit es nach was schmeckt, aber dann schmeckt es doch nicht nach was, sondern einfach nur nach scheiß Maggi.
Saad deutet auf das, was von dem Joint noch übrig ist: – Gutes Zeug.
– Weltklasse, präzisiert Mohammed. – Hat gesagt, sie kommt nochmal wieder.
– Wer?
– Hörst du nicht zu, Alter? Die Frau von der Kripo.
– Das war eine Frau?
– Ja, Mann. Krasse Braut.

NIHAL

Nihal tritt gegen das Knacken der Hinterachse an, das sich auf ungute Weise verfestigt hat. Das Kopfsteinpflaster hämmert ihr in die Schulter, also wechselt sie auf den Bürgersteig. Würde sie ein bisschen Druck rausnehmen, könnte sie auch auf der Straße fahren, aber Nihal und Druck rausnehmen geht nur selten zusammen. Diese drei Faktoren – Geschwindigkeit plus Bürgersteig plus knackendes Hinterrad – sind der Grund, weshalb Nihal dem aus der Ausfahrt kommenden Citroën nur noch ausweichen kann, indem sie den Lenker herumreißt, gegen den frisch einbetonierten Fahrradbügel knallt und, wie der Berliner es ausdrückt, über den Lenker absteigt. Um nicht mit der verletzten Schulter aufs Pflaster zu schlagen, stößt sie sich im Vorbeifliegen mit einer Hand am Fahrradbügel ab, rollt sich in der Luft zusammen wie eine Assel, vollführt eine halbe Schraube und landet, was eine halbe Sekunde vorher noch unmöglich schien, auf den Füßen.

Der Citroën hält an, die Vorderreifen auf der Straße. Der Fahrer steigt aus, klammert sich an den Türrahmen und fragt sich, ob er das wirklich gerade gesehen hat. Hat er. Er nickt respektvoll.

– Krasser Stunt.

Nihal ist noch mit ihrem Adrenalin beschäftigt, deshalb erkennt sie den Fahrer erst, als der sagt:

– Bist du nicht die Kripomieze, die heute hier war?

– Hast du gerade Mieze gesagt?

Wer in so einer Situation nichts Dringenderes zu tun hat, als auf das Wort Mieze abzugehen, dem kann nichts Schlimmes passiert sein. Mohammed fängt an zu grinsen, spontaner Druckabfall.

– Kripomieze, präzisiert er.

– Ich geb dir gleich Mieze.

– Aber nicht da-mit.

Er deutet irgendwohin, also sieht Nihal an sich hinunter und bemerkt, dass sie sich bei ihrem Stunt den Handballen aufgerissen hat. Ist nicht tief, blutet aber. Nihal wischt es an der Hose ab, doch es blutet sofort nach. Vielleicht doch tiefer. Mohammeds Grinsen will gar nicht aus seinem Gesicht weichen. – Soll ich einen Krankenwagen rufen?

– Geht schon.
– Sicher?
Scherz. Grinst und grinst. Der ist bekifft, denkt Nihal.
– Hast du was geraucht?
Das Grinsen verschwindet. – Sorry, muss los. Meine Mutter. Ist schwer krank, Krebs, krass tödlich. Vielleicht stirbt sie heute Nacht noch. Er steigt ein, schließt die Tür, lässt das Beifahrerfenster herunter. – Verbandszeug gibt's bei der Nachtschicht. Und weg ist er.
Nihal hebt ihr Fahrrad auf, lehnt es gegen den Bügel und schließt es an. Dabei stellt sie fest, dass ihr Vorderrad eine Acht hat. Der Cut in der Hand brennt, aber nur von Ferne, angenehm beinah, wie eine Erinnerung. Sie lässt ihren Kopf kreisen, links, rechts, shake it off, dann geht sie ins Parkhaus. Sie sieht ihn, bevor er sie sieht. Und bleibt stehen. Da sitzt der Typ, den sie neulich im Schwimmbad angequatscht hat, der von der S-Bahn. Saad. Der mit dem kleinen Mädchen, Leila. Aus irgendeinem Grund hat Nihal sich ihre Namen gemerkt.
Er ist dabei, sich eine Zigarette zu drehen. Bevor er Nihal bemerkt, weicht die zurück in den Schatten. Und fragt sich, warum. Fluchtreflex? Bist du komplett bescheuert, Nihal? Vor was denn? Sie vergräbt die Hände in der Bomberjacke, tritt ins trübe Neonlicht der Einfahrt und steuert das Pförtnerhäuschen an.
Saad blickt auf, erkennt sie, und dann vollzieht sich eine Veränderung in seinem Gesicht, und er sieht unendlich traurig aus.
– Hi, sagt Nihal.
– Hi.
Sie sehen einander an, durch die trübe Scheibe. Der ganze

Typ ist eine offene Wunde, denkt Nihal. Niemand kann das stillen. In seinem Haar blitzt etwas Blaues auf.
– Du hast da was.
Saad betastet seinen Kopf, Haare wie ein schwarzes Schaf, findet die Spange und zieht sie heraus.
– Ihre Lieblingsspange. Er steckt sie ein. Selbst sein Lächeln ist voller Schmerz. – Sitzt meine Frisur noch?
Dabei hat er nicht einmal eine, unmöglich bei den Haaren. Um denen eine Form zu geben, müsste man Zement reinschmieren.
Nihal weiß nicht, wie sie reagieren soll. Von Scherzen wird sie grundsätzlich auf dem falschen Fuß erwischt. Und jedes Mal, wenn sie Saad über den Weg läuft, fühlt sie sich augenblicklich grenzdebil. Und sie hasst es, sich so zu fühlen.
Selbstablehnung. Ist eine Falle. Hat ihr die Therapeutin beim Aggressionsbewältigungskurs erklärt. Was sie jetzt tun sollte, ist: anerkennen, dass Selbstablehnung ein Mechanismus ist, der sich irgendwann in ihr festgesetzt hat. Wie das scheiß Knacken in ihrem Hinterrad. Und wenn sie das anzunehmen bereit ist, dann – so die Therapeutin – wird sie verstehen, dass die Ursache für Selbsthass aus verzerrter Selbstwahrnehmung resultiert. Dass sie im Grunde ein guter, liebenswerter Mensch ist. Was das bedeutet für jemanden, der gute, liebenswerte Menschen zum Kotzen findet, hat die Therapeutin nicht gesagt.
Leck Arsch.
– Können wir reden? Nihal merkt, dass sie klingt, als wolle sie ein Beziehungsgespräch führen. – Ich hab ein paar Fragen zu letzter Nacht.
Klingt auch nicht besser, aber scheiß drauf. Saad leckt das Paper an, dreht die Zigarette zu Ende und hält sie hoch.

– Auch eine?
– Nichtraucher.
Er steht auf, wirft durch den Türspalt einen Blick in den Versorgungsraum, kommt aus seinem Kasten, schließt leise die Tür und verriegelt sie.
Sie gehen vor zur Straße. Es ist Frühling, Freitagnacht, halb zwölf. Charlottenburg brummt. Die Woche ist vorbei, Gang raus, laufen lassen. Wer es gar nicht mehr aushält, fährt schon mal das Verdeck ein und lässt die Nachbarschaft an seinem Musikgeschmack teilhaben. Saad stellt sich so, dass er vom Bürgersteig aus die Pförtnerkabine im Blick hat, gibt sich Feuer und schickt den Rauch in die Nacht. Nihal steht neben ihm, findet ihre Position nicht und stellt ihre Fragen: letzte Nacht, der Staatssekretär, die fünfte Etage. Weshalb Saad nicht da war, als sie später noch vorbeikam, fragt sie nicht. Vielleicht gibt er etwas preis, ohne es zu merken.
Saads Antworten sind so was von Standard, dass alleine das ihn verdächtig macht. Mehr als sie wisse er auch nicht. Etwas Besonderes vorgefallen sei eigentlich nicht, außer dass der Staatssekretär, als er seinen Wagen abgeholt hat, in Begleitung einer Frau und irgendwie aufgekratzt war. Aber das wisse Nihal ja schon. Verdächtige Personen sind ihm nicht aufgefallen. Und ja, eine Überwachungskamera gibt es, im Raum mit den Bezahlautomaten, aber funktioniert hat die seines Wissens noch nie.
Nihal nimmt ihre Hand aus der Jacke, fährt sich durch die Haare. Ist eine Übersprungshandlung, schon klar, merkt sie selber.
– Wie lange arbeitest du schon hier?
Statt zu antworten, sagt Saad: – Ist das Blut?
Nihal hat den Cut vergessen, und jetzt ist alles blutverschmiert.

– Sieht schlimmer aus, als es ist.
Saad tritt seine Zigarette aus: – Ich hab was da.
Sie gehen wieder hinein, Saad schließt das Pförtnerhäuschen auf, legt die Finger auf die Lippen: – Leila schläft da hinten.
Aus einer Tasche unter der Konsole zieht er eine weiße Plastiktüte mit rotem Aufdruck: Apotheke zum Ritter St. Georg. Und aus der Tüte zieht er genau das, was jetzt gefragt ist: Desinfektionsspray, eine sterile Wundauflage in exakt der richtigen Größe, einen Verband. Als hätte er gewusst, dass Nihal vorbeikommen und sich die Hand verletzen würde.
Sie sieht ihm zu, wie er den Cut versorgt. Die Luft in der Kabine ist so trocken, dass sie Nihal die Feuchtigkeit aus der Nase zieht. Der Geruch erinnert an den des Vernehmungsraums im Kommissariat, altes Plastik. Der Verband sitzt genau richtig, nicht so locker, dass er verrutscht, und nicht so fest, dass er den Blutfluss abschnürt. Nihal ertappt sich bei der Vorstellung, wie sie vor dem Kampf auf der Liege sitzt und Saad ihr die Fäuste bandagiert.
– Ist selbsthaftend.
– Und blau, sagt Nihal. Und dann, Achtung: – Danke.
– Klar, sagt Saad.
– Klar, wiederholt Nihal.
– Und weil du so tapfer warst – er greift in die Tüte und hält etwas zwischen den Fingern –, kriegst du einen Traubenzuckerlolli.
Noch ein Scherz. Er lacht, lautlos, aber so, dass tatsächlich seine Zähne zum Vorschein kommen. Ohne es zu begreifen, würde Nihal am liebsten auf der Stelle losflennen. Sie spürt, wie nah sie einander sind, körperlich, die Enge in der Pförtnerloge, die Wärme.

Sie nimmt den Lolli, sieht Saads Blick, der an ihr vorbeigeht, und als sie sich umdreht, steht seine Tochter im Türspalt.

– Ach, du bist es, sagt Leila.

Als würde Nihal dreimal die Woche auf einen Kaffee vorbeikommen.

Plötzlich wirkt Leila doch überrascht: – Hä, hast du auch'n Verband? Sie kommt und zeigt ihren vor, die gleiche Hand wie bei Nihal. – Meiner ist auch blau.

– Stimmt.

Sie halten ihre Hände nebeneinander.

Leila sagt: – Wie Schwestern.

Nihal muss den Impuls unterdrücken, dem Mädchen über den Kopf zu streichen oder sonst irgendetwas Arschblödes zu tun.

– Stimmt, sagt sie nur wieder.

Leila klettert auf Saads Schoß, legt ihm einen Arm um den Hals.

– Ich bin mit dem Skateboard hingeknallt. Und du?

– Mit dem Fahrrad.

– Hat es bei dir auch so doll geblutet?

– Halb so schlimm.

– Bei mir voll! Pfschhh! Sie macht eine Bewegung, die illustrieren soll, wie ihr das Blut praktisch aus der Hand gespritzt ist. – Die Frau in der Apotheke ist fast in Ohnmacht gefallen.

Nihal sieht sie an, den Vater, die Tochter, die Einheit. Selbsterklärend.

– Ist das ein Swimsuit?

– Yep.

– Und den ziehst du zum Schlafen an?

– Yep. Ist atmungsaktiv. Das heißt, da geht die Luft durch. Hat Papa mir gekauft.

– Sieht aus wie meiner.
– Yep. Wenn du den anhättest, wären wir Doppelschwestern.
Nihal hält ihr den Traubenzuckerlolli hin: – Willst du?
– Hab schon. Schmeckt nicht. Willst du sehen, wo ich schlafe?
Nihal wirft Saad einen Blick zu: Will ich? Saad blickt zurück: Hab ich hier noch irgendetwas mitzureden?
Leila klettert von Saads Schoß, nimmt Nihal an der Hand und führt sie in den Versorgungsraum, und dann steht Nihal in diesem Betonloch voller Kästen und Kabel – ein Zittern in der Luft –, und an der Wand steht ein Kinderbett mit Baldachin und daneben eine Lampe, die Sonne, Mond und Sterne über die Wände tanzen lässt wie in einem scheiß Hollywood-Kitschfilm. Fehlt nur noch das Streichorchester.
Nihal zieht es die Beine weg, so viel Fürsorge, auf so wenig Raum. Raus hier, das ist schlimmer, als im Ring in der Ecke festgenagelt zu werden. Bring dich in Sicherheit, schnell.

Saad begleitet sie zu ihrem Fahrrad, lässt die Einfahrt nicht aus den Augen. Nihal hebt das Vorderrad an, prüft, ob es sich noch drehen lässt. Vergiss es.
Als Nächstes hört sie sich sagen: – Was ist mit Leilas Mutter?
Ein AMG-Mercedes nagelt übers Pflaster, eine fahrbare Disco, die Bässe wie ein Herzschrittmacher.
– Gestorben.
– Sorry.
– Ist lange her. Leila war erst anderthalb. Sie hat keine Erinnerung daran.
Halt die Fresse, Nihal, denkt Nihal.
Stattdessen sagt sie: – *Wo*ran?

– Wie sie gestorben ist.
Der Typ ist so weit weg, als er das sagt, dass er Nihal gar nicht mehr wahrnimmt.
– Ich muss …
Saad nickt.
Nihal dreht sich um und geht Richtung S-Bahn. Nach ungefähr fünfzig Metern wagt sie einen Blick zurück. Saad ist ein schwarzer Umriss unter dem Baum. Und hat sich keinen Millimeter bewegt.

MÜLLER

Müller sitzt hinter dem Steuer und sortiert seine Gedanken. Sein A8 ist der einzige Wagen auf dem lehmigen Platz, was kein Wunder ist, wenn man bedenkt, dass es kurz vor Mitternacht ist.
Er hätte es vorgezogen, sich nicht schon wieder mit dem saudischen Unterhändler zu treffen. Je weniger Kommunikation, desto besser. Am besten sind Deals, wo man einmal miteinander redet und danach nie wieder. Stattdessen muss er zwischen Brasch und den Saudis vermitteln, was nicht seine Aufgabe sein sollte.
Müller denkt strategisch. Und lösungsorientiert. Immer. Gibt für jedes Problem eine Lösung. Oft sogar mehrere, da will die Entscheidung gut überlegt sein. Unüberlegtes Handeln ist ihm ein Graus. Jedenfalls droht die Entwicklung, die diese Angelegenheit einschlägt, zu einem Problem zu werden. Und die beste Lösung für ein Problem ist, es gar nicht erst zu einem Problem werden zu lassen.
Der Cayenne mit dem Diplomatenkennzeichen rollt auf den Platz, parkt neben Müllers A8. Beide steigen aus. Sein Ge-

sprächspartner fährt selbst. Kein Fahrer. Muss nichts heißen, kann aber. Wenn es sich bei der Leiche in Braschs Kofferraum wirklich um den Mann handelt, der den Unterhändler beim letzten Mal noch chauffiert hat, gibt es das nächste Problem zu lösen. Die Namen seiner saudischen Verhandlungspartner kennt Müller übrigens nicht, nicht einen. Wobei Verhandlungspartner das falsche Wort ist. Verhandeln wollen die gar nicht. Die wollen einfach nur kaufen, Preis egal, Lieferung frei Hafen.
Sie verstauen die Smartphones in Müllers Beauty Case und steuern das Freibad an. Auf dem Vorplatz bleiben sie stehen, hier glimmt die letzte Laterne, der Rest ist Dunkelheit.
Müller wählt den versöhnlichen Einstieg: – I apologize that I again have to take your time.
Sein Gegenüber zieht eine Packung Zigaretten aus dem Jackett, steckt sich eine an.
– We all want this to go smooth, erinnert ihn Müller. Besser, man sagt es nochmal. – We have agreement, no? We have made business in the past and everything went good. And we want to make business in the future. Now the situation is a little complicated because there is a container stuck in Rotterdam. There is a solution for this. But this solution is not to have Brasch killed, only because you and he have a disagreement. Müller überlegt, was »zielführend« auf Englisch heißen könnte. – This is not leading to the goal.
– It was more than a disagreement.
Müller reibt sich im Geiste die Schläfen. Klar, war mehr als eine Meinungsverschiedenheit, da kann man schon mal einen Killer schicken, verständlich.
– I understand, versichert er. – I understand. But it is not leading to the goal. So please don't do it again.

Der Wüstenfuchs bläst den Rauch durch das Drehkreuz des Freibads. – Can't be guaranteed.
– Okay, I understand. But I maybe have a solution. The problem is that Brasch will not give you back the money, yes? Because, he says it is not his fault, that you don't get the delivery.
Müller wartet auf eine Antwort. Die er nicht bekommt. In Momenten wie diesen, das muss er zugeben, kann einen die gefühlte Überlegenheit der Saudis in ihrer Penetranz durchaus an den Rand bringen. Die Herausforderung besteht darin, es nicht persönlich zu nehmen.
– How is this: I pay you back the money, that you gave to Brasch. And when you get the delivery and everything is good, you give it back to me.
– What, if we don't get the delivery?
– My risk. But you *will* get the delivery. Because Brasch is right now working on a solution, so that the container can leave harbor. But he cannot do this if you kill him first.
Müllers Partner tritt seine Zigarette aus. – *You* want to pay Braschs debts?
– I would not call it that. For me, I see it as a kind of ... Zwischenfinanzierung, denkt Müller. Was auch immer das auf Englisch heißt. – Not important. The answer is yes. And *you* will get the delivery. Just don't do anything till then.
Müllers Gegenüber richtet seinen Blick in die Dunkelheit. Im fahlen Laternenlicht sieht sein Gesicht noch grauer aus als bei Tag. Einer dieser Männer, die sich rasieren, und wenn sie danach in den Spiegel schauen, haben sie schon wieder einen Bartschatten.
– Okay.
Müller ist selbst überrascht davon, wie sehr ihn diese Antwort erleichtert. Jetzt muss Brasch nur noch sein Versprechen

wahr machen und die Ware an ihr Ziel gelangen, bevor jemand den Container öffnet, und das Problem ist aus der Welt, bevor es eins werden konnte.

– One more thing, sagt Wüstenfuchs.

– Yes?

– We don't know where the second man is.

– What second man?

– We sent two.

Ruhig bleiben, Müller. Gibt für alles eine Lösung.

– And this second man has disappeared?

– Seemingly.

– So, we have to find him before the police.

– You better.

Als Müller in seinem A8 vom Parkplatz rollt, kreisen seine Gedanken in unguten Bahnen. Er sollte die Aktionärsversammlung vorbereiten, an seinem Auftritt als überzeugende Verkörperung einer erfolgreichen Firma arbeiten. Stattdessen kommt er sich vor wie ein Babysitter und muss seine Energie darauf konzentrieren, Bälle in der Luft zu halten.

Die andere Sache, die ihn beschäftigt, ist die Tatsache, dass er sich in der Rolle des Babysitters angreifbar macht, persönlich. Bislang ist es ihm immer gelungen, sich aus der Schusslinie zu halten. Womöglich, denkt er, ist das die Lektion, die jetzt zu lernen ist: dass man keine schmutzigen Geschäfte machen kann, ohne nicht irgendwann selbst Dreck unter den Nägeln zu haben. Die Frage ist: Was um alles in der Welt hat Brasch mit den beiden Killern angestellt? Wo ist der zweite? Lebt der noch? Falls ja, hat Müller den nächsten Ball in der Luft zu halten. Nicht zielführend. Not leading to the goal.

Müller ist also durchaus in Anspruch genommen, als er den Parkplatz verlässt, nicht jedoch so sehr, dass er nicht den Berlingo bemerken würde, der gegenüber am Straßenrand parkt. Er denkt an die Joggerin, die ihm bei seinem letzten Treffen mit Brasch aufgefallen ist. Die fuhr so einen. Und als er nach dem Treffen daran vorbeiging, lag eine Jacke auf dem Beifahrersitz, und darunter lugte die Linse eines Teleobjektivs hervor. Kann schon sein, dass die Joggerin in der Gegend wohnt und außerdem gerne Vögel fotografiert.
Oder auch nicht.
An der Ampel biegt Müller links ab, tritt das Gaspedal durch, jagt vor zur Einfahrt neben dem Fußballkäfig, setzt zurück, schaltet die Lichter aus und wartet. Und tatsächlich: Eine Ampelphase später zischt der Berlingo vorbei. Müller wartet noch zwei Atemzüge, dann fährt er hinterher.
Abstand halten. Eines der Rücklichter des Berlingo ist defekt, deshalb ist er, selbst nachdem er am Kreisel nach Charlottenburg abgebogen ist und der Verkehr dichter wird, kaum aus den Augen zu verlieren. An der nächsten Ampel wählt Müller die Abbiegespur und rollt so weit vor, dass er an den anderen Autos vorbei das Nummernschild fotografieren kann. Dann biegt er ab und verschwindet in der Wohnsiedlung.
Er hält in einer Bushaltebucht, lässt den Motor laufen. Sonderbar, dass er in diesem Moment ausgerechnet an Silke denkt. Passiert ihm sonst eher selten, dass ihm beim Nachdenken seine Frau in die Quere kommt. Die Kinder. Anna macht nächsten Monat Abi. Seit Wochen organisiert Silke die Feier. Und fühlt sich mit ihren Hausfrauensorgen ziemlich allein gelassen. Aber das war schon immer so. Müller erinnert sich, wie sie bei der letzten Verabschiedung in der Tür stand, groß und blond und im Gegensatz zu ihm so schlank

wie am Tag ihrer Hochzeit. Yoga, Pilates, zweimal die Woche Tennis. Und wie er sie da in der Tür stehen sieht, fragt er sich, ob es einen anderen gibt, für den sie sich so in Form hält. Für ihn?
Zurück zum Berlingo. Priorisieren. Nicht unüberlegt handeln. Kann in einer Situation wie dieser schnell zur Eskalation führen, und Eskalationen haben die Eigenschaft, unbeherrschbar zu sein.
Müller nimmt sein Smartphone, öffnet die Signal-App und ruft einen Kontakt auf, den er lieber nicht aufrufen würde. Denn diesen Kontakt aufzurufen, bedeutet bereits, dass er ein Problem hat, ein ernstes.

> Möglich, dass ich in den kommenden Tagen Deine Hilfe in Anspruch nehmen muss.

Senden.

NIHAL Wenn Nichtstun keine Option ist, hat Ritter gesagt, dann von mir aus: Laufen Sie. Unter dem S-Bahnbogen fängt sie an, läuft, rennt. Vom Savignyplatz bis vor ihre Haustür. Als sie dort ankommt, hat sie einen Puls von 160+ und feuchte Handflächen. Sie drückt am Verband herum, bis der Schweiß macht, dass der Cut brennt, wenigstens das. Wie Schwestern, hat Leila gesagt. Nihal braucht dringend etwas, auf das sie einschlagen kann.
Die Aggressionswelle, die sie vor sich her durch das Treppenhaus schiebt, wird gestoppt, als Nihal ihre Wohnungstür öffnet und auf eine weitere Welle trifft. Alter, die Bude stinkt

nach Hasch, als hätte Woodstock in ihrer Küche stattgefunden. So ähnlich ist es auch, wie sich herausstellt. Woodstock für Arme.
Jamie sitzt am Tisch, sieht sich auf YouTube ein Video an und kichert debil. Eine Krähe benutzt einen Deckel als Surfbrett und rutscht ein schneebedecktes Dach hinunter. Auch der Vogel scheint seinen Spaß zu haben. Schön für die beiden. Wie üblich, wenn Jamie in der Küche sitzt, trägt er Boxershorts. Und einen Ring, wie Nihal auffällt. Den kann man allerdings auch kaum übersehen, fettes Teil, Gangsta-Style. Jetzt noch die passende Kette, und fertig ist der Zuhälter. Wenn der echt ist, überlegt Nihal, drehe ich ihm den Hals um. Unter der Lampe ziehen Schwaden vorbei wie Frühnebel. Im Aschenbecher zwei Jointstummel. Die Krähe verliert ihr Gleichgewicht, fällt in den Schnee, und Jamie und sie haben den Spaß ihres Lebens.
Die einzige Möglichkeit für Nihal, ihrem Bruder keine zu klatschen, ist, stattdessen das Fenster aufzureißen. Frischer Sauerstoff flutet die Küche.
Jamie reibt sich die Arme. – Echt jetzt?
Nihal lehnt sich mit dem Hintern gegen die Fensterbank, spürt die kühle Luft an ihrem verschwitzten Rücken. Sie betrachtet ihren Bruder, den sehnigen Körper, jeder Muskel definiert. Dabei frisst er nur Scheiße und interessiert sich für Sport nur, wenn Barça spielt.
– Keine zum Ficken gefunden?, fragt Nihal.
– Doch. Schläft schon. Mach das Fenster zu, Mann.
– Zieh dir lieber was an, wenn du frisch gevögelt in meiner Küche rumsitzt.
Jamie wirft ihr einen Blick zu, sieht den Verband. – Was hast'n mit der Hand gemacht?

– Nichts.
– Blau, stellt er fest.
Wie Schwestern. Plötzlich hat Nihal Tränen in den Augen. Gibt's doch nicht. Ihre emotionale Balance ist so was von aus dem Gleichgewicht.
– Alter!
Jamie klingt richtig erschrocken. Seine Schwester wütend zu erleben, ist er gewohnt. Im Zerstörermodus – geschenkt. Aber verletzlich?
Die Hände unter die Achseln geklemmt nickt Nihal Richtung Tisch. – Ist der echt?
Jamie hält sich die eigene Hand vor das Gesicht, als sähe er sie zum ersten Mal, befühlt den Ring mit dem Daumen, spielt damit. Scheiße, der *ist* echt. Nihals Hintern löst sich vom Fensterbrett, der ganze Körper spannt sich.
– Hast du komplett den Verstand verloren?
– Pleeeease, macht Jamie, – schrei nicht so, Schwesterchen.
– Halt die Fresse! Ich arbeite mir den Arsch ab, kann kaum die Miete zahlen, füttere dich die ganze Zeit durch, und du? Kaufst dir einen fucking Ring für – was? Was hat das Scheißding gekostet, fünfhundert, tausend?
– Du bist echt deutlich zu laut.
– WIE VIEL!
– Eins acht.
– Eins ... Du schuldest mir tausend Euro Miete und gibst fucking eintausendachthundert Euro für einen scheiß ZUHÄLTERRING aus!?
– Komm runter, echt mal. Das ist ungesund.
– Ich ...
Jamie steht auf, streckt ihr die Hand mit dem Ring entgegen.
– Chill! Komm runter, okay? Ich hab was für dich. Bleib einfach da stehen.

Nihal sieht ihm nach, wie er im Flur verschwindet. Als er zurückkommt, hält er eine Brötchentüte von Steinecke in der Hand, legt sie auf den Tisch, setzt sich wieder. Nihal nimmt die Tüte, wirft einen Blick hinein. Fünfziger, Zwanziger, Zehner, abgegriffen. Sie fasst keinen davon an.

– Wie viel ist das?

– Fünfzehnhundert. Die Miete für die letzten drei Monate plus die für den nächsten. Rest sind Zinsen.

– Willst du mich verarschen?

– Willst du's nicht?

– Woher hast du das?

Jamie grinst sein Jamie-Grinsen. Die ganze Leichtigkeit der Welt blitzt darin auf. Alles ein Spiel. So ein Grinsen kriegst du nur hin, wenn du noch nie die Last der Verantwortung gespürt hast.

– Hab'n Job jetzt.

– Klar, und ich kann Doppelsalto rückwärts, aus dem Stand.

– Im Ernst, hab'n Job.

– Und was für ein Job soll das sein?

– Einer, bei dem man in bar bezahlt wird.

– Und was soll ich mit der Miete für den nächsten Monat? Ich hab's dir gesagt, Jamie, am Monatsende bist du raus.

– Aber ich hab doch jetzt die Miete.

– Geht nicht um die Miete, Spacko.

Nihal spürt ihre Anspannung weichen. Sie kann sich jetzt nicht auch noch darüber Gedanken machen, wo Jamie auf einmal Geld herhat. Sein Ding. Und schon wieder schieben sich die Tränen nach vorne. Sie legt den Umschlag auf den Tisch, nimmt sich den zweiten Stuhl.

Jamie ist überfordert. Macht ihm direkt Angst, seine Schwester in diesem Zustand zu sehen. Die ist ja komplett aufgelöst. Da hilft nach seiner Erfahrung nur eins:

– Soll ich dir einen drehen?
– Leck mich am Arsch, Jamie.
– Kann ich dann wenigstens das scheiß Fenster wieder zumachen?
Nihal macht eine Bewegung, die Jamie mit »Mach doch, was du willst« übersetzt. Er steht auf, schließt das Fenster, setzt sich wieder, wartet. Irgendwann kann Nihal nicht mehr anders, macht auf. Sich selbst, nicht das Fenster.
Um ihrem Bruder nicht von Saad und Leila zu erzählen, redet sie über den Fall: dass die einzige Spur, die sie hat, in die saudische Botschaft führt und dass die saudische Botschaft so etwas ist wie Fort Knox. Dass sie einem Staatssekretär die Nase gebrochen hat. Dass alles, was die Kollegen bis jetzt haben, so unkonkret ist, dass man nicht mal irgendwo einhaken kann. Dass sie das Gefühl hat, da wird im Hintergrund ein riesiges Rad gedreht, und dass dieses Rad zu groß für sie ist.
Jamie hört sich alles an und raucht derweil eine Zigarette. Kann er machen, weil er merkt, wie down seine Schwester gerade ist.
Als sie fertig ist, klopft er mit seinem Eintausendachthundert-Euro-Ring auf die Tischplatte.
– Du checkst es nicht, oder?
Nihal sieht ihn an.
– Was glaubst du, weshalb sie dich kleine, aserbaidschanische Nachwuchskommissarin an so einen Fall lassen? Die verheizen dich, Schwesterchen. Du kannst nur verlieren.
Ist nicht so, dass Nihal dieser Gedanke nicht auch schon gestreift hätte. Aber sie glaubt es nicht. Mag sein, dass Bernd den Fall am liebsten unter den Teppich kehren würde, aber reinreiten will er sie nicht. Werden wir ja sehen, denkt sie und

schiebt die Brötchentüte in Jamies Richtung. Das Geld stinkt. Genau wie ihr Bruder.
Sie steht auf, sieht ihn an: – Geh mal duschen.

MÜLLER Wie vereinbart wartet Brasch vor dem Glockenspielturm. Als Müller ihn sieht, spürt er Widerwillen aufsteigen. Kann man sich nicht aussuchen, seine Geschäftspartner, in Müllers Line of business schon gleich gar nicht. Aber wenn er die Wahl hätte, würde sie sicher nicht auf Brasch fallen. Da sind ihm selbst die Saudis noch lieber, bei denen weiß man wenigstens, woran man ist. Bei Brasch hat man jedes Mal einen anderen vor sich.
Der Staatssekretär steigt ein, Müller setzt die Fahrt fort. Die Verfärbungen um Braschs Nase herum haben begonnen, sich melodramatisch über sein Gesicht auszubreiten. Müller macht eine Kopfbewegung zur Rückbank hin. Auf der steht das Beautycase. Kaum hat Brasch sein Handy darin verstaut und die Scharniere einschnappen lassen, näselt es auch schon aus ihm heraus.
– Ich hoffe, Sie haben einen gewichtigen Grund für dieses Treffen. Mein Terminplan erlaubt keine kurzfristigen Änderungen.
– Wird nicht lange dauern, erwidert Müller.
Sein A8 gleitet die John-Foster-Dulles-Allee entlang, schönstes Frühlingswetter, Familien auf Fahrrädern, im Tiergarten wird die Grillsaison ausgerufen. Im Grunde könnten sie sich die Fahrerei sparen. Müllers Wagen hat getönte Scheiben, sie könnten sich einfach an den Straßenrand stellen. Aber Müller hat das Bedürfnis, in Bewegung zu bleiben. Als würden sie ein Ziel ansteuern.

– Ich warte, sagt Brasch.
Damit ist bei Müller der Punkt erreicht, an dem es schwierig wird, es nicht persönlich zu nehmen. *Du* bist es, der *meine* Zeit stiehlt.
– Ich hielt es für angebracht, Sie zu warnen.
– Wie bitte?
Für Brasch offenbar ein Affront. Wenn hier einer Warnungen ausspricht, dann er.
– Ich habe erfahren, sagt Müller, dass der Mann in Ihrem Kofferraum es in der Tat auf Sie abgesehen hatte.
An dieser Information hat Brasch ein paar Sekunden zu schlucken. Bisher hatte die Geschichte etwas seltsam Surreales, jetzt ist sie konkret. Müller biegt links ab, sie fahren am Bellevue vorbei, nach Schablone geschnittene Bäume, Glanz und Gloria.
– Unabhängig von der Frage, wie der Mann zu Tode gekommen ist und wer ihn in Ihren Kofferraum gelegt hat, kann ich Ihnen sagen, dass unsere Geschäftspartner von weiteren Aktionen dieser Art vorerst absehen werden. Allerdings ...
– Haben die komplett den VERSTAND VERLOREN?!
Ist die Information also doch noch bei Brasch angekommen. Sie haben die Siegessäule erreicht. Müller umkreist sie und biegt Richtung Brandenburger Tor ab. Im Übrigen schätzt er es nicht, in seinen Ausführungen unterbrochen zu werden. Deshalb schiebt er, als er weiterspricht, den Volumenregler seiner Stimme um einige Dezibel nach oben.
– ... Allerdings erwarten unsere Partner im Gegenzug, dass das Geschäft zeitnah zu einem erfolgreichen Ende gebracht wird.
– Im Gegenzug!? Im Gegenzug für was? Dass ich deren Scheiße ausbade?

Nach der Umrundung der Siegessäule hat Müller in den Stoisch-Modus geschaltet. Hat er gelernt: Schalter umlegen und nichts mehr an sich herankommen lassen. Anders ist Brasch nicht beizukommen.
– Sie sollten versuchen, es nicht persönlich zu nehmen.
– Die haben versucht, mich auszuknipsen, und ich soll es nicht persönlich nehmen?
– Klingt paradox, ich weiß. Erhöht aber Ihre Chancen, am Leben zu bleiben. Brasch will etwas erwidern, aber Müller gibt das Heft nicht mehr aus der Hand. – Noch etwas sollten Sie wissen: Die haben zwei Leute geschickt. Der zweite ist verschwunden.
Da hat Brasch erneut dran zu schlucken. Müller spürt, wie ihm die Luft ausgeht. Vor dem Brandenburger Tor biegt er links ab, dann wieder links, am Reichstag vorbei. Die reinste Touristenrundfahrt.
– Und was bedeutet das?
– Für den Fall, dass der zweite Mann noch lebt, bedeutet das, dass da möglicherweise jemand herumläuft, der glaubt, seinen Auftrag noch nicht ausgeführt zu haben. Sollte er nicht mehr am Leben sein, wäre es gut zu wissen, wo die Leiche ist. Eine Idee dazu?
Für seine Verhältnisse überlegt Brasch ganz schön lange. Der denkt tatsächlich darüber nach, ob er im Parkhaus einen, zwei oder keinen Mann umgelegt hat. Will man mit so jemandem Geschäfte machen, die Sensibilität und Diskretion erfordern?
– Zunächst einmal, sagt Brasch schließlich, sind das Ihre Geschäftspartner, nicht meine.
– Immerhin haben Sie sich von ihnen bezahlen lassen, erinnert ihn Müller. – Einen siebenstelligen Betrag. Insofern haben Sie sehr wohl mit ihnen zu tun.

– Hören Sie: Ich zieh den Deal noch durch. So bin ich. Ich halte Wort. Der Container wird in den kommenden Tagen umdeklariert. Unmittelbar im Anschluss geht er auf die Reise. Aber das kostet mich. Und auf diesen Kosten bleibe ich nicht sitzen. Ich will zwei Prozent zusätzlich. Ansonsten macht hier keiner mehr Geschäfte mit irgendwem. Ich lasse mich von denen weder einschüchtern noch bedrohen. Das läuft so nicht. Und wenn die nochmal auf die Idee kommen, mir jemanden auf den Hals zu hetzen, lass ich den gesamten Saftladen hochgehen. Und das wird dann so aussehen, als hätten die versucht, mich aus dem Weg zu schaffen, weil ich mich geweigert habe, mich korrumpieren zu lassen.

Sie sind wieder am Glockenspiel angekommen, das tatsächlich gerade munter vor sich hin klöppelt. Brasch glaubt, die Unterredung beendet zu haben, und greift nach dem Beautycase.

– Moment noch, sagt Müller.

– Was?

Müller überlegt, ob er dem Staatssekretär noch einmal verdeutlichen soll, in was für eine Situation er sich mit seiner Forderung bringt. Doch im Kampf Hybris gegen Vernunft hat Vernunft für gewöhnlich den schlechteren Stand.

– Unsere Geschäftspartner sind empfindlich, wenn es um nachträgliche Änderungen einer zuvor geschlossenen Vereinbarung geht.

– Zwei Prozent, erwidert Brasch. – Andernfalls können Sie diese Geschäftsbeziehung als beendet betrachten.

Müller lässt drei bis fünf Sekunden verstreichen. Dann sagt er, was er immer sagt: – Ich kümmere mich.

Er blickt Brasch nach, wie der in seinen BMW steigt und davonrauscht. Gier war noch nie ein guter Berater. Als er sein

Smartphone aus dem Beautycase nimmt, zeigt ihm »Signal« eine eingehende Nachricht an:

Dein Verdacht hat sich bestätigt.

Die Frau im blauen Berlingo. Noch ein Ball, der in der Luft zu halten ist. Nicht unüberlegt handeln. Auf keinen Fall unüberlegt handeln, nur weil man für einen Moment das Gefühl hat, da sind zu viele Bälle in der Luft.
Ein Blick auf seine Uhr sagt Müller, dass er schleunigst zum Flughafen muss, wenn er den Flieger nach Stuttgart noch bekommen will. Morgen ist die Hauptversammlung, und die Grafiken mit den Geschäftszahlen sehen noch immer aus wie Knallbonbons. Das wirkt unseriös. Müller ist CEO und Chairman of the Executive Board einer Baden-Württembergischen Waffenfirma, nicht von Toys 'Я' Us. Entsprechend solide sollten die Zahlen rüberkommen.

Finde heraus, was sie weiß und was sie vorhat.

Senden.

SAAD Saad schläft nicht mehr. Gar nicht. Nicht richtig jedenfalls. Er denkt an diesen Vogel – Mauersegler? –, der schläft, während er fliegt, Autopilot. Nur dass der dafür gemacht ist, Saad nicht. Ein fiebriges Zittern in den Fingern, das ihn nicht mehr verlässt, zunehmende Lichtempfindlichkeit.
– Bist du krank, Papa?
Leila, als er mit zusammengekniffenen Augen und flatterndem Messer ihren Toast bestreicht.

– Nur müde.
Natürlich merkt sie, dass es eine Beschwichtigung ist, und als sie losgehen, Leila auf ihrem Skateboard durch die Hofeinfahrt brettert und Saad ruft – Bleib stehen!, da weiß sie, dass er etwas vor ihr verbirgt.
Er geht vor, unter seiner neuen Retro-College-Look-Jacke die Sig Sauer des Mannes, der jetzt unter dem Sofa auf dem Dach des Parkhauses liegt. Die Waffe ist eine Verbindung zur Leiche, er sollte beides loswerden. Andererseits weiß so eine Pistole dir das Gefühl zu geben, du seist auf alles vorbereitet. Da ist ein Moment, als Saad die Straße scannt, dann hört er die Rollen von Leilas Skateboard über das Pflaster klackern und folgt ihr zur Kita.
Leila hat es eilig, Akonos Fahrrad lehnt bereits in vollendeter Nachlässigkeit am Zaun, da will das Territorium markiert werden. Sie tritt auf den Heckspoiler ihres Skateboards, worauf ihr das Board gehorsam in die Hand springt, die Verabschiedung ist kurz, keine weiteren Fragen.
Zurück auf der Straße ist klar, Saad hat sich nicht getäuscht. Vor dem Café an der Bushaltestelle sitzt die Kommissarin, Nihal, und wartet auf ihn. Hat ihn gesehen und erkannt. Und er hat sie gesehen und erkannt. Offene Karten.
Saad will die Straße überqueren, doch auf der Mittelinsel vor dem Poco-Einrichtungsmarkt hängt er fest, die ganze Stadt ist auf den Beinen, die Hälfte schon jetzt zu spät, aufgestauter Frust bis vor zur Osloer, und dahinter wird es nur noch schlimmer. Er wartet auf eine Lücke im Verkehr, und während er das tut, spürt er, wie es ihn in zwei Richtungen zugleich zieht, physisch. Wie ein Teil von ihm dem Café zustrebt, während der andere unerkannt bleiben will. Er könnte sich zweiteilen, hier auf der Mittelinsel, in beide Richtungen losstolpern

und zeitgleich von zwei verschiedenen Lkws überrollt werden.

– Hi, sagt Nihal.

Er steht vor ihrem Tisch und ist noch am Stück.

– Wie geht's der Hand?

Sie hält den blauen Verband hoch: – Noch dran.

Auch sie kämpft einen unsichtbaren Kampf, denkt Saad. Wie jeder. Jeder hat seine Dämonen, nur unterschiedlich gefährlich.

– Hast du fünf Minuten?

Immer wenn sie ihn etwas fragt, klingt es, als ginge es um sie und ihn, nicht um die Leiche im Kofferraum. Vielleicht ist es auch nur, was Saad heraushört.

– Kann ich mir vorher einen Kaffee holen?

Und dann sitzen sie da, in der Drontheimer, die Rücken zur Fassade, Blick auf das Krankenhaus, während sich der Berufsverkehr nach Mitte hinunterzwängt, zwischen sich einen Klapptisch, 50 auf 50.

– Du hast angegeben, dass dir nichts Besonderes aufgefallen sei in der Zeit, in der Braschs Wagen im Parkhaus abgestellt war.

Sie erwartet, dass er etwas antwortet, aber sie hat ihn nichts gefragt, also trinkt Saad nur seinen Kaffee, vorgebeugt, die Unterarme auf den Oberschenkeln.

– Heute Nacht kam der Obduktionsbericht, fährt sie fort.

Noch jemand, der nicht schlafen kann. Gefragt hat sie ihn immer noch nichts.

– Zu dem Zeitpunkt, als mein Kollege die Leiche entdeckt hat, war der Mann noch keine Stunde tot.

Mehr muss sie nicht sagen, ist ja klar, was das bedeutet. Saad spürt die Pistole im Rücken, setzt sich so hin, dass die neue

Jacke, in der er sich wie verkleidet vorkommt, locker über die Hose fällt.
– Du fragst dich, wie es sein kann, dass ich nichts mitbekommen habe.
– Unter anderem.
– Ich war bei Leila, lügt Saad und bereut es in derselben Sekunde. – Manchmal hat sie Alpträume oder kann nicht einschlafen. Dann lege ich mich zu ihr. Manchmal lässt sie mich nicht gehen, bevor sie eingeschlafen ist. Und manchmal schlafe ich zuerst ein.
– Und an diesem Abend war das so.
Nihal lässt es nicht wie eine Frage klingen, also trinkt Saad nur weiter seinen Kaffee.
– Warum hast du gelogen?
Weil ich den Mann umgebracht und in den Kofferraum gelegt habe.
– In fünf Tagen bekomme ich meinen unbefristeten Aufenthaltstitel. Dann können wir nicht mehr abgeschoben werden. Aber unbefristet gibt es nur, wenn du einen Arbeitsvertrag hast.
– Du hast Angst, deinen Job zu verlieren, schließt Nihal.
Nein.
– Ich möchte, dass Leila eine Zukunft hat.
Nihals Bein fängt an zu wippen. – Und gehört hast du auch nichts.
– Was hätte ich denn hören sollen?
– Schüsse, zum Beispiel.
– Der Mann ist erschossen worden?
– Hab ich nicht gesagt.
– Wieso hätte ich dann Schüsse hören sollen?
Nihal sieht ihn an, sucht nach verräterischen Zeichen. – In

der Tür, die auf der fünften Etage an der Wand lehnt, sind Einschusslöcher. Und lange sind die da noch nicht drin. Die Kugeln werden gerade untersucht. Neun Millimeter. Das muss ganz schön gehallt haben.
Was folgt, ist ein staring-contest. An der Osloer bricht derweil das Chaos aus, nichts geht mehr, wallah, nur hupen und fluchen. Nicht einmal der Krankenwagen mit Blaulicht kommt durch.
Die Sig Sauer brennt sich in Saads Wirbelsäule. Sie sehen einander an, hier verrutscht gerade etwas, big time, der Klapptisch zwischen ihnen schrumpft erst auf die halbe Größe zusammen, dann auf ein Viertel. Ich weiß, denkt Saad. Manchmal wünscht man sich, da wäre jemand. Jemand, der einfach nur da ist. Und manchmal wäre man gerne dieser jemand, um für einen anderen da zu sein. Und dann ist keiner da, und man selbst ist niemand.
– Verstehe ich nicht, sagt Saad.
– Ich auch nicht, erwidert Nihal. – Noch nicht. Da sind zwei frische Einschusslöcher in der Tür, aber so ziemlich das Einzige, das wir sicher ausschließen können, ist, dass der Mann erschossen wurde.
Noch immer sehen sie einander an, als würde der, der zuerst wegsieht, etwas Kostbares fallen lassen. In einem anderen Leben, Nihal.
– Wie ist er denn gestorben?
– Atemlähmung. Was sonderbar ist. Eine Atemlähmung wird durch eine Vergiftung ausgelöst, einen Schlangenbiss zum Beispiel. Oder durch ein Schädel-Hirn-Trauma. Oder einen Herzinfarkt. Oder, oder, oder. Aber nichts davon trifft auf unsere Leiche zu. Der Pathologe meint, er sei erstickt, nur ohne dass ihm jemand eine Tüte über den Kopf gezogen hat.

In einem anderen Leben, denkt Saad, könnten wir uns begegnen und von vorne anfangen, Seite 1. In einem anderen Leben wäre ich der, der für dich da ist.
– Tut mir leid, sagt er, was nicht wirklich Sinn macht, aber Nihal lässt es unkommentiert.
Sie steht auf. Eine Spannung im Körper, dass die Tasse in ihrer Hand jeden Moment zu zerspringen droht.
– Ich hol mir noch'n Kaffee. Willst du auch noch einen?
Saad steht ebenfalls auf, schiebt die Hände in die Jackentaschen. – Nein, danke. Nihals Augen sind noch dunkler als Leilas, was kaum möglich ist. Aber so ist es. – Mach's gut.
Er wendet sich ab, geht, lässt sie stehen, schiebt sich in eine Verkehrslücke, kommt auf der anderen Straßenseite wieder zum Vorschein und verschwindet hinter einem Baucontainer.

NIHAL Als Nihal nach drei Runden durch den Schlosspark ihre Wohnungstür aufschließt, puckert der Cut unter dem Verband. Im Bad wickelt sie ihn ab und betastet den rosig entzündlichen Rand. Es hat nachgeblutet, besser, sie hätte es nähen lassen, inzwischen aber ist der Cut geschlossen, lass stecken.
Nichts, sie haben nichts. Nichts zu den Projektilen aus der Tür, nichts zur Leiche. Brasch hüllt sich in Schweigen und wird von seiner Anwältin bewacht wie von einer Sphinx. Daniela von der Pressestelle hat in Abstimmung mit Bernd eine Erklärung herausgegeben, die so kurz ist, dass sie aus einem fortune cookie stammen könnte. Neulich hatte Nihal einen, der Spruch ging so: The early bird gets the worm, but the second mouse gets the cheese. Sie hasst Glückskekse. Bernd

selbst ist froh über jedes Staubkorn, das nicht aufgewirbelt wird.
Auf der Waschmaschine stapelt sich Jamies dreckige Wäsche. Ist wie Armdrücken. Verlierer ist derjenige, der den Anblick nicht länger erträgt und seine Wäsche in die Maschine stopft. Verliererin, besser gesagt. Jamie hat kein Problem damit, seine Wäsche so lange übereinanderzuschichten, bis die Socken und Unterhosen neben und hinter die Maschine fallen. Und selbst das ist für ihn noch kein Anlass, die Sachen tatsächlich in die Maschine zu tun, die Klappe zu schließen, Waschmittel einzufüllen und auf Start zu drücken.
Nihal steigt in die Dusche, ärgert sich zum einhundertsten Mal über die aus der Führung gebrochenen Elemente, um die Jamie sich nicht kümmert, wäscht sich mit einer Hand die Haare und sieht zu, dass der Cut nicht zu viel Wasser abbekommt. Als sie fertig ist und die Dusche verlässt, ist das Chaos auf der Waschmaschine dasselbe wie vorher, nur nervt es sie noch mehr.
Sie zieht T-Shirt und Unterhose an, geht in den Flur und schlägt gegen Jamies Tür. Keine Reaktion.
– Jamie?
Nichts. Sie will nicht nachsehen, ob er da ist, weil sie keinen Bock hat auf erstens: den Anblick seines Zimmers, das eigentlich ihr Zimmer ist, und zweitens: den Anblick irgendeiner durchgevögelten Bitch, die nackt und ohnmächtig neben ihm liegt.
– Jamie!
Sie drückt die Klinke. Jamie, der sonst nie vor ein Uhr mittags Tageslicht an sich heranlässt, ist nicht da. Ich hab jetzt nen Job. Die Hoffnung stirbt zuletzt. Das Zimmer sieht aus wie Sau und stinkt nach Shit. Wenn dein Zimmer spiegelt, wie es

in dir aussieht, dann ist Jamie ein seelischer Müllplatz. Wie kann überhaupt noch so viel Zeug auf dem Boden liegen bei dem, was sich alles auf der Waschmaschine türmt? Sein Bettzeug stinkt, im Laken kleben Millionen ungeborener Kinder. Nihal lässt die Tür offen stehen, geht zurück ins Bad, schiebt seine Klamotten gesammelt in die große Plastikwanne, trägt sie in sein Zimmer und kippt sie aus. Anschließend schiebt sie die Sachen mit dem Fuß so weit aus dem Weg, dass sie die Tür schließen kann. In der Küche das Übliche: Jointstummel, Dönerreste, Alufolie, Zwiebelgeruch, Mango-Ayran, eine leere Flasche Sterni, eine, in der noch ein Uwe schwimmt. Unten wird's eklig. Und die Steinecke-Tüte.

Nihal hält ein Glas unter den Hahn und lässt es volllaufen, räumt den Tisch ab – bis auf die Brötchentüte –, wischt drumherum, setzt sich, starrt sie an. Okay, das ist chicken. Sie nimmt die Tüte, zählt das Geld. 1500 Euro. Immerhin richtig gezählt. Wenn sie die annimmt, akzeptiert sie die Mietzahlung für den nächsten Monat. Sie zählt 350 Euro ab, lässt sie auf dem Tisch liegen. Den Rest steckt sie zurück. Die Frage ist: Was machst du damit? Trauen kannst du dem Geld nicht. Sie trinkt das Glas aus, spült es ab, stellt es verkehrt herum neben das Becken.

Gibt zwei Möglichkeiten, wie du deine Dienstwaffe zu Hause aufbewahren darfst. Die eine ist, du zerlegst sie und verteilst die Einzelteile in der Wohnung. Macht natürlich nur Sinn bei Kollegen, die, wenn sie ihre Dienstwaffe dann brauchen, sich auch daran erinnern, wo sie die Feder aus dem Schlitten gebunkert haben. Die andere Möglichkeit ist, du verschließt sie in einem Tresor. Nihal hat sich extra einen besorgt. Ist klein wie ein Handgepäckstück, wiegt aber 45 Kilo und ruht unter ihrem Bett, feuerfest.

Sie kniet sich davor, legt die Tüte auf ihr Bett und gibt die Zahlenkombination ein. Die Tür entriegelt mit einem dezenten, aber zugleich soliden Geräusch. Außer ihrer Dienstwaffe bewahrt Nihal nur ihren Reisepass im Tresor auf und, wenn sie laufen geht, ihr Portemonnaie. Sie legt die Tüte auf ihren Reisepass und will den Tresor wieder verschließen, doch etwas lässt sie zögern.
Gewöhnlich legt sie die Pistole so in den Tresor, wie eine Linkshänderin es machen würde: Griff nach links. Macht er aber nicht. Zeigt nach rechts. Sie nimmt die Pistole, riecht an der Mündung. Ihr letzter Pflichtschießtermin war vor vier Monaten, riechen sollte da eigentlich nichts mehr. Tut es aber. Sie schiebt den Entriegelungshaken nach unten und zieht das Magazin heraus. 15 Patronen. Sollten es sein. Als sie nachzählt, sind es nur 12. Die Pistole in der Hand blickt sie auf die Patronen, die zwischen ihren Knien auf dem Teppichboden liegen, als hätte sie einen Schatz gefunden.
Scheiße.
Scheiße.
Scheiße.

JAMAL Vor ein paar Jahren haben sie auf dem Stück zwischen der Ein- und der Ausfahrt eine Betonzunge auf den Bürgersteig gegossen. Damit die Kunden nicht immer mit ihren Autos die Fassade knutschen. Würde man nicht glauben, wie beschissen manche Leute Auto fahren können. Die Einfahrt ist locker drei Meter breit, selbst ein Leo 2 kommt da durch, da musst du dich schon anstrengen, die Einfahrt nicht zu treffen. Trotzdem haben die regelmäßig ihre Rückspiegel an der Einfahrt abgestreift oder ihre Kiste gleich direkt vor die Wand gesetzt. Und nicht mal nur die Frauen. Die Männer auch. Hey, schau mal, die Einfahrt ist echt fett, nehm ich doch lieber die Wand.

Dem Eigentümer wäre es wahrscheinlich Rille; das Ding ist, dass in der Einfahrt die Führungsschienen für die Rolltore montiert sind, und wenn da jemand gegenfährt, dann verbiegen die sich natürlich, und dann geht das Tor nicht mehr runter. Musste also jedes Mal repariert werden, hat sich Mohammed drum gekümmert. Der Schlosser hatte die Schienen vorrätig, der hat die immer gleich im Zehnerpack geschweißt und auf dem Regal unter der Decke gelagert. Aber gekostet hat es natürlich trotzdem.

Dann kam Mohammed die Idee mit der Betonzunge, vierzig Zentimeter hoch, damit keiner drüberfahren kann, sondern im Zweifel seine Stoßstange dagegennagelt. Und an der fahren sich seither die Leute die Reifen platt, versauen sich ihre Alufelgen und geben Farbproben ihrer Sonderlackierungen ab. Dafür rosten die Führungsschienen jetzt beim Schlosser vor sich hin, R. I. P.

Der andere Vorteil daran, dass sie das Betonteil so hoch gegossen haben, ist, dass man exquisit drauf sitzen kann. Und kein Hund darauf scheißt. Wenn vormittags die Sonne rumkommt, wird es richtig kuschelig. Hätten sie das Ding noch ein bisschen größer gegossen, würde Jamal sich einen Liegestuhl und einen Schirm draufstellen, gestreift – beides, Schirm und Stuhl –, und den Bademeister geben. Ist aber nicht. Stattdessen sitzt er auf der Kante, Basecap so tief, dass die Sonne nicht blendet, und bläst seine 40 GB mobilen Daten durch, indem er PUBG zockt.

Jamal ist einer von Mohammeds Cousins, Sohn von Tasmin,

der Schwester von Mohammeds Mutter. Eine der Schwestern. Und Jamal ist einer von den Söhnen von der Schwester. Mohammed hat so viele Cousinen und Cousins, die könnten Fußball gegeneinander spielen, elf gegen elf, wallah. Wie viele genau, weiß er nicht, kommst du nicht hinterher, unmöglich.
Seine Nene hat einen Stammbaum erstellt, einen ganzen Ordner mit Seiten und Unterseiten und Unterunterseiten. Ist ihr Lebensinhalt, mit was anderem beschäftigt die sich gar nicht mehr. Aber nicht mal Nenes Ordner ist vollständig, das ist, als hättest du einen Tisch voller Murmeln, hast aber nur zwei Hände, um alle auf dem Tisch zu halten. Und dann kommen ständig noch neue dazu. Da fallen automatisch welche runter.
Jamal ist einundzwanzig, und jedes Mal, wenn der Richter ihn nach seiner Schullaufbahn gefragt hat, hat er gesagt, dass er einen erweiterten Hauptschulabschluss hat. Was kompletter Bullshit ist. Jamal hat nur irgendwann mal das Wort aufgeschnappt und fand, dass es beim Richter einen guten Eindruck machen müsste. Ist sowieso Bullshit, wenn du drüber nachdenkst: erweiterter Hauptschulabschluss. Was soll das sein? Erweitertes Nichts? Egal. Für einen erweiterten Hauptschulabschluss brauchst du einen Schnitt von 2,4 oder besser in der Neunten. Lol.
So oder so hat Jamal die letzten Jahre in erster Linie Scheiße gebaut. Keine große, saftige Scheiße, aber kleine und manchmal auch mittlere. Ott gedealt, in P-berg Fahrräder geklaut und sie dann in Zehlendorf vertickt, abends in Gruppe Touris abgezogen. Ab und zu landete er vorm Jugendrichter, dreißig Stunden gemeinnützige Arbeit, einmal sechzig, korrekt.
Das ging so lange, bis er im Bus in eine Messerstecherei ge-

riet. Irgendein Nazi machte übelst die Freundin von Jamals bestem Freund an, da konnte er natürlich nicht sitzen bleiben. Plötzlich hielt der Typ ein Messer in der Hand, so lang wie eine Machete, und im nächsten Moment war der Nazi weg, und das Messer steckte in Jamals Oberschenkel, vorne rein, hinten raus.

Als Mohammed an dem Abend nach seiner Schicht bei seiner Mutter vorbeiging, saß Tante Tasmin auf dem Sofa, schüttete Tee in sich rein und heulte sich über Jamal aus. Dass sie sich frage, was sie falsch gemacht habe. Dass sie nicht mehr weiter wisse. Dass Jamal irgendeine Art von Struktur brauche.

Mohammed kannte Jamal, ziemlich gut sogar, mochte ihn. Gut gelaunter Typ, große Fresse, aber freundlich, immer einen Spruch auf Tasche. Und er mochte Tasmin, seine Tante, die außerdem ganz schön heiß war. Ist, immer noch. Jedenfalls hatte Mohammed ganz schön Mitleid mit Tasmin, deshalb sagte er irgendwann:

– Wenn er Bock hat, kann er die Frühschicht im Parkhaus machen.

Tasmin hörte sofort auf zu flennen und sah ihn aus verheulten Augen an. – Ist ein okayer Job, erklärte Mohammed, musst halt früh raus, von sechs bis zwei, Bezahlung ist aber okay. Also wenn er Bock hat ...

– Ist mir egal, ob er Bock hat, rief Tasmin. Am besten schien ihr die Vorstellung zu gefallen, dass ihr Sohn ab sofort jeden Tag um halb sechs aufstehen müsste. – Der hat da gar nichts mitzureden.

Seitdem hat Jamal einen Job und findet es nicht einmal richtig scheiße. Das ständige Abends-ausgehen-Müssen war ganz schön stressig auf Dauer. Und endlich eigenes Geld zum Ausgeben, ehrlich verdient!

Er sitzt also auf der Betonzunge, die Sonne kommt gerade rum, zockt PUBG und versucht, mit seinem Team-Player auf einem verlassenen Fabrikgelände Waffen aufzustöbern, weil ihm sonst in spätestens drei Minuten die Birne weggeblasen wird, als sich ein paar braune Lederschuhe in sein Sichtfeld schieben, die schwer nach Kohle aussehen, klassisch, mit Lochmuster, wie in den Schaufenstern am Ku'damm, das Preisschild immer kleiner, je größer der Preis ist.

859.–

– Sind Sie hier zuständig?
– Kommt drauf an, für was?
Jamals Finger zucken über das Display, aufsehen kann er nicht, sonst ist er tot. Eine schwarze Mappe wird aufgeschlagen, irgendwas mit Stempel und Unterschrift, Siegerurkunde Bundesjugendspiele. Jamal sieht sich einer Tür gegenüber, hinter der for sure eine Horde Bastarde mit Maschinenpistolen hockt. Die Tür schreit nach Ärger. Und Jamal hat nur eine Pistole.
– Ich komme von der Berufsgenossenschaft.
– Toll.
Die Tür explodiert, Jamals Kopf zuckt, zum Glück hat er sich rechtzeitig gegen die Wand gedrückt, jetzt kommt der erste Gegner durch die Tür, und bevor er weiß, was passiert ist, hat Jamal ihm eine Kugel durch den Schädel gejagt.
– Ding dong.
– Können Sie mir sagen, wo ich die Feuerlöscher finde?
DIE Feuerlöscher? Komiker. Jamal hat alle Hände voll zu tun, und Feuerlöscher ... Hat mal irgendwo einen hängen sehen.
– Nee, Mann, sorry.

– Ich kann gerne selbst nachsehen.
– Nur zu, Mann.
Die Mappe wird zugeschlagen, die Schuhe verschwinden in der Einfahrt.
Eine Viertelstunde später ist Jamals Mitspieler tot, die Sicherheitszone ist auf die Größe einer Rosine zusammengeschrumpft, und Jamal muss noch zwei Typen ausschalten, um last player standing zu sein, als sein Kopf explodiert. Game over.
– kıçımı öp!
Er überlegt, ob er bei Petrocelli's schräg gegenüber noch einmal drei Euro fünfzig für einen Cappuccino investieren soll. Vier mit Trinkgeld, denn er will ja großzügig rüberkommen. Melanie, die Bedienung mit den blondierten Haaren, ist so was von prall! Aber vier Euro sind vier Euro, und ernsthaft was ausrechnen kann er sich bei Melanie sowieso nicht. Der Typ, der sie neulich bei der Arbeit abgesetzt hat, fuhr einen schwarzen SUV. War nur ein Ford Puma, trotzdem.
Er überlegt noch, ob vier Euro für einen kurzen Blick auf Melanies Titten irgendwie angemessen sind, als der Typ mit den Lederschuhen aus der Einfahrt kommt. Wie lange war der bitte im Parkhaus? Zum ersten Mal sieht Jamal ihn ganz: Anzughose, Jackett, Breitling, teuer, alles. Grau melierte Haare, slick nach hinten, dazu eine Sonnenbrille wie eine Endzeitfinsternis.
– Hab alles gefunden, Danke.

NIHAL Die zuständige Kollegin bei der kriminalpolizeilichen Sachbearbeitung im K2 heißt Claudia Niedermeyer,

trägt Rüschenbluse und dazu eine Goldkette mit irgendeinem Heiligen als Anhänger, der ihr vermutlich die Luft abschnürt, so eng, wie das Ding sitzt. Aber vielleicht steht sie ja drauf. In ihrem Büro riecht es, als wäre irgendwo Weichspüler ausgelaufen. Beim Hereinkommen muss Nihal zweimal hinsehen, bevor sie begreift, dass die Kollegin gerade dabei ist, den ohnehin überdimensionierten Blumenstrauß neben ihrem Computer mit Duftspray zu besprühen.
– Khigarian, Mordkommission. Wir hatten telefoniert.
Niedermeyer stellt das Duftspray unter den Strauß, zupft die Blüten zurecht und faltet die Hände auf dem Tisch.
– Richtig. Was kann ich für dich tun?
Nihal erklärt ihr, was sie ihr bereits am Telefon erklärt hat: dass sie sich die Aufnahmen der Überwachungskamera vom Tankstellenüberfall an der Bornholmer ansehen möchte.
– Richtig.
Die Niedermeyer wieder. Aber nicht so, als würde sie sich erinnern, sondern so, als wäre das hier eine Prüfung und Nihal hätte die richtigen Antworten zu liefern. Sie beginnt, die staubfreien Tasten ihrer staubfreien Tastatur zu drücken, und weil sie ihr keinen Platz angeboten hat, steht Nihal derweil in der Gegend herum.
– Worauf wartest du denn, sagt die Niedermeyer. – Nimm dir den Stuhl und komm her. Oder soll ich mit meinem Computer etwa zu dir kommen?
Nihal nimmt sich den Stuhl, der neben der Tür steht. Ich mach dir gleich einen Nasenring aus deinem Anhänger. Als sie sich setzt, drückt ihr die Pistole in die Seite. Sie trägt ihr Holster nur selten, braucht ihre Waffe praktisch nicht. Bis sie anrückt, ist der Mord ja immer schon passiert.
Hinter Niedermeyers Schreibtisch ist der Geruch noch penet-

ranter, als wäre Nihal mit einer Gruppe Prostituierter im Fahrstuhl steckengeblieben. Ihr Blick fällt auf das Duftspray – Cotton & weißer Flieder + UV-Schutz –, und erst als sie das liest, kapiert sie, dass das keine echten, sondern Kunstblumen sind, und dass man die einsprühen muss, wenn man will, dass die riechen, und den UV-Schutz gibt es gratis obendrauf, damit die Blätter keinen Krebs kriegen.
– Weshalb interessiert dich die Aufnahme denn so, wenn ich fragen darf.
– Hab das Standbild gesehen, erwidert Nihal.
Ist keine Antwort, das merkt auch Frau Niedermeyer.
– Da bist du ja nun weiß Gott nicht die Einzige.
– Nee.
Die Niedermeyer hat die Aufnahme längst auf dem Bildschirm, zögert aber, das Start-Symbol zu klicken.
– Die Frage war ja, weshalb *du* dich so dafür interessierst.
– Sag ich dir, wenn ich sie gesehen habe. Nihal wirft ihrer Kollegin einen Blick zu. Ich klatsch dir wirklich gleich eine.
– Klick da jetzt mal drauf, oder muss ich das selbst machen?
Die Aufnahme ist nicht lang, dreiundfünfzig Sekunden. Vogelperspektive. Die Kamera hängt da, wo sie hängt, nicht, um Überfälle aufzuzeichnen, sondern um die Zapfsäulen im Blick zu haben, damit, falls einer tankt, ohne zu bezahlen, man später das Kennzeichen nachverfolgen kann.
Man sieht, wie an Säule 1 ein Streifenwagen hält. Ein Polizist steigt aus, nimmt den Zapfhahn, dreht sich um und bleibt in der Bewegung stecken. Im selben Moment öffnen sich die Türen der Tankstelle, und ein Mann kommt heraus, Tuch über Mund und Nase, die Kapuze seines Hoodies in der Stirn, darunter eine Basecap, deren Blende zusätzlich die Augen abschirmt. Wichtigstes Detail: Er hält eine Pistole in der Hand.

Der Polizist sieht ihn und die Pistole, der Mann sieht den Polizisten und den Streifenwagen. Er richtet die Pistole auf den Polizisten, der gerade sowieso nicht nach seiner Waffe greifen kann, weil er den Zapfhahn in der Hand hält. Freeze. Es ist nicht zu sehen, aber der Kollege im Wagen scheint irgendetwas zu machen, denn es gibt eine Reaktion, und die sieht so aus, dass der Mann mit dem Hoodie auf den Streifenwagen schießt. Die ersten beiden Kugeln verschwinden in der Haube, die dritte geht durch die Windschutzscheibe und bleibt, wie Nihal weiß, in der Elle des Kollegen stecken, der in dem Moment seinen Arm hochreißt. Anschließend sprintet der Täter aus dem Bild. Ende. Dreiundfünfzig Sekunden.

Unwillkürlich ballt sich Nihals Schlaghand zur Faust. So also fühlt sich das an, wenn deine Träume sterben. Nicht einmal eine Minute, und dein Leben, alles, wofür du dich abgestrampelt hast, immer Klassenbeste, all die Jahre, die du deinen Hintern an der Wand gehalten und sämtliche Erwartungen übererfüllt hast, alles, alles, ALLES!

Für den Arsch.

– Kann ich's nochmal sehen?

Die Niedermeyer will etwas erwidern, aber als ihr Nihals Blick begegnet, gibt es eine spontane Autokorrektur, und sie klickt erneut das Symbol an.

Das Gesicht des Täters ist zu keinem Zeitpunkt zu sehen, Nihal könnte es einfach laufen lassen, aufstehen und gehen. Das Problem ist, sie kennt es. Sie wüsste sogar, wessen Gesicht unter der Basecap verborgen ist, wenn sie die Schuhe und den Hoodie nicht erkannt hätte und nicht drei Patronen aus ihrem Magazin fehlten. Die Art, wie er sich bewegt, die Drehung, der drahtige Oberkörper ... Im Lesen von Bewegungen schlägt Nihal jede Software, die Schwäche erkennen, den neuralgischen Punkt.

Als das Filmchen zum zweiten Mal durchgelaufen ist, starrt Nihal den Blumenstrauß an, die Blüten aus Kunstseide, UV-geschützt, fuck me, starrt durch ihn hindurch, und die Niedermeyer neben ihr ist schlau genug, das Maul zu halten.
– Nur mal so, interessehalber, sagt Nihal, während sie ein Blütenblatt zwischen den Fingern reibt, wer issn das, den du da um den Hals trägst?
Niedermeyers Hand greift nach dem Anhänger, als müsste sie ihn schützen.
– Der heilige Bonifatius.
– Und was kann der so?
– Das ist der Apostel der Deutschen.
Auch keine Antwort.
– Du kannst aufhören zu suchen, sagt Nihal. – Ich weiß, wer das ist. Sie riecht an ihren Fingern. – Übrigens: Dein Büro stinkt nach Puff.

JAMAL Jamal sieht, wie der Typ von der Berufsgenossenschaft Richtung Savignyplatz geht. Er hat keine Ahnung, was eine Berufsgenossenschaft so macht, wofür die da ist, aber eins weiß er: Jemand, der in Parkhäusern Feuerlöscher kontrolliert, trägt keine Breitling und auch keine scheiß gelochten Schuhe für achthundert Euro.
Den Cappuccino holt Jamal sich dann doch. Ist ein Rechentrick, höhere Mathematik. Einerseits sind vier Euro eine Menge Kohle für einen Blick in Melanies Ausschnitt. Vor allem, weil klar ist, dass der sowieso nur so tief ist, wie er ist, damit die Leute da ihr Trinkgeld reinwerfen. Wie in einen Trichter. Wenn man aber pro Titte rechnet, sind es nur zwei

Euro, und das kommt einem dann schon wieder total günstig vor, da gibt es den Cappuccino praktisch gratis.
Jamal geht also rüber ins Petrocelli's, Melanie sieht ihn schon von weitem, und dann steht er vor ihr, und sie sagt:
– Cappuccino to go?
– Ja, Mann.
Und dann passiert es: Sie dreht sich zur Maschine, macht extra langsam, damit Jamal auch ihre Rückansicht genießen kann, und als sie sich wieder zu ihm dreht, hat sie den Cappuccino in einer richtigen Tasse gemacht, mit Untertasse, plus Keks, Zuckertütchen und Löffel. Außerdem hat sie ihm einen fucking Picasso oder was in den Milchschaum gegossen, da traust du dich gar nicht, den kaputt zu machen.
– Schmeckt besser als aus dem Becher. Kannst mir die Tasse ja zurückbringen.
Als Jamal im Gefolge seiner Tasse die Straße überquert, hat er das fetteste Grinsen im Gesicht, zu dem er fähig ist, und findet, dass er seine vier Euro mit maximaler Rendite investiert hat.
Als er dann wieder auf seiner Betonzunge sitzt und seinen Cappuccino schlürft, denkt er auch wieder an den Mann mit den braunen Lederschuhen. Und weil das Denken an den Mann nirgendwo hinführt, bringt Jamal, als er fertig ist, seine Tasse zurück, schnappt sich einen von den blauen Müllbeuteln und läuft einmal durch das gesamte Parkhaus, vorne hoch und hinten wieder runter, wobei er auf jeder Etage das Parkhaus scannt.
Zwei Feuerlöscher gibt es, einer hängt auf der 1 neben dem Fahrstuhl, TÜV seit sechs Jahren abgelaufen. Der andere steht im hinteren Aufgang und hat keinen Schlauch mehr. Hab alles gefunden, meinte der Typ. Fragt sich, wonach er gesucht

hat. Mohammeds Plantage? Vorsichtshalber checkt Jamal die beiden Aufgänge zum Dach. Verschlossen. Da sieht man es mal: Manchmal bringt Nach*denken* dich weiter, manchmal Nach*sehen*. Und manchmal bringt beides nichts.

Auf dem Weg zurück ins Erdgeschoss sammelt Jamal den herumliegenden Müll ein, versenkt den blauen Beutel im Container und geht wieder nach vorne. Er schließt die Pförtnerkabine auf, geht rein, will sie hinter sich zuziehen und hat plötzlich einen Mann vor sich, der, schwöre, eine Sekunde vorher noch nicht da war und der ihm eine scheiß Angst einjagt, und zwar nicht, weil er sich nach Belieben materialisieren kann, sondern weil er so aussieht, als würde er an den Wochenenden bei gutem Wetter am liebsten kleine Katzenbabys ertränken, mit der bloßen Hand, aus Langeweile. Die Augen, es sind seine Augen. Ob Mensch oder Tier oder Stein ist denen vollkommen gleichgültig. Alter, was ist denn heute los?

Der Mann zieht ein Smartphone aus der Jacke und zeigt Jamal ein Foto. Von Saad, fuck. Und Leila, doppelfuck. Aufgenommen vor dem Parkhaus, sogar die Betonzunge ist drauf.

– You know this man?

Jamal kann sich nicht erinnern, jemals solche Angst gehabt zu haben, nicht mal, als der Nazi mit der Machete vor ihm stand. Dabei hat dieser Typ nur ein bescheuertes Smartphone in der Hand, ist alt, graue Haare, und hat einen Akzent wie aus einer schlecht synchronisierten Serie.

Jamal schiebt das Kinn vor: – Do *you*?

Okay, falsche Antwort. Ironie ist nicht gefragt.

Der Typ sieht ihn an: – It's here, no? Outside.

– Ja, Mann, seh ich. Outside, yes.

– But you don't know.

– The man? No.

Der Mann sieht Jamal für einen Moment, der Jamal sehr lange erscheint, an, nickt und geht. Noch Minuten später zittern Jamals Hände.

MÜLLER Müller hat einen Schweißfilm auf der Oberlippe, winzige Tröpfchen. Sein Herz pumpt, Kreislauf. In einer Stunde geht es zur HV, knapp vierhundert Aktionäre haben sich angemeldet – der Ort musste verlegt werden –, und die wollen alle gepampert werden und erwarten außerdem Wunderdinge von ihm. Ist doch überall Krieg, und das neue Sturmgewehr ist praktisch konkurrenzlos. Weshalb geht der Börsenkurs nicht längst durch die Decke?

Die Wahrheit ist, dass die Präsentation mit heißer Nadel gestrickt ist. Sie haben einen zweistelligen Millionenbetrag in die Entwicklung eines Präzisionsgewehrs investiert, das sich als Rohrkrepierer erwies. Und auch sonst gibt es den ein oder anderen Posten in der Bilanz, den Müller entweder mit einem Erfolgslächeln umdribbeln oder souverän überspringen muss, und im Moment fühlt er sich weder nach Dribbeln noch nach Springen. Und die Grafiken sind immer noch eine Zumutung. Zwar denkt man nicht mehr automatisch an ein Bällebad bei McDonald's, dafür sehen sie jetzt aus, als würde Müllers Firma Damenbinden herstellen. Offenbar muss er der Agentur, die für diese Geschmacksverirrung zuständig ist, dringend den Unterschied zwischen »solide« und »aseptisch« erklären. Oder gleich die Agentur feuern. Später. Jetzt erst einmal die HV.

Er betrachtet sein Spiegelbild, die müde Haut um die Augen. Das werden mal Tränensäcke. Ist noch ein paar Jahre hin, aber

wer genau hinsieht, erkennt schon, worauf das hinausläuft. Wird er sich irgendwann entfernen lassen müssen. Später. Er drückt sich zwei Propranolol aus dem Blister, füllt das Zahnputzglas mit Wasser, spült sie hinunter und blickt auf die Uhr. In fünfundfünfzig Minuten steht sein Fahrer vor dem Hotel. Konzentration. Aufgaben priorisieren.
Er legt sich ein frisches Hemd heraus, setzt sich an den Schreibtisch und will über die Zahlen gehen, als er sieht, dass auf Signal eine Message wartet. Gibt nicht viele Menschen, mit denen er über Signal kommuniziert, da verschieben sich schnell die Prioritäten. Er öffnet die App.
Wenn man unvorbereitet ist, kann einen das Foto, das Müller jetzt anspringt, leicht auf dem falschen Fuß erwischen. Müller ist unvorbereitet.
– Heiland!
Er wendet den Kopf ab, sammelt sich. Zweiter Versuch, mit Vorbereitung diesmal.
Das Foto zeigt den deformierten Kopf eines Toten, grünlich, bläulich, rötlich schimmernde Bereiche. Erste Assoziation: Folteropfer. Möchte man nicht drüber nachdenken, wie diese Person zu Tode gekommen ist, schon gar nicht eine Stunde vor der Hauptversammlung.

Ist er das?

Müller steht auf und geht ans Fenster, blickt hinunter in den Stuttgarter Talkessel. Nachdenken, nicht unüberlegt handeln. Er greift sich das Smartphone, leitet das Foto des Toten an seinen saudischen Kontakt weiter.

This is him?

Die Wolken über dem Rand des Kessels fächern das Sonnenlicht auf, die Hügel unverschämt grün. Müllers Fenster ist eine verdammte Panoramapostkarte. Das Handy zuckt in seiner Hand.

Yes.

Müller schreibt sofort zurück.

Sorry.

No need. Occupational risk. Can you take care of the body?

Die bauen den Mist, Müller soll die Spuren beseitigen. Seine Jobbeschreibung klang anders. Nicht persönlich nehmen.

Yes.

Good. When do we get our goods?

I take care of that.

Do it quickly.

Die nächste Nachricht schickt Müller an den Mann, der ihm das Foto der Leiche geschickt hat.

Ja. Kannst du ihn verschwinden lassen?

Zeithorizont?

ASAP.

Okay. Was ist mit der Journalistin?

Später.

Müller überlegt, ruft den Kontakt von Brasch auf.

Wir haben den zweiten Mann gefunden. Keine Gefahr mehr – sofern die Lieferung zeitnah erfolgt.

Ware kann jederzeit den Hafen verlassen.

Warum ist sie dann nicht längst auf dem Weg, denkt Müller, aber die Antwort kann er sich selber geben. Er schreibt:

Wir hatten eine Abmachung.

Jetzt haben wir eine neue. 2% und der Container verlässt den Hafen.

Müller greift sich an die Stirn. Eine halbe Stunde, bis das Taxi kommt.

Sind Sie sicher, dass Sie das durchziehen wollen?

Drohen Sie mir?

Geht nicht um mich. Unser Auftraggeber besteht auf Einhaltung der ursprünglichen Abmachung.

Woher das Geld kommt, ist mir SCHEISSEGAL!

Also soll Müller aus eigener Tasche zahlen. Das nennt man dann wohl Erpressung. Er würde Brasch gerne fragen, wie der sich das vorstellt, zwei Prozent von sechzig Millionen. Wie Müller mal eben eins Komma zwei Millionen Euro aus den Büchern verschwinden lassen soll. Für die Saudis kein Problem. Für Müller schon. Er hält sein Smartphone in der Hand, als schätze er dessen Gewicht. Bevor er entschieden hat, was er antworten soll, schiebt Brasch bereits die nächste Nachricht hinterher.

Sie wollen doch nächstes Jahr auch noch Waffen exportieren, oder?

Müller blickt in den Talkessel. Der Himmel zieht sich zu, nur noch vereinzelte Lichtflecken über der Stadt. Wie Suchscheinwerfer. Er sieht auf sich zukommen, was passieren wird, passieren muss, wie durch eine Zeitfernrohr.

Einverstanden. Aber erst verlässt die Ware den Hafen.
Übergabe nur in bar, anders kann ich den Betrag nicht verschleiern.

Brasch braucht keine fünfzehn Sekunden für die Antwort.

Na bitte, geht doch.

NIHAL – Tut mir leid.

Nihal sitzt in Bernds Büro. Vor ihrem Chef die Beichte abzulegen war noch schlimmer, als sich die Aufnahmen der Überwachungskamera anzusehen. Denn vorhin, da war da nur die Wut auf ihren Bruchpilotenbruder. Wut ist einfach. Und außerdem eine gute Energie, sofern du sie lenken kannst, explosiver als Diesel. Wie Kerosin.

Jetzt allerdings, nach der Beichte, läuft Nihal mit Scham und Trauer voll, und das sind die beschissensten Emotionen, die man haben kann, wie ein Sumpf, in dem man feststeckt, und je stärker du dich wehrst, desto tiefer sinkst du ein. Am Ende kann es dir passieren, und das ist überhaupt das Allerschlimmste, dass du alleine nicht mehr herauskommst und auf Hilfe angewiesen bist.

– Und mir erst, sagt Bernd.

Nihal legt ihre Waffe auf den Tisch, die Tatwaffe. Sie blickt sich um: das Whiteboard, der Gruppentisch mit Wachstuchdecke, die Stühle mit den muffigen Sitzbezügen, Filterkaffee aus der Kanne, Waffelmischung aus der Tüte. Kaum zu glauben, dass man so etwas vermissen können soll.

Bernds Lider wiegen schwer, fällt dem auch nicht leicht. Die Enttäuschung zieht sein ganzes Gesicht nach unten.

– Du kennst dich mit den Paragraphen besser aus als ich, sagt er. – Was mache ich jetzt?

Nihal muss ihr eigenes Urteil sprechen: – Ist eine eindeutige Pflichtverletzung, die musst du aktenkundig machen. Einleitung eines Disziplinarverfahrens. Außerdem solltest du mich ab sofort zwangsbeurlauben, Bundesdisziplinargesetz, Paragraf 17, glaube ich.

Sie zieht ihr Portemonnaie aus der Jacke und legt ihren

Dienstausweis neben die Pistole. Bernd würde ihn am liebsten gar nicht anfassen. Oh, diese Enttäuschung.
– Jetzt nimm schon, sagt Nihal.
– Weißt du, wo er sich gerade aufhält?
– Hab so meine Vermutung. Kann *ich* ihn festnehmen?
– Du willst deinen eigenen Bruder verhaften?
– Ich würde ihn gerne umbringen.
– Dann begleite ich dich mal besser.

Bernd läuft hinter ihr her in den dritten Stock. Mit jeder Stufe kehrt mehr von ihrer Wut zurück, verdrängt die Scham und die Trauer. Bis sie vor Nihals Wohnungstür ankommen, brennen ihre Finger wie vor einem Fight.
Bernd sieht sie an: – Glaubst du, er wird sich zur Wehr setzen?
– Hoffentlich.
Nihal schließt die Tür auf, hört Jamies Lache aus der Küche, springt durch den Flur mehr, als dass sie geht, zieht die Tür auf. Da sitzt er, der Bruchpilot, mit nichts als seiner Unterhose und dem neuen Zuhälterring bekleidet, auf den er so stolz ist, neben sich die blonde Bitch von neulich, Pris, in einem seiner XXL-Shirts und vermutlich ohne was drunter. Sie hält Jamie gerade einen Joint hin, aber jetzt steht plötzlich Nihal in der Küche, und Jamie sagt:
– Schwesterchen, was geh ...
In dem Moment erwischt ihn Nihals perfekt geschlagene Gerade am Kinn – Fuß zeigt in die Richtung, in der die Kraft wirkt, die Drehung auf dem Fußballen, als würde sie eine Zigarette austreten, Gewicht auf dem vorderen Fuß, die Hüfte leicht abgesenkt – und schleudert ihn vom Stuhl.
Pris schreit und springt auf, Jamie dagegen hat gar keine Ge-

legenheit für irgendeine Reaktion, denn kaum ist sein Körper auf den Boden geschlagen, hat Nihal ihm bereits ein Knie ins Kreuz gerammt, seine Arme auf den Rücken gedreht und die Kabelbinder festgezogen.
– Du bist festgenommen, steh auf!
– Wie denn? Du kniest auf meinem Rücken!
Sie steht auf, sieht, wie die Blondine sich unsichtbar zu machen versucht, Bernd, der im Türrahmen steht.
– Pack deine Sachen, und such dir einen neuen Idioten, faucht sie die Frau an.
Jamie kommt auf die Beine. Seine Lippe ist aufgeplatzt. Er kann von Glück sagen, dass Nihal nicht ihre Schlaghand benutzt hat, sonst wäre der Kiefer gebrochen.
– Dein Mindset ist echt'n Abfuck, sagt er.
Nihals Füße nehmen automatisch Grundstellung ein. – *Mein* Mindset ist'n Abfuck? *Du* benutzt meine Dienstwaffe für einen bewaffneten Raubüberfall, und *mein* Mindset ist'n Abfuck?
Kaum zu glauben, aber obwohl ihm das Blut übers Kinn läuft, kriegt Jamie ein Lächeln zustande.
– Alter, du musst echt an deiner Impulskontr ...
Die zweite Gerade erwischt ihn an fast derselben Stelle. Immerhin erlöst der Schlag Pris aus ihrer Starre, die angeekelt und mit vor das Gesicht gehaltenen Händen an Bernd vorbei aus der Küche flitzt. Als Jamie seiner Schwester wieder den Kopf zudreht, ist sein Lächeln verschwunden. Der Cut in der Lippe muss auf jeden Fall genäht werden, unter drei, vier Stichen ist da nichts zu machen. Tough shit. Nihal ist so im Tunnel, ein weiteres Wort von ihrem Bruder, und Bernd kann ihn auszählen.
– Nihal.

Keine Reaktion. Bernd moduliert seine Stimme so, dass sie an allen anderen Emotionen vorbei bis zu ihr durchdringt.
– Nihal.
Sie sieht ihn an.
– Lass gut sein.
Nihal lässt die Fäuste sinken.
Eine Minute später ist Pris mit ihren Sachen auf dem Arm aus der Wohnung geschlüpft, Bernd hat Jamie erklärt, dass er vorläufig festgenommen ist und nichts sagen muss, und Nihal steht in der Küche und schlägt mit der flachen Hand auf ihren Tisch ein.

MAJA Maja fühlt sich, als wäre sie gegen das Waschmittel ihrer Bluse allergisch. Was gut möglich ist. Sie hat sie in die Reinigung gebracht, wer weiß, was für ein Zeug die da benutzen. Der Grund für ihr Unbehagen aber ist ein anderer: Sie steht im Hauseingang und wartet auf Jutta, ihre Ressortleiterin. Die hat darauf bestanden, sie mit dem Taxi abzuholen. Was nicht nur nicht nötig ist, sondern auch keinen Sinn ergibt. Jutta kommt direkt aus der Redaktion in Mitte, setzt sich in ein Taxi, holt Maja in Kreuzberg ab und fährt mit ihr zum Borchardts, das wiederum in Mitte ist. Maja hat ihr versichert, dass das unnötig sei, worauf Jutta mit einem Schmunzeln erwiderte, dass immer noch sie es sei, die entscheide, was notwendig sei und was nicht.
– Mir ist das wirklich unangenehm, gestand Maja.
Aus Juttas Schmunzeln wurde ein Lächeln: – Ach, du bist so herrlich anständig!
Und jetzt steht Maja im Hauseingang und fühlt sich unwohl.

Sie sieht ein Taxi in die Manteuffelstraße einbiegen und weiß: Da sitzt Jutta drin. Es ist ein E-Taxi, hält geräuschlos. Die Tür öffnet sich wie im Film, konspirativ. Maja schiebt sich auf die Rückbank, wo Jutta sie bereits erwartet, die ein perlmuttschimmerndes Kleid trägt, ärmellos, mit einem Dekolleté, zu dem Maja nur eins einfällt: zu tief. Außerdem schwarze Schuhe mit acht Zentimetern Absatz. Weder das eine noch das andere hat Maja sie jemals in der Redaktion tragen sehen. Goldene Ohrringe, goldene Uhr, Make-up, Lippenstift.
– Hallo!, begrüßt sie Maja, Betonung auf dem O.
Küsschen links, Küsschen rechts, der dezente Duft teuren Parfums kitzelt Maja in der Nase. So geräuschlos, wie er vorgefahren ist, setzt sich der Wagen wieder in Bewegung.
Maja hat überlegt, ihre Ressortleiterin zu fragen, weshalb sie aus dem Pulk der Newcomerinnen ausgerechnet sie für das Casting ausgewählt hat. Falls sich jemand fragt: Das Casting verdankt seinen Namen dem Umstand, dass bei dem monatlich stattfindenden Strategiemeeting der Key-People des Verlags dem Investor jeweils ein neues Gesicht präsentiert wird.
Der Grund, weshalb Maja nicht gefragt hat, warum sie ausgewählt wurde, ist, dass sie sich die Antwort selbst geben kann. Sie hat Jutta gestern ihre Story auf den Tisch gelegt, und wenn die eine Welle schlägt – und das wird sie –, dann will die Ressortleiterin diejenige gewesen sein, die ihr Talent als Erste erkannt und gefördert hat.
Der Wagen steht. Maja sieht die erleuchtete Fensterfront des Borchardts, die Markise, die Sofas darunter, die verschwenderische Geste. Willkommen, du Mensch mit Geld und Einfluss.
Jutta berührt sie am Arm: – Kein Grund, nervös zu werden.
Sie lächelt, als teilten sie ein geheimes Wissen, dann greift sie Maja ins Haar und löst deren Haarspange.

– Trag die lieber offen. Sie reicht Maja die Haarspange. – Deine Locken sind eine Pracht!
Maja ist zu perplex für eine Erwiderung.
Ein Zwinkern von Jutta: – You never get a second chance to make a first impression.

Das Borchardts ist gerammelt voll, außer den Kellnern tragen sämtliche Männer Anzug, sämtliche Frauen irgendwas Teures. Ausgenommen Maja. Marmorsäulen, Messing, roter Samt. Die Luft hängt schwer von Schnitzelpanade, Parfum und raumgreifenden Egos.
Maja wird dem Investor vorgestellt, der extra aufsteht, um ihr die Hand zu geben, und findet sich kurz darauf in der Ecke der Sitzgruppe wieder. Inklusive des Investors sind elf Personen anwesend, vier Frauen, sieben Männer. Die Hälfte von ihnen hat Maja in der Redaktion noch nie gesehen.
Noch bevor das Essen serviert wird, hat Maja verstanden, dass es dem Investor, einem Englisch sprechenden Schweden, der erfrischend farblos und unbesonders wirkt, bei seinen monatlichen Strategiemeetings offenbar vor allem darum geht, Hof zu halten und sich der guten Stimmung im Verlag zu versichern. Kurze Zeit später – das Essen ist serviert und in die Gespräche mischt sich das Klirren von Besteck – hat sie außerdem gelernt, dass der Investor von Journalismus nicht das Geringste versteht, von zahnmedizinischen Instrumenten hingegen sehr wohl. Mit denen hat er ein Vermögen gemacht und gönnt sich nunmehr den Luxus, einen eigenen Zeitungsverlag zu besitzen, weil er insgeheim schon immer ein Intellektueller sein wollte.
Jutta, die neben Maja auf der Bank sitzt, präsentiert sich nicht

nur äußerlich verändert. In der Redaktion erlebt Maja sie oft schon am Vormittag müde und abgekämpft, überarbeitet, einsilbig. Jetzt aber ist sie so was von angeschaltet, lacht, rutscht mit dem Po hin und her, redet zwei Stufen lauter als sonst. Als die Teller abgeräumt werden, verschwindet sie auf Toilette, Maja hat in ihrer Ecke etwas Luft zum Nachdenken, und dann wird ihr klar, woran Juttas Benehmen sie erinnert: an das ihrer Mitbewohnerin nämlich, wenn die nachts um drei von einer Party kommt, auf der gekokst wurde.
Majas Vermutung bestätigt sich, als Jutta von der Toilette zurückkommt und noch heller strahlt als zuvor. Als hätte sie sämtliche Glühbirnen ihres Kronleuchters poliert. Sie rutscht noch näher an Maja heran, lässt sich zum vierten Mal Chablis nachschenken und redet mit ihr, als säße sie zwei Tische weiter, dabei sind ihre Gesichter kaum dreißig Zentimeter voneinander entfernt. Als sie schließlich ihre Hand auf Majas Oberschenkel schiebt, ist die nicht einmal richtig überrascht. Maja lässt die Hand liegen in der Hoffnung, dass Jutta sie von selbst wieder wegnimmt, sobald sie merkt, dass keine Reaktion kommt. Sie kann es nicht richtig greifen, aber sie ist eher enttäuscht, als dass sie sich bedrängt fühlen würde.
Juttas Hand erträgt es eine Weile, ignoriert zu werden, dann verstärkt sie ihren Druck und schiebt sich nach oben, bis Ignorieren keine Option mehr ist. Also nimmt Maja sie so unauffällig wie möglich von ihrem Schenkel und legt sie zurück auf Juttas.
– Entschuldigung, sagt sie, ich müsste mal auf Toilette.
Und Jutta schiebt ihre Beine gerade so weit zur Seite, dass Maja unmöglich daran vorbeikommt, ohne sie zu streifen.
Die Toiletten sind erstaunlich unspektakulär eingerichtet, matte Fliesen, Standardwaschbecken, nothing fancy. Das

Gute ist: Die Luft ist etwas kühler und man hat nicht ein Dutzend Gespräche gleichzeitig im Ohr. Vor dem Spiegel stehend überlegt Maja, wie sie halbwegs geschmeidig aus der Situation herauskommt, ohne Jutta vor den Kopf zu stoßen. Okay, das ist unmöglich. Aber wenn schon vor den Kopf stoßen, dann so sanft wie möglich.

Da sie sich dabei im Spiegel betrachtet, überlegt sie außerdem, ob ihre roten Locken, die Jutta so prachtvoll findet, möglicherweise bereits bei ihrer Einstellung ein Kriterium gewesen sein könnten. Auch diese Antwort kann sie sich selbst geben: *Ich hab ein gutes Gefühl. Du kannst das.* O Mann. Jutta ist so alt wie ihre Mutter, derselbe Jahrgang, Maja hat es gegoogelt. Das zu tiefe Dekolleté, das Kokain, die Hand auf dem Oberschenkel einer Frau, die deine Tochter sein könnte. Sieht so dein Leben als Karrierefrau aus, mit fünfzig, wenn du es geschafft hast? Einsam? Kein Wunder, dass Maja das traurig macht. Es ist traurig.

Sie hat entschieden, sich gar nicht erst wieder in die Ecke zu zwängen, sondern sich direkt zu verabschieden – Kopfschmerzen, geht als Frau ja immer –, als sich die Tür öffnet und Jutta eintritt, stehen bleibt und Maja fixiert, eine Löwin vor dem Sprung. Du entwischst mir nicht.

In zwei Schritten ist sie bei Maja, legt ihr eine Hand in den Nacken und küsst sie. Lange. Und wollüstig. Ganz ehrlich: Maja hätte nichts dagegen, auf diese Weise geküsst zu werden, fordernd, im Gegenteil. Aber nicht von ihrer Chefin. Deshalb legt sie, als Juttas Zunge sich in ihren Mund vortastet, eine Hand in deren Dekolleté und stößt sich vorsichtig von ihr ab. Mit einem Plopp lösen sich ihre Lippen voneinander.

Maja will etwas sagen, sich erklären, der sanfte Kopfstoß. Doch Jutta legt ihr einen Finger auf den Mund:

– Überleg's dir. Sie leckt ihren Daumen an und wischt Maja ihren Lippenstift aus dem Mundwinkel. – Aber überleg nicht zu lange.

SAAD Als Saad Leila ins Bett gebracht hat und aus dem Versorgungsraum kommt, ist Mohammed immer noch da. Und sieht irgendwie angegriffen aus. Wahrscheinlich will er nicht nach Hause, Stress mit Eske.

– Wir müssen reden, sagt er.

Saad macht eine Geste, dass sie rausgehen sollen. Sie wissen beide, Leila hat Ohren wie ein Luchs. Sie schließen die Pförtnerkabine hinter sich, dann stehen sie in der Einfahrt, halb drinnen, halb draußen. Saad kramt den Tabak hervor, leckt den Filter an, dreht sich eine Zigarette.

– Auch eine?

– Tabak ist schädlich, erwidert Mohammed.

Was ein Scherz sein sollte, wenn es jemand sagt, der eine Cannabisplantage betreibt. Und normalerweise merkt man bei Mohammed auch, wann er etwas ernst meint und wann nicht. Heute ist etwas anders. Er wartet, bis Saad den Tabak eingesteckt und sich Feuer gegeben hat.

– War jemand hier, erklärt er.

Mohammed hat die Hände in den Taschen und tippt abwechselnd mit den Fußspitzen gegen die Führungsschiene des Rolltors, die jedes Mal mit einem dumpfen, metallischen Geräusch antwortet, das kurz nachhallt, um dann in den höheren Ebenen zu versickern wie in einer Kirche.

– Wer?

– Keine Ahnung, war bei Jamal. Hat gesagt, er käme von der

Berufsgenossenschaft. Wollte die Feuerlöscher kontrollieren.
– Und?
– Und? Jamal meinte, wenn der Typ von der Berufsgenossenschaft war, dann kriegt Billie Eilish demnächst Zwillinge von ihm. Ist eine Viertelstunde oder was durchs Parkhaus marschiert und meinte hinterher, es wäre alles cool.
Saad lehnt in der Durchfahrt, bläst den Rauch in die Nacht. Mohammed tritt munter weiter gegen die Schiene. Dong. Dong. Dong. Schräg gegenüber parkt ein Wagen ein, vor dem Fußballkäfig scheint der Umriss eines Mannes auf.
– Hat der Typ Jamal ein Protokoll unterschreiben lassen?, fragt Saad.
– Was? Nein.
– Dann war er nicht von der Berufsgenossenschaft.
Mohammeds Füße machen eine Pause. – Willst du mich verarschen? Logisch war der nicht von der Berufsgenossenschaft. Ich hab's gegoogelt, Mann. Wir müssten auf jeder Ebene mindestens einen Feuerlöscher haben, und die müssten jährlich gewartet werden. Wir haben aber überhaupt nur zwei, und von denen ist einer so im Arsch, dass du damit nicht mal mehr eine Kerze ausgeblasen kriegst, und der andere wurde das letzte Mal geprüft, als Deutschland die WM gewonnen hat. Aber alles ist cool, oder was?
Saad kann sich denken, was der Typ von der Berufsgenossenschaft wollte. Die zweite Leiche finden. Aber das kann er Mohammed schlecht sagen. Er muss sie loswerden. Aber wie? Sein Blick geht hinüber zum Fußballkäfig. Der Mann steht immer noch da. Oder es ist nur ein Schatten, schwer zu sagen. Dong. Dong. Dong.
– Kommt noch besser, sagt Mohammed. – Jamal sagt, direkt

nachdem der Berufsgenossenschaftsvogel sich verpisst hat, kam der nächste. Und der hat nach dir gefragt.

– Wieso nach mir?

– Du stellst vielleicht bescheuerte Fragen. Woher soll ich das wissen? Jamal meint, er hätte sich beinahe eingepinkelt, als der vor ihm stand. Hat ihm ein Foto gezeigt, von dir und Leila, hier vorm Parkhaus. Wollte wissen, ob Jamal dich kennt. Für Feuerlöscher hat der sich nicht interessiert.

– Was hat Jamal gesagt?

– Dass er keine Ahnung hat, wer die beiden auf dem Foto sind.

Saad versucht, aus den Informationen eine Erklärung zu destillieren. Dass jemand herausfinden will, wo die zweite Leiche sich versteckt hat – verständlich. Aber wie kommen die auf ihn? Und wenn es zwei Parteien sind, mit unterschiedlichen Interessen, und eine der Parteien hinter ihm her ist …

– Hat Jamal irgendwas über den Typen gesagt, wie er aussah oder so?

Mohammed überlegt. – Klein. Eigentlich schon alt, sechzig oder was, ne Platte am Hinterkopf. Hat Jamal trotzdem eine Scheißangst eingejagt. Tattoos am Hals. Hatte irgendeinen komischen Akzent.

– Araber?

– Ja, klar, weil Jamal findet, dass Arabisch ein echt komischer Akzent ist.

Saad sieht seinen Kollegen nur leer an.

– Logisch nicht arabisch!, sagt Mohammed. – Irgendwas Schräges, als hätte er Tampons in der Nase.

– Französisch?

– Such dir was aus, Alter. Aber erzähl mir langsam mal, was hier für eine Scheiße läuft. Erst dieser Budala aus dem Minis-

terium, dann schlägt die Kriminaltussi hier auf, dann einer, der Feuerlöscher kontrollieren will – am Arsch, Alter –, und dann noch einer, der ein Foto von dir und Leila auf seinem Handy hat. Ich hab erst gedacht, die haben es auf meine Blumen abgesehen, aber irgendwie wollen die alle zu dir, kann's sein?
Saad tritt aus der Einfahrt, schnippt seine Zigarette auf das Pflaster. Der Mann vor dem Fußballkäfig ist verschwunden. Oder war nie da. Paranoia. Aber nur, weil du Paranoia hast, heißt das nicht, dass dich niemand beobachtet. Saad denkt an Leila, an Nihal, an die Leiche auf dem Dach. In dieser Reihenfolge. Das schaffst du nicht alleine.
Er sieht Mohammed an: – Tut mir leid.
– Was tut dir leid? Mohammed sieht aus, als wollte er es lieber nicht wissen. – Wass los mit dir, Alter?
Saad atmet schwer aus, lässt die Sekunden verstreichen. – Komm, ich zeig dir was.

MOHAMMED – Ich wusste immer, dass mit dir was nicht stimmt, sagt Mohammed. – Aber das hier ist echt anders krank.
Betonung auf anders. *Anders* krank. Sie stehen auf dem Dach, Saad hat das Sofa angehoben und zur Seite gerückt, und jetzt stehen sie vor der Leiche, die im Licht von Mohammeds Handylampe mit ihrem deformierten Schädel weniger nach Mensch aussieht als nach der Requisite für einen Horrorfilm. Den Hals haben bereits die Ratten angenagt. Paradoxerweise wird ihr Anblick dadurch erträglicher. Ist eine Frage der Abstraktion. Umso entmenschlichter eine Leiche aussieht, umso

weniger Empathie erzeugt sie. Die Luft streicht mit Samtfingern durch die Plantage, ein Flüstern von allen Seiten gleichzeitig.

– Ich wusste nicht, wie ich ihn loswerden sollte, sagt Saad.

Mohammed schaltet die Handylampe aus, hat genug gesehen. – Wer issn das?

– Weiß ich nicht.

– Und was hat der hier oben zu suchen? Ich meine, wie kommt der überhaupt unters Sofa? Und wieso sieht der so aus, als wäre er dreimal vom Dach gesprungen, bevor er sich da druntergequetscht hat?

– Ich hab ihn umgebracht. Und dann unter das Sofa gelegt. Aber erst, nachdem er auf mich geschossen hat.

Mohammeds Kapazitätsgrenze ist erreicht. – Alter, mit jeder neuen Antwort von dir bin ich nur noch mehr lost.

Saad überlegt, wo er anfangen soll. Lange Geschichte. – Neulich Nacht kamen zwei Typen, und ich dachte, die sind hinter mir her, also ...

– Halt die Fresse, Mann. Halt bloß die Fresse! Mohammed fängt an, auf der Stelle zu treten. Wie ein Kind, das dringend pinkeln muss. – *Zwei*? Liegt hier etwa noch einer rum?

– Den anderen hab ich in den Kofferraum von dem Staatssekretär gelegt.

– Du hast ... Wieso ist überhaupt jemand hinter dir her?

– Ist ja gar nicht. Ich hab nur gedacht, die wären ...

– Worüber reden wir hier eigentlich? Mohammed hat seinen Radius vergrößert, läuft zwischen seinen Pflanzen hin und her, hyperventiliert und spricht mit sich selbst. – Das ist echt heftig, Alter.

Saad sucht nach etwas, das geeignet ist, Mohammed zu beschwichtigen. Dummerweise kommt dabei Folgendes her-

aus: – Wenn ich vorher gewusst hätte, dass die nicht hinter mir her waren, hätte ich sie nicht umgebracht.
– What! Da! Fuck! Mohammed starrt ihn an, wird von einer plötzlichen Erkenntnis durchzuckt: – Ich brauch was zu rauchen.
Sie rücken das Sofa zurück über die Leiche, einfach nur, um sie nicht ansehen zu müssen und weil es hier oben nicht wirklich einen anderen Ort gibt, an dem man sitzen kann – zumal wenn es anfängt zu nieseln –, setzen sie sich darauf, Mohammed dreht sich eine Tüte, und der Regen prickelt leise auf das Segel über ihren Köpfen.
– Ich bin nicht aus Syrien, fängt Saad an.
Mohammed verschluckt sich am Rauch der frisch gedrehten Tüte. – Für wie bescheuert hältst du mich? Glaubst du echt, das hätte ich nicht längst gemerkt?
– Und wieso hast du nichts gesagt?
– Weil ich dachte, der Typ wird seine Gründe haben.
– Hab ich.
Mohammed zieht am Joint wie ein Ertrinkender.
– In Wirklichkeit, sagt Saad, kommen Leila und ich aus Marseille.
Und dann erzählt er Mohammed, was damals passiert ist: von Mourad, der wie ein Bruder für ihn war, von der 125er, mit der sie immer durch die Gegend sind, runter von der Straße, rauf in die Hügel, einfach irgendwo lang, mit dem Ding kamst du überall hoch. Und von Mourads Schwester Samara und dass Saad nie gedacht hätte, dass er eine Chance bei ihr hätte, die hat jeden abblitzen lassen. Aber dass sie etwas in ihm gesehen hat, was sie bei den anderen nicht gesehen hat, auch wenn Saad nie dahintergekommen ist. Und dass, als Leila dann da war, das Leben, das er bis dahin gehabt und das er eigentlich

ganz okay gefunden hatte, irgendwie nicht mehr passte, dass etwas so Zerbrechliches wie Leila da keinen Platz hatte, aber Leila wichtiger war als alles andere und er also sein Leben ändern musste.

Als Mourad dann mit dem großen Ding kam, der Lieferung aus Spanien, die sie selbst in einem Boot nach Frankreich schaffen würden, da klang das irgendwie ganz einfach, als wäre es bescheuert, es nicht zu machen. Und Saad hatte dieses Bild, Samara und Leila und er, irgendwo am Strand, und die Sonne auf den Wellen so hell, dass du kaum etwas sehen kannst. Nein zu sagen, wäre ohnehin keine Option gewesen. Du bist der Einzige, mit dem ich das durchziehen kann, hatte Mourad gesagt. Saad war es ihm schuldig.

Sie waren so nah am Hafen, dass Saad erkennen konnte, ob sich Menschen hinter den Fenstern bewegten. Sie hörten die Masten der Segelboote knacken. Dann schoss das Boot der Gendarmerie Maritime auf sie zu. Saad dachte sofort, dass die auf sie gewartet hatten. Herausbekommen hat er es nie. Er sprang über Bord und schwamm, Mourad blieb. Erstens war er ein beschissener Schwimmer, und zweitens dachte er, dass er so die zwanzig Kilo Heroin beschützen könnte, die sie in der Bordwand versteckt hatten. Was natürlich so ziemlich die dümmste Idee war, die er haben konnte. Die von der GM hatten einen Spürhund dabei, der schon zu bellen anfing, bevor er überhaupt an Bord war.

Der Bürgermeister von Marseille wollte dringend ein Exempel statuieren, demonstrieren, dass die Justiz hart durchzugreifen im Stande war. Mourad konnte wählen: Zehn Jahre in Les Baumettes. Oder auspacken. Jeder in Frankreich weiß, wie es in Les Baumettes zugeht, dass du schon nach Mexiko oder in den Kongo fahren musst, um einen ähnlich beschissenen Knast zu finden. Ändern tut sich daran nichts. Der Grund dafür ist, dass, wenn sie dir die Wahl geben zwischen Les Baumettes und auspacken, du entweder unglaublich dämlich oder unglaublich loyal sein musst, um dich für Les Baumettes zu entscheiden. Mourad war weder das eine noch das andere. Er packte aus.

Danach brach in La Savine die Hölle los. Ein Dutzend Leute sind eingerückt, es kam zu Schießereien, zwei Polizisten wurden getötet, drei Gangmitglieder. Von Saad erzählte Mourad nichts, behauptete, die Nummer alleine durchgezogen zu haben. Aber natürlich wussten die, die Mourad ans Messer geliefert hatte, dass Saad sein Kohlenmann war. Genau wie Clément, der wusste es auch. Er hatte ihnen das Geld für den Stoff und das Boot vorgestreckt, fünfhunderttausend in bar.

Die Hälfte des Heroins wurde nie gefunden. Auch in den Medien war immer nur von zehn Kilo die Rede. Deshalb glaubt Clément bis heute, Saad hätte die anderen zehn. Abgesehen von den fünfhunderttausend, die Saad ihm schuldet. Die Wahrheit ist, dass das fehlende Heroin auf dem Weg vom Boot zum Präsidium auf wundersame Weise verschwand. Aber auch wenn das alles nicht wäre, gäbe es in Marseille ein paar Leute, die Saad gerne tot sehen würden. Was mit Mourad ist, weiß er nicht. Entweder er lebt irgendwo mit neuer Identität oder ist längst tot.

Nachdem Saad alles abgeladen hat, was Mohammed wissen muss, um zu verstehen, fühlt er sich tatsächlich befreit. Für den Moment. Mohammed lässt es sacken, nimmt den letzten Zug von seinem Joint, drückt ihn aus und verschränkt die Arme vor der Brust.

– Ich hab dich echt krass unterschätzt. Machst die ganze Zeit

auf Sugardaddy, wirst nie laut, egal wie scheiße die Kunden dich behandeln, trinkst nicht, nimmst keine Drogen, wechselst immer brav die Glühbirnen aus ... Und legst zwei Typen um.
– Tut mir leid, erwidert Saad. Als hätte er Mohammeds Vertrauen missbraucht.
– Mir nicht. Aber die Leiche muss weg.
– Ich weiß.
Mohammed steht auf. – Lass noch mal das Sofa wegheben.
Sie tun es.
– Dem fehlen ja sogar schon zwei Finger, stellt Mohammed fest.
– Hm-m.
– Ist der jetzt eigentlich steif? Sieht man doch immer im Film, dass die fest werden wie Beton, wenn sie tot sind. Dann musst du die zersägen, wenn die irgendwo reinpassen sollen.
Saad tippt mit der Fußspitze den Kopf der Leiche an, der sofort zur Seite kippt. Da reiben lose Knochenteile gegeneinander.
– Leichenstarre ist vorbei, sagt Saad.
Mohammed schätzt die Größe der Bauwannen ab, die er für seine Cannabiszucht verwendet, achtundsiebzig mal achtundvierzig, aber nur dreißig hoch.
– Kriegen wir den da rein?
– Vielleicht, wenn wir ihn auf zwei verteilen.
– Ich hab hinten im Aufgang noch eine Lieferung stehen. Wir packen ihn erst mal in eine von denen und machen Schrumpffolie drum, bevor die Ratten noch mehr von ihm im Parkhaus verteilen. Und morgen denk ich mir was aus.
– Danke.
– Ja, Mann.

NIHAL Nihal konzentriert sich auf die Atmung, vier Schritte ein, vier Schritte aus, Gleichmaß. Aber sie ist zu schnell, wie ein Pferd, das traben soll, aber immer wieder in den Galopp ausbricht. Ihr Puls ist ebenfalls zu hoch, da muss sie gar nicht auf den Herzfrequenzmesser gucken, hundertachtundsechzig, hundertzweiundsiebzig, spürt sie auch so. Die Luft schmeckt nach Gewitter, mitten in der Nacht, im April. Im Radio haben sie schon wieder vor Waldbränden gewarnt, zu warm, zu trocken, zu früh, Brandenburg verwandelt sich in eine Savanne, nichts Neues.

Hat nicht einmal den Arsch in der Hose, seine eigene Tochter anzurufen. Was für eine arme Sau musst du sein, wenn du nicht einmal den Mut aufbringst, deine eigene Tochter anzurufen? Stattdessen hat er Mumiya anrufen lassen, die so getan hat, als wäre es ihre Idee gewesen, und dann den Hörer weitergereicht hat. Und diese Theatralik! Ich habe keine Tochter mehr. Als wäre es eine Strafe Gottes. Wer hat sie dir denn genommen, hätte Nihal fragen sollen. Aber bis ihr das eingefallen ist, hatte er sie bereits weggedrückt.

Sie erklärte ihm, dass Jamie *ihre* Dienstwaffe aus dem Tresor genommen und damit eine Tankstelle überfallen hat.

Atas Antwort: – Du hast deinen *eigenen* Bruder verraten.

– Er hat auf einen Kollegen geschossen, der jetzt verletzt im Krankenhaus liegt. Mit *meiner* Waffe! Verstehst du das? Deshalb hab *ich* jetzt keinen Job mehr!

– Mein Sohn ist kein schlechter Mensch.

Mit Ata über Jamie zu reden war genauso sinnlos, wie mit Mechthild von Curry & More über ungesunde Fette zu reden. Als ließe sich die Realität durch Willen formen.

– Aber deine Tochter schon, oder was?

Und dann sagte er es, mit einer Traurigkeit in der Stimme, als hätte er alles, alles, alles versucht: – Ich habe keine Tochter mehr.
Du hast den Arsch offen, dachte Nihal und schrie ins Telefon:
– Du kannst dir deine Tochter nicht aussuchen, Ata. Genauso wenig, wie ich mir meinen Vater aussuchen kann. Denn wenn ich mir den aussuchen könnte, wärst es sicher nicht du. Ist aber nicht. Du bist mein Vater, kann ich nichts gegen machen. Und ich bin deine Tochter, ob du willst oder nicht.
Danach wurde es so still, dass Nihal Atas Lunge rasseln hörte. Ein krankes Geräusch, ganz tief drinnen.
– Ist das Krebs?
– Was?
Er verstand nicht. Oder wollte nicht verstehen.
– Hast du Lungenkrebs, Ata?
– Ich habe dir nichts mehr zu sagen.
Und dann drückte er sie weg. Erst nicht einmal den Arsch in der Hose haben, sie anzurufen, und dann auch noch das Gespräch wegdrücken.
Nihal saß am blank gewischten Küchentisch und konnte kaum schlucken. Die Wohnung war so verlassen, dass sie das Wasser in den Rohren rauschen hörte. Sie nahm ihr Smartphone und rief zurück.
Mumiya ging ran, komplett verheult. Nihal sah ihr Gesicht vor sich, die Bewegung, mit der sie sich die Hand auf den Mund legte, als wollte sie sich selbst zum Schweigen bringen.
– Das hättest du nicht tun dürfen, flennte ihre Mutter auf Aserbaidschanisch.
So war es immer. Mumiya sagte etwas auf Aserbaidschanisch, und Nihal antwortete auf Deutsch. Sie sprachen nicht dieselbe Sprache, beide stur wie Esel.

– Fängst du jetzt auch noch an! Jamie hat mit meiner Dienstwaffe eine Tankstelle überfallen!
Und dann, Achtung, die Logik der Mutter: – Ich war immer dagegen, dass du zur Polizei gehst.
– Bin ich jetzt schuld daran, dass Jamie die Tankstelle überfallen hat?
Mumiyas Lunge rasselte nicht, aber sie atmete noch schwerer als die von Nihals Vater.
– Wie konntest du ihm das antun?
Gemeint war Ata, klar.
– Hast du mir überhaupt zugehört? *Euer* Sohn hat mit *meiner* Dienstwaffe einen Polizisten angeschossen!
– Den eigenen Bruder verrät man nicht.
– Du redest dieselbe Scheiße wie Ata, Mumiya.
Nihals Mutter schnüffelte etwas Unverständliches in ihren Rotz.
– Was hast du gesagt?, wollte Nihal wissen.
– Das bringt ihn um.
Ata, der Lungenkrebs. Wenn es denn einer war. Mit Nihal redete ja keiner.
– Gibt's auch noch irgendwas, woran ich *nicht* schuld bin? Hast *du* jetzt auch keine Tochter mehr?
Mumiya sagte nichts, schluckte nur vorwurfsvoll in den Hörer.
– Ich lege jetzt auf.
Und dann drückte auch ihre Mutter sie weg.
Nihal läuft drei Runden um den Savignyplatz, findet den Abzweig nicht. Wie ein Hamster im Laufrad. Dabei ist völlig klar, wohin es sie zieht. Jedes Mal, wenn sie die S-Bahn-Unterführung passiert, muss sie sich zwingen, nicht in die Knesebeck abzubiegen.

Mit jeder Runde wird der Regen stärker, zermatscht die Blüten auf den Gehsteigen zu einem zuckrigen Gelee. Die Restaurants sind gut besucht, blitzendes Besteck, zweierlei Weingläser. Die schweren Tropfen trommeln weich auf die Markise des San Marino, die beinahe bis zur Straße reicht. Wie Zeltfreizeit, nur mit Calamari Fritti und Jahrgangschampagner. Nihal sieht ältere Herren, die jüngeren Damen den Geruch der Hautevolee zufächeln, es wird wohlerzogen gelacht. Der Verrückte mit der Pelzmütze, der tagsüber immer von einer Seite des Platzes zur anderen geht und wieder zurück, auch er ein Gefangener, schläft auf einer Parkbank.
Als sie zum vierten Mal an der Unterführung vorbeiläuft, gibt Nihal den Widerstand auf, taucht unter der S-Bahn durch und sprintet die Knesebeck hinunter, Puls hundertsechsundsiebzig, hundertachtzig.
Vor dem Café 1900 läuft sie aus, geht weiter, langsam. Ein Mann löst sich aus dem Schatten, geht an ihr vorbei. Klein, graue Stoppeln, die Hände in den Jackentaschen. Aber ein Kreuz wie ein Zehnkämpfer und eine Haltung wie ein Boxer. Eine ungute Energie geht von ihm aus. Als er an Nihal vorbei ist, hält sie kurz die Luft an, um zu hören, ob sich seine Schritte auch wirklich entfernen. Was sie tun. Ausatmen.
Nihal fragt sich, was sie hier macht, was für eine kindische Aktion das ist. Dabei ist es offensichtlich: Du bist zwangsbeurlaubt, dein Chef ist schwer enttäuscht, dein Bruder sitzt in U-Haft, wo du persönlich ihn reingebracht hast, deine Eltern haben sich von dir abgewandt, und deine Olympiaquali ist fraglich. Es ist Mitternacht, du kannst seit Tagen nicht schlafen und stehst vor dem Parkhaus in der Knesebeck, in dem Saad Nachtschicht schiebt, während seine Tochter im Hinterzimmer schläft. Was gibt es da zu fragen?

Nihal ist so in Gedanken, dass sie das Auto erst bemerkt, als sie praktisch drunterliegt. Den Sprung, mit dem sie sich rettet, kann man getrost als Stunt bezeichnen. Wiederholen könnte sie ihn nicht. Komisch, woher der Körper manchmal Bewegungen nimmt, die du absichtlich niemals hinbekommen würdest. Es ist derselbe Wagen wie beim letzten Mal, als sie auf dem Fahrrad unterwegs war, Citroën, goldmetallic, rutscht über das Pflaster und bleibt stehen. Der Typ von der Nachmittagsschicht.

Er lässt das Fenster runter und blinzelt zu ihr herüber, als würde er nicht richtig sehen. Was er auch nicht tut, wie Nihal klar wird. Sie trägt ihren schwarzen Onezie, alles, was er erkennt, sind die reflektierenden Swooshs auf ihren Schultern.

– Willst du erlöst werden, oder was?

Das ist mal 'ne Frage, denkt Nihal. Das Adrenalin pumpt durch ihre Adern.

– Bist du schon wieder bekifft?, fragt sie.

Mohammed sieht sie an, als sei sie nicht richtig im Kopf. Vielleicht, überlegt Nihal, bin ich es ja auch nicht. Vielleicht bin ich der Fehler. Danke dafür, Ata.

– Ich muss, ruft Mohammed. – Meine Mutter, du weißt ja, Krebs ...

Das Fenster fährt hoch, und weg ist er.

Nihal blickt ihm nach, wartet, bringt schon wieder ihren Puls runter, hört das Blut in den Ohren rauschen. Aus dem Parkhaus strömt diffuses Licht auf den Gehsteig, wie Nebel, legt sich auf das Pflaster. Nihal wirft einen Blick in die Ausfahrt, sieht die Rückseite der erleuchteten Pförtnerkabine. Das hier ist idiotisch. Sie weiß überhaupt nicht, was sie Saad sagen soll. Mein Vater hat keine Tochter mehr? Sie atmet zweimal tief ein, ganz aus. Tief ein. Ganz aus. Denn macht sie kehrt und läuft zurück.

Vielmehr will sie zurücklaufen. Doch nach zwei Schritten wird sie von Saads Stimme eingeholt:
– Nihal?

SAAD Saad hat das Gaffer Tape noch in der Hand, mit dem Mohammed und er die Schrumpffolie fixiert haben. Merkt er erst jetzt, da Nihal vor ihm steht. Die Leiche haben sie anschließend in eine der Wannen gefaltet, hinter den Entlüftungsschacht getragen, Plane drüber. Aus den Augen, aus dem Sinn, wie die Deutschen sagen.
Nihal steht vor ihm, lost. Als wäre sie in einem fremden Land, sprachlos, nackt und ohne Handyempfang. Saads erster Impuls ist, sie in den Arm zu nehmen, sofort. Und sie zu küssen. Das ist der zweite Impuls. Vielleicht ist es auch andersherum, schwer zu trennen. Ist lange her, dass Saad eine Frau im Arm gehalten und geküsst hat. Klar ist: Nihal ist alles, was Saad im Moment absolut nicht gebrauchen kann. Im Moment nicht, und auch sonst nicht. Nie.
Der Regen prasselt auf das Pflaster. Gegenüber flüchtet sich eine Gruppe holländischer Touristen in einen Hauseingang. Gut, dass Mohammed und er die Plane über die Wanne gespannt haben.
Nihal schiebt sich die Kapuze in den Nacken, wodurch sie irgendwie noch wehrloser aussieht, weil es noch mehr von ihr preisgibt. Wenn Saad nicht will, dass sie morgen noch hier stehen und sich anschweigen, sollte er etwas sagen. Du musst sie loswerden, denkt er, dringend. Sonst fliegt dir dein gesamtes Leben um die Ohren.
Er sagt: – Sollen wir reingehen?

Nihal nickt nur und fängt gerade so nicht an zu weinen. Er berührt sie am Arm, als würde sie sonst in die falsche Richtung laufen. Dann stehen sie vor der erleuchteten Pförtnerkabine, und während Saad den Schlüsselbund aus der Hosentasche zieht, spürt er, wie Nihal sich an ihn lehnt. Spontane Oxytocinausschüttung. Saad öffnet die Tür, und sie treten ein in sein Drei-mal-drei-Meter-Terrarium voller trockener, elektrisierter Luft.

Als Erstes checkt er den Versorgungsraum, beugt sich über Leila, legt ihr behutsam eine Hand auf den Rücken, spürt ihren Atem. Nihal steht in der Tür und sieht zu.

– Schläft, sagt er.

Sie gehen raus, und Saad schließt die Tür, um Leila nicht zu wecken.

Neben dem Schlüsselkasten unter der Konsole gibt es einen Minikühlschrank, in dem Mohammed seine Coladosen stapelt. Sonst trinkt er nur Kaffee. Oder Red Bull. Nichts ohne Koffein.

– Willst du eine Cola?

– Zucker ist Scheiße für die Gelenke, erwidert Nihal. Sie sitzt auf dem abgewetzten Bürostuhl mit den fünf Rollen, von denen sich nur noch drei bewegen lassen. – Und die Faszien. Und überhaupt für alles.

– Trotzdem eine?

Sie streckt den Arm aus, öffnet die Hand. Saad schiebt ihr eine Dose zwischen die Finger. Nihal lässt es zischen, trinkt einen Schluck.

– Du bist ein guter Vater.

Den hat Saad nicht kommen sehen. Ich bin schuld am Tod ihrer Mutter, denkt er. Die Deutschen haben einen Ausdruck dafür: auf dem Gewissen haben. Ich habe Samara auf dem Ge-

wissen. Und da komme ich nie wieder raus. Ist biblisch: verdammt für alle Zeit.
– Brauchst gar nicht so zu gucken, redet Nihal weiter. – Ich weiß, was *kein* guter Vater ist. Aber du bist einer. Du liebst deine Tochter. Du würdest alles für Leila tun, das weiß ich. Und du würdest sie nie im Stich lassen.
Saad fragt sich, worauf das hier hinausläuft.
Nihals Augen sind müde, blinzeln gegen das Licht an. – Ich glaub dir übrigens nicht, dass du nichts über die Einschusslöcher in der Tür weißt. Scheiße, ist das stickig hier drin. Sie zieht den Reißverschluss ihres Laufsuits ein Stück auf. – Die Tür ist nämlich erst kürzlich gegen die Wand gelehnt worden, da sind Schleifspuren auf dem Absatz. Ist aber egal, denn du lügst mich sowieso an, sobald du den Mund aufmachst. Von wegen Leila hatte Alpträume, und du hast dich zu ihr gelegt. Bullshit. In Wirklichkeit seid ihr nach Hamburg gefahren. Der Skateboardunfall von Leila, das ist in Hamburg passiert, hab ich recht?
Saad sagt nichts.
– Brauchst nichts sagen, fährt Nihal fort. – Du fragst dich, woher ich das weiß, stimmt's? Ich sag es dir: die Tüte. Die Tüte mit dem Verbandszeug. Apotheke zum Ritter St. Georg. Hab ich mir gemerkt. Kann man sich ja kaum nicht merken. Außerdem heißt mein Arzt so. Und dann hab ich mich gefragt, wer zum Henker denn bitte auf die Idee kommt, seine Apotheke Apotheke zum Ritter St. Georg zu nennen. In Berlin keiner, hab ich gedacht. Und so war es auch. Die ist nämlich in Hamburg. Ich bin zwar zwangsbeurlaubt, aber ich bin keine schlechte Polizistin. Gewesen. Sag nichts! Du lügst sowieso nur. Ist auch egal, denn, wie soeben erwähnt, hat mein Chef mich zwangsbeurlaubt. Die Einschusslöcher in der Tür ge-

hen mich also nichts mehr an. Und meine Olympiaquali … Sie sieht Saad an, als müsste der die Antwort haben. – Meine Olympiaquali ist … Ich weiß auch nicht. Wie ein Hologramm oder so. Ich seh es die ganze Zeit vor mir, aber greifen kann ich es nicht. Sie trinkt die Cola aus, zerdrückt die Dose und legt ihren Kopf auf die Konsole. – Alter, bin ich müde.

– Leg dich ins Bett.

– Witzbold. Glaubst du, das hätte ich nicht versucht? Seit Tagen versuch ich das, funktioniert aber nicht. Willst du gar nicht wissen, weshalb mein Chef mich zwangsbeurlaubt hat?

– Weshalb hat dein Chef dich zwangsbeurlaubt?

– Ich sag's dir: Weil mein verschissener kleiner Bruder irgendwie die Kombi für meinen Safe rausbekommen, sich meine Dienstwaffe geschnappt und damit eine Tankstelle überfallen hat. Und jetzt hat mein Vater keine Tochter mehr. Und ich? Sitze hier, bei dir. Sie ist zu müde, um den Kopf zu heben, lässt ihn auf der Konsole liegen und zieht mit dem Zeigefinger Linien in den Staub. – Hier könnte übrigens mal gewischt werden. Solltest mal meinen Küchentisch sehen. Da kannst drauf operieren, so sauber ist der. Jetzt, wo Jamie nicht mehr da ist.

Saad sieht sie an: – Und was willst du jetzt tun? Wegen der Zwangsbeurlaubung, meine ich.

– Ich glaube, ich würde mich gerne entspannen. Jamie hat immer gesagt, ich solle mal an einem von seinen Drecksjoints ziehen, das würde mich entspannen, mein Mindset wäre ein Abfuck. Ich hab ihm gesagt, dass ich mich nicht entspannen *will*. Aber vielleicht stimmt das gar nicht. Vielleicht will ich's ja doch. Einfach mal entspannen. Von dem Licht hier drin kriegt man übrigens Augenkrebs.

Oh Mann, ist die erschöpft, denkt Saad. Körperlich, seelisch,

total. Ruf ihr ein Taxi, schieb sie aus der Kabine, bring dich in Sicherheit. Stattdessen beugt Saad sich zum Kühlschrank hinunter und zieht den Beutel mit den Blättchen und dem Gras zwischen den unteren Coladosen hervor. Mohammeds Erste-Hilfe-Kit.
Er hält ihn hoch. – Ist von meinem Kollegen. Weltklasse.
– Der Typ mit der Goldmetallicschleuder?
– Yep.
Nihal fokussiert den Beutel. – Schlimmer als Zucker kann's nicht sein.

Sie stehen da, wo vor einer Stunde noch Mohammed und Saad gestanden haben – halb drin, halb draußen – und Saad gesagt hat: – Komm, ich zeig dir was … Der Regen sprudelt aus dem defekten Abwasserrohr und läuft als kleiner Bach über das Pflaster und in den Rinnstein. Genau das Wetter, bei dem der Gestank aus der Kanalisation in den Versorgungsraum hochgedrückt wird. Besonders, wenn sich das Wasser über dem Kanaldeckel staut. Saad muss die Klebestreifen über dem Ablaufgitter checken. Wenn der Geruch erst einmal im Raum ist, bekommst du ihn tagelang nicht raus, und selbst wenn er endlich weg ist, meinst du, ihn noch zu riechen.
Saad hat Nihal eine Bilderbuchtüte gebaut, manche Dinge verlernen sich nicht. Sie hält sie zwischen den Fingern wie einen Fremdkörper. Saad gibt ihr Feuer. Nihal kneift die Augen zusammen und inhaliert. Dann bläst sie den Rauch aus, verwundert.
– Wieso muss ich überhaupt nicht husten? Sieht man doch in jedem zweiten Coming-of-Age-Dreck, wie irgendeine gutbürgerliche Bitch, die nichts von der Welt weiß, das erste Mal

an einem Joint zieht und dann erst mal einen epischen Hustenanfall kriegt.
– Mohammeds Gras ist eben Weltklasse.
Sie zieht noch einmal. – Und was passiert jetzt?
– Du wolltest dich doch entspannen.
Nihal wirft ihm einen Blick zu: – Ich weiß nicht. Will ich?
Dann zieht sie wieder.
– Angst vor Kontrollverlust?, fragt Saad.
– Und wie. Sie zieht. – Weißt du was: Scheiß drauf. Ich glaube, ich will mich doch nicht entspannen. Hier ...
Sie löst ihren Rücken von der Durchfahrt, lehnt sich vor, streckt Saad den Joint hin. Als Saad ihn nehmen will, gleitet er Nihal durch die Finger und fällt zu Boden. Ihr Arm hängt weiter in der Luft.
– Fuck.
– Was?, fragt Saad.
Ihre Pupillen haben die Größe von Billardkugeln. – Meine Beine.
– Was ist mit deinen Beinen?
– Wie kann der so noch Auto fahren?
– Wer? Mohammed? Der kann ...
– Das Zeug *ist* Weltklasse.

– Trägst du mich etwa?, flüstert sie. Ihre Lippen sind ganz nah an seinem Ohr.
– Nein, du fliegst.
– Fühlt sich gut an – fliegen.
Saad stellt sie hin, so gut es geht – einen Arm um die Hüfte, damit sie nicht umfällt –, schließt die Pförtnerkabine auf, setzt sie auf dem Bürostuhl ab.

– Nicht runterfallen, okay?
Ihr Kopf legt sich auf die Konsole. – Ich kann fliegen, schon vergessen?
Saad geht in den Versorgungsraum, überklebt das Ablaufgitter mit zwei Lagen Gaffer Tape und weckt Leila.
– Ist schon Aufstehenszeit?, fragt sie.
– Nein. Aber Nihal ist hier. Und sie ist sehr müde. Meinst du, sie kann sich zu dir legen?
– Yep.
Im Halbschlaf rückt Leila zur Seite, Saad holt Nihal, setzt sie auf die Kante unter den Baldachin. Zur Seite kippt sie von alleine. Schuhe aus, Beine anwinkeln, fertig.
Von hinten schiebt sich Leilas schlanker Arm um Nihals Hüfte. Saad betrachtet die beiden, spürt, wie der Boden nachgibt, und denkt an die Leiche auf dem Dach. Du bist so was von im Arsch.
– Die riecht gut, flüstert Leila.
Nihal bekommt es nicht mit.
– Danke, sagt Saad.
Und Leila nur: – Klaro.

BRASCH Auch Brasch fühlt sich, als könnte er fliegen. Wahrscheinlich kann er es, ein Teil von ihm zumindest, denn er sieht sich selbst, von oben, vielmehr seinen Wagen, wie der an der Jungfernheide vorbeischießt. Er spürt die schlafenden Vögel in den Bäumen sitzen – kein Witz! –, fühlt die Regentropfen, wie sie fallen und fallen und auf dem Autodach zerplatzen, sieht, wie das Scheinwerferlicht vom Asphalt geschluckt wird. Sein Bewusstsein ist eine verdammte Drohne!

In Highspeed wischen die Bäume an ihm vorbei, der Vorderreifen schrammt den Bordstein. Er nimmt den Fuß vom Gas. Als er auf den Tacho blickt, erwartet er, den Zeiger bei hundertzwanzig zu sehen. Tatsächlich steht er bei achtunddreißig. Oder er sieht es nicht richtig. Mann, ist das geiles Zeug.

– Whoooohoooo!

Brasch hat es durchgezogen. Nicht das Koks. Okay, das auch, aber gemeint ist der Deal. Hat getan, was zu tun war. When the shit hits the fan ... Da zeigt sich's dann. Am Ende zählt, was du tust, nicht, was du sagst. Sein Vater wäre stolz auf ihn, vielmehr wäre er stolz auf sich selbst, schließlich lautete die eine Lektion, die Brasch senior seinem Junior vom ersten Tage an injiziert hat: You. Don't. Quit. Ein Brasch gibt nicht auf.

Und jetzt hat der Junior es durchgezogen. Der Container ist umdeklariert, hat den Hafen verlassen und ist unterwegs in internationalen Gewässern. Holland ist nämlich Exportweltmeister. Würde man nicht drauf kommen – ausgerechnet die Käsköppe –, ist aber so. Pro Kopf doppelt so viele Ausfuhren wie die Deutschen. Und die beiden größten Warengruppen sind Maschinen und Elektronik. Da sind *Halb- und Fertigprodukte für die Bauindustrie zum Bau einer künstlichen Insel* so unverdächtig wie Streuselkuchen im Altenheim. Eigentlich sollte er Müller auf den Knien im Schlamm rutschen lassen: – Runter mit dir, Fettsack!

Um diese Zeit ist die Ampel am Ende der Straße ausgeschaltet. Zwischen zehn Uhr abends und sechs Uhr morgens fährt hier niemand mehr lang, außer er nimmt einen Geldkoffer in Empfang. Brasch sieht einen Mann in Jogginghose und Badelatschen, der seinen Hund um den Block führt. Er hat einen Regenschirm aufgespannt, der Köter drückt sich an ihn, um nicht nass zu werden.

Brasch biegt auf den geteerten Weg ab, der durch die Jungfernheide und zu dem morastigen Parkplatz führt. Die haben gedacht, sie könnten ihn ficken. Aber wenn hier einer gefickt wird, dann sind die es! Müller, das alte Hängebauchschwein, kann froh sein, dass er nur zwei Prozent zusätzlich abdrücken muss. Eins Komma zwei Millionen sind ein Witz, wenn man bedenkt, dass Brasch alleine die Kuh vom Eis geholt hat und sich jetzt auch noch überlegen muss, wie das Geld nach Luxemburg zu bringen ist. Die Saudis jedenfalls sind raus. Zu unkalkulierbar. Gibt genug andere Absatzmärkte. Als Brasch ihn davon in Kenntnis gesetzt hat, sahen Müllers Schweinsäuglein zur Abwechslung ganz schön groß aus.

Die Löcher auf dem Parkplatz sind zu kleinen Tümpeln angeschwollen, Brasch macht sich einen Spaß daraus, sie zu umfahren. Oder es zu versuchen. Er ist zu high, um geradeaus zu fahren, aber absichtlich Kurven fahren ist noch schwieriger. Hinten links steht ein einsamer schwarzer Škoda. Das einzige Auto weit und breit. Brasch überlegt noch, ob das jetzt der Kurier ist oder nicht, als die Blinklichter kurz aufleuchten. Na bitte.

Er schiebt seinen BMW auf den benachbarten Parkplatz, macht die Lichter aus, wartet. Er kann nicht sehen, wer in dem Auto sitzt, ob überhaupt jemand drin ist. Aber muss ja. Er trommelt auf das Lenkrad. Wenn die glauben, dass er jetzt aussteigt und durch den Matsch stiefelt wie ein Bittsteller, um sich seinen Anteil zu holen, dann können sie lange warten. Ihr kommt schön zu Papi. Er schlägt auf sein Lenkrad ein wie der nächste Skid-Row-Drummer, als er merkt, dass jemand neben dem Wagen steht und ihm dabei zusieht. Scheiße noch eins!

Brasch zuckt zusammen, lässt das Fenster runter. Das Ge-

räusch des auf die Bäume niedergehenden Regens drängt in den Wagen.
– Beeindruckender Auftritt!
Brasch ruft es eher, als dass er es sagt. Übersprungshandlung. Der Typ neben seinem Wagen ist so glattrasiert, dass das bisschen Licht von der Straße auf seiner Wange glänzt, als könne man es abwischen. Er sieht Brasch an, ohne eine Miene zu verziehen. Nicht ein Muskel regt sich da. Buchhalterfresse.
Er nimmt den Alukoffer, den er bis eben neben dem Körper gehalten hat, bringt ihn in die Waagerechte, damit er durchs Fenster geht, und reicht ihn Brasch ins Auto. Scheiße, das Ding ist schwer!
– Mein Chef bittet Sie, den Inhalt zu kontrollieren und den Empfang zu bestätigen.
– So förmlich, ja?
Brasch legt den Koffer quer über die Oberschenkel, lässt die Scharniere aufschnappen und öffnet den Deckel.
Geld. Ein scheiß Koffer randvoll mit Fünfhundert-Euro-Scheinen. Braschs Grinsen ist so breit wie der Rest von ihm. Tatsächlich ist es so breit, dass er das Zischen erst wahrnimmt, als sich eine Art Nebel auf sein Gesicht legt. Und nicht nur auf sein Gesicht, das ganze Auto ist eingenebelt. Horch, was kommt von draußen rein, denkt er und glaubt, einen Geruch wahrzunehmen, Zahnarztpraxis. Dabei riecht er mit seinem Kolben schon seit zwei Tagen nichts mehr, und das Koks musste er sich ins Zahnfleisch einmassieren.
Als er dem Mann neben seinem Wagen den Kopf zuwendet, stellt er fest, dass die Bilder erst mit Verzögerung nachrücken.
– Kontrolliert und bestätigt!
Merkwürdigerweise lahmt seine Zunge. Er sagt etwas, aber hören tut er es erst danach. Er muss echt seinen Konsum re-

duzieren. Seine Hand tastet nach dem Fensterheber, findet ihn, drückt, doch es passiert nichts, seine Finger sind wie betäubt. Da, jetzt, geht doch. Das Fenster schließt sich, der Regen verstummt. Ciao, Arschloch.

Dass etwas faul ist, kapiert Brasch, als er den Koffer auf den Beifahrersitz wuchten will. Da spürt er die Kälte des Metalls nicht nur an den Händen sondern im ganzen Körper. Das hat Kokain noch nie bei ihm gemacht. Und auch sonst nichts. Creepy. Ebenfalls creepy ist, dass er den Koffer nicht anheben kann, kriegt ihn einfach nicht hochgehoben. Kaum zu glauben, wie schwer Geldscheine sein können. Der Typ steht noch immer neben seinem Wagen, inzwischen tropft ihm der Regen von seinem glattrasierten Kinn.

Brasch macht eine Bewegung, wie um ihn zu verscheuchen. Bei der Gelegenheit kippt gleich der ganze Wagen auf die Seite. Oder nein, es ist sein Kopf, der auf die Seite kippt. Hossa, jetzt wird's interessant. Ihm bleiben noch knapp zwei Sekunden, um sich zu wundern, ehe sein Kopf unaufhaltsam auf den Koffer sinkt, den schweren, schweren Koffer, und sich die Lider über seine Pupillen schieben. Er spürt, wie das kalte Metall an seiner Stirn das Blut in seinen Adern erstarren lässt. Was soll das denn, denkt er. Dann öffnet sich die Tür, und der Koffer wird unter seinem Kopf herausgezogen. Ein Gedanke noch, ein allerletzter: Euch mach ich fertig. Vorhang.

NIHAL Als Nihal die Augen aufschlägt, sieht sie Sterne über die Wand tanzen, den Mond. Dann schiebt sich Leila in ihr Sichtfeld.

– Du hast geschnarcht, voll laut so.

Sie macht es nach und lacht, ihre Zähne leuchten. Sie hat bereits ihre Haarspangen drin und ist angezogen. Ich habe tatsächlich geschlafen, denkt Nihal. Da ist keinerlei Erinnerung an irgendeinen Traum, nur ein warmes, dunkles Nichts. Entsprechend erholt fühlt sie sich. Als sie sich aufsetzt, knackt ihre Wirbelsäule an drei verschiedenen Stellen nacheinander. Neustart.

– Wie spät ist es?, fragt sie.

– Weiß nicht. Die Uhr kann ich noch nicht. Aber Papa sagt, wir müssen los. Ist der auch atmungsaktiv?

Leila deutet auf Nihals Langarm-Onesie, in dem sie ganz offensichtlich geschlafen hat.

– Denke mal, schon.

Jetzt weiß Nihal auch wieder, wie sie hergekommen ist, erinnert sich an den Joint, den Saad ihr gedreht hat, und wie sie in der Einfahrt standen und sie gedacht hat: Küss mich! Jetzt küss mich endlich!

Die Tür geht auf. – Guten Morgen, sagt Saad.

Seine Stimme ist so warm, dass Nihal denkt: Das würde ich mir auch öfter anhören.

– Guten Morgen.

– Gut geschlafen?

Sie zieht die Schuhe an, sieht zu ihm hinüber, kann aber im Gegenlicht sein Gesicht nicht erkennen.

– Weltklasse.

– Kommst du mit uns?, fragt Leila.

Ja, denkt Nihal, nehmt mich mit, wohin ist mir egal. Zugleich denkt sie: Bist du bescheuert? Seit Monaten sehnst du den Tag herbei, an dem deine Wohnung endlich wieder dir gehört, und jetzt willst du nicht nach Hause?

– Wenn du magst, sagt Saad. – Aber wir machen nichts Beson-

deres. Nach Hause fahren, frühstücken. Danach bring ich Leila in die Kita und gehe einen Kaffee trinken.
Geh nach Hause, Nihal!
– Hört sich alles ziemlich gut an.

Als sie seine Wohnung betritt, weiß Nihal sofort, weshalb sie besser nach Hause hätte fahren sollen. Hier ist Platz für Saad und Leila und sonst höchstens noch ein Meerschweinchen. Jede weitere Person ist ein Eindringling. Nicht einmal einen dritten Stuhl gibt es. Haben die niemals Besuch?
Saad sagt kein Wort, macht Leila Cornflakes, schneidet eine halbe Banane hinein, schmiert Brote für später. Routine. Die brauchen mich wie ein Loch im Kopf, denkt Nihal. Doch dann ist da das Gefühl, dass Saad vielleicht nur deshalb den Mund nicht aufmacht, weil auch er nicht weiß, was er sagen soll. Leila tut so, als hörte sie die Stille nicht, löffelt ihre Cornflakes, verkleckert Milch auf dem Tisch, lacht, packt ihren Rucksack. Vielleicht kennt sie es auch nicht anders.
Nihal ist froh, als Leila aus dem Flur ruft: – Wo bleibt ihr denn? Sie gehen vor zur Straße, in den Durchgängen ruft Leila lustige Worte, weil sie mag, wie es hallt.
– Warte!, ruft Saad.
Er besteht darauf, als Erster aus dem Durchgang zu treten, da ist etwas, das ihm Angst macht. Aber dann ist der Moment vorbei, sie schlendern Richtung Provinzstraße, Leila in der Mitte, die erst ihre bandagierte Hand in die ihres Vaters schiebt und dann die unbandagierte in die von Nihal. Als Nihal das spürt, macht es etwas mit ihr, für das sie keine Worte hat, außer dass es ihr eine scheiß Angst einjagt, so schön ist es. Vertrauen. Krasse Erfahrung.

Erst als sie vor dem Café an der Bushaltestelle sitzen – die Rettungsstelle im Morgenlicht, Kaffees vor sich, um sie herum das Grundrauschen des Berufsverkehrs –, bekommt Saad endlich die Zähne auseinander.
– Tut mir leid. Ich bin nicht besonders gut in ...
– In was?
– Konversation.
– Ist mir noch gar nicht aufgefallen, sagt Nihal.
Saad sieht ernsthaft aus, als müsse er überlegen, ob das ironisch gemeint war oder nicht. Dem mit Ironie zu kommen, ist so, als würdest du versuchen, mit einer Zahnbürste ein Loch in die Wand zu bohren. Falsches Werkzeug. Versteht so eine Wand nicht.
– Solange du besser küssen als quatschen kannst ...
Das war Nihal, die das gesagt hat. Saad triggert echt komische Sachen bei ihr. Ihre Blicke begegnen sich.
– Ist eine Weile her, sagt er. – Ich will nicht zu viel versprechen.
Sie will etwas erwidern, aber da hat er sich bereits zu ihr gebeugt und küsst sie, lange, entschlossen und mit sehr viel weicheren Lippen, als Nihal sich das vorgestellt hat. Und während der gesamten Zeit denkt Nihal nur diesen einen Gedanken: endlich.
– Ich würde mir da an deiner Stelle keine Sorgen machen, sagt sie, als sich ihre Lippen voneinander gelöst haben. Ihr Puls ist geschmeidig bei hundertvierzig.
Sie beugt sich zu ihm, will ihm demonstrieren, dass er ruhig noch ein bisschen mehr aufs Gas gehen kann, allerdings fängt in dem Moment ihr Arm an zu vibrieren, und das liegt nicht an Saad oder dass sie sich küssen, sondern an ihrem Smartphone, das in der Manschette steckt, die sie um den Oberarm trägt.

Sie erkennt den Anrufer, zieht es heraus: – Ja?
– Ich bin's, sagt Bernd.
– Mein Handy hat mich vorgewarnt.
– Ich weiß, du bist zwangsbeurlaubt und hast mit dem Fall nichts mehr zu tun, aber ...
Spuck es aus, Bernd.
– ... es gibt eine neue Entwicklung, und da du den aktuellsten Kenntnisstand hast, dachte ich ...
– Was für eine Entwicklung?
– Vor einer Stunde wurde Braschs neuer Dienstwagen auf einem Parkplatz in der Jungfernheide gefunden. Schon wieder mit einer Leiche drin.
Nihal hat einen Geistesblitz: – Er selbst.
– Nicht schlecht, Frau Kriminalkommissaranwärterin. Irgendeine Theorie dazu?
Nihal macht Saad ein Zeichen, dass er jetzt alles machen darf, nur nicht weglaufen, steht auf und geht außer Hörweite.
– Na ja, wenn wir davon ausgehen, dass die Leiche aus dem Parkhaus es auf ihn abgesehen hatte, die Sache aber aus dem Ruder gelaufen ist, dann ...
– ... könnte das der zweite Versuch gewesen sein, nur erfolgreich.
– Wäre meine erste Vermutung. Sie blickt zu Saad hinüber, dem Mann, dessen Lippen sie noch auf ihren spürt. Dann kommt ihr ein Gedanke. – Todesursache?
– Wissen wir noch nicht. Keinerlei Anzeichen äußerer Gewalteinwirkung. Saß in seinem Wagen, als wäre er friedlich eingeschlummert. Selbsttötung nicht ausgeschlossen.
– Zeitpunkt?
– Zwischen null und zwei Uhr heute Morgen.
Wehe, denkt Nihal, während Saads und ihr Blick sich inein-

ander verbeißen. Wehe, du hast etwas damit zu tun und hast mich zu Leila ins Bett gelegt, um ein Alibi zu haben.
Zu ihrem Chef sagt sie: – Viel Erfolg bei der saudischen Botschaft.

MAJA Die Ressortleiterin kommt hinter ihrem Schreibtisch hervor, lehnt ihren Po dagegen, kreuzt lässig ein Bein über das andere und stützt rechts und links die Arme auf. Ihre Finger umfassen die Tischkante. Perfekt lackierte Nägel, cremiges Rot. Maja sitzt vor ihr, sieht zu ihr auf und schiebt sich die Locken aus dem Gesicht.
– Tut mir leid, sagt die Ressortleiterin, aber den können wir so nicht bringen.
– Wie können wir ihn denn bringen?
Jutta kreuzt die Arme vor der Brust. – Gar nicht, fürchte ich.
Maja ist nicht darauf eingestiegen, gestern Nacht, die Sache mit der Hand auf dem Oberschenkel und dem Kuss auf der Toilette. Und heute, bei Tageslicht und nüchtern, ist Juttas stürmische Begeisterung für ihren Investigativdrang merklich abgekühlt.
– Ich hab wochenlang recherchiert, wehrt sich Maja.
– Ich weiß.
– Es ist doch völlig offensichtlich: Letzte Woche noch treffen sich ein Staatssekretär des Wirtschaftsministeriums, der CEO einer schwäbischen Waffenfirma und ein Mann aus der saudischen Botschaft zu einem Gespräch, das so konspirativ ist, dass sie vorher ihre Handys in einem Metallkoffer verstauen. Kurz darauf wird im Kofferraum des Staatssekretärs eine Leiche gefunden, und alles, was die Polizei über diese Leiche

herausfindet, ist, dass es Verbindungen nach Saudi-Arabien gibt. Danach gibt es noch mindestens zwei Treffen zwischen dem CEO und dem Staatssekretär sowie zwischen dem CEO und dem Botschaftsmitarbeiter. Alles dokumentiert. Heute Morgen dann wird der Staatssekretär tot in seinem Wagen gefunden, und zwar ausgerechnet da, wo vorher die anderen Treffen stattgefunden haben. Und das soll Selbstmord sein? Als ob! Da geht es um illegale Waffenlieferungen. Und der Staatssekretär hat nicht mitgespielt.
Jutta wechselt das Stand- und das Spielbein, löst die verschränkten Arme und umfasst wieder die Tischplatte. Ihre Haltung kommt einer Aufforderung gleich: Greif zu, bedien dich, deine Chance.
– Ich weiß, wie hart du an der Story gearbeitet hast. Und ich bin sicher, dass deine Vermutungen zutreffen. Aber es bleiben Vermutungen. Wir können keinen Artikel drucken, der den Chef einer deutschen Waffenfirma mit einem Staatssekretär des Wirtschaftsministeriums und der saudischen Botschaft in Verbindung bringt. Nicht ohne ...
– Aber ...
Jutta hebt die Hand: – Nicht ohne handfeste Beweise. Nicht einmal die *BILD* würde sich daran die Finger verbrennen, und schon gar nicht, seit die deutschen Waffenproduzenten nicht länger die Buhmänner der Nation sind, sondern als Heilsbringer verehrt werden. Ein Artikel, der suggeriert, dass eine schwäbische Waffenfirma illegal Waffen nach Saudi-Arabien liefert und noch dazu in die Ermordung eines Staatssekretärs verstrickt ist, können wir uns nicht leisten. So schnell kannst du nicht Saudi-Arabien sagen, wie die uns eine Meute von Anwälten auf den Hals gehetzt haben. Die legen uns den gesamten Laden lahm.

Maja, die vor zehn Minuten noch stolz war wie Bolle, treten Tränen in die Augen. Ihre erste richtig große Story, wochenlange Arbeit. Für den Reißwolf? Außerdem hat sie recht. Sie weiß, dass sie recht hat. Das ist so ungerecht!

– Und was soll ich jetzt machen?

Jutta richtet ihren Blick aus dem Fenster, als ziehe dort Majas Zukunft vorbei. – Die Erfahrung, die du gerade machst, hat jeder von uns irgendwann gemacht. Im Grunde ist es eine gute Erfahrung. Auch wenn sich das gerade für dich nicht so anfühlt. Du glaubst, einen dicken Fisch an der Angel zu haben, du gibst alles, um ihn ins Boot zu holen – Schweiß und Tränen und Herzblut –, und am Ende liegt er vor dir und du musst ihn wieder ins Wasser werfen. Das ist frustrierend, kommt aber vor.

Ihr Blick kehrt zu Maja zurück. Ihre cremig roten Nägel zucken. Nicht im Traum, denkt Maja.

Jutta kreuzt wieder die Arme vor der Brust: – Du fragst mich, was du tun sollst? Loslassen. Lass es los, Maja, und konzentrier dich auf etwas Neues. Weitermachen, nach vorne blicken. Mir hilft das immer am besten.

SAAD Am Savignyplatz steigt Saad aus der S-Bahn und läuft die Knesebeck hinunter Richtung Parkhaus. Den Weg könnte er mit verbundenen Augen gehen, es tagsüber zu tun, ist dennoch ungewohnt. Mohammed hat ihm eine WhatsApp geschickt: *Parkhaus, jetzt*. Saad schrieb zurück, dass er Leila spätestens um vier von der Kita abholen müsse. Mohammed: *Reicht*. Vorsichtshalber hat Saad die Pistole eingesteckt.

Die Stadt riecht süß und feucht und schwer. Letzte Nacht

noch hat es geregnet, als würde das Alte Testament zurückschlagen, heute ist der Himmel schamlos blau. Die Frauen überbieten sich darin, ihre Bauchnabel zu präsentieren und möglichst viel von ihren Oberschenkeln freizulegen. Den Jungs schwellen die Hosen.

Saad denkt an Nihal, wie er sie vorhin geküsst hat und wie ihr Chef anrief, genau in dem Moment, als sie ihn küssen wollte. An ihr Gesicht, als sie an den Tisch zurückkam:

– Hast du was damit zu tun?

– Womit?

– Brasch.

– Der Staatssekretär?

– Verarsch mich nicht, Saad. Es klang wie ein Flehen.

– Tu ich nicht.

Saad konnte durch ihren Anzug sehen, wie sich ihre Muskeln bewegten, ohne dass sie sich bewegte.

– Schwöre, dass du damit nichts zu tun hast.

– Ich weiß zwar nicht, worum es geht, aber: Ich schwöre.

– Vor einer Stunde ist Brasch tot in seinem Auto gefunden worden. Ihr Blick wanderte die Straße hinunter, bevor er mit neuem Furor zu ihm zurückkehrte. – Keine Anzeichen von Gewalteinwirkung.

Saads Tasse schwebte in der Luft. – Schwöre.

Nihal beugte sich vor, stützte sich mit den Händen auf dem kleinen Tisch ab, der soeben nicht in die Knie ging.

– Wenn ich herausfinde, dass du mir gerade Scheiße erzählst, dann reiße ich dir den Arsch auf und bringe dich persönlich in den Knast. Zwanzig Jahre, raus nach zwölf, frühestens. Und Leila kommt zu Pflegeeltern.

– Ich erzähl dir keine Scheiße.

– Will ich hoffen.

Damit drehte sie ab und lief davon Richtung Mitte. Flucht, dachte Saad. An der Osloer glitt ihr Körper aus dem Schatten der Häuserzeile, ihr schwarzer Anzug wurde von Morgenlicht übergossen. Sie sprintete quer über die Kreuzung und verschwand Richtung U-Bahn.

Saads Handy vibriert, eine weitere WhatsApp von Mohammed: *Auf der 5.*

Wie üblich sitzt Jamal auf der Betonnase zwischen Ein- und Ausfahrt. Er trinkt Cappuccino aus der Tasse und sieht Saad kommen. Sie begrüßen einander mit Homie-Handshake, nur dass Jamal anschließend Saads Hand festhält.

– Der Typ, der nach dir gefragt hat, raunt er.

Saad sieht ihn an.

– Kann sein – Jamal kratzt sich im Nacken –, dass ich den vorhin beim Fußballkäfig gesehen habe.

Saad nimmt sich vor, vorerst nicht mehr ohne die Pistole aus dem Haus zu gehen.

– Danke.

Mohammeds Citroën parkt in der 13. Das ist der Platz neben dem Aufgang zum Dach. Mohammed steht über seinen Kofferraum gebeugt, hantiert mit seinem Ausziehmaßband herum und vermisst irgendwas.

– Hab alles klargemacht, sagt er.

Saad sieht eine eingeschweißte Folie, vier mal fünf Meter, eine Rolle schwarzer Müllsäcke und zwei Rollen Klebeband. Und eine Kettensäge.

– Was willst du denn *da*mit?

Mohammed greift sich die Rolle Müllsäcke und hält sie hoch. ProBro, liest Saad.

– Das sind Spezialsäcke, erklärt er. – Dreilagig. Sind super für Bauschutt.

Saad blickt in den Kofferraum: – Ich meine *das* da.
Mohammed sieht ihn an, als würde Saad die einfachsten Dinge nicht verstehen: – Von alleine zerlegt der sich nicht.
– Du willst ihn zersägen?
– Schon mal in einer Schlachterei gearbeitet?
Saad schüttelt den Kopf.
– Ich schon. Hab Schweineschultern ausgebeint, am Band. Dabei bin ich Muslim. Voll haram, Alter. Da ist das hier kein Problem.
Mohammed sieht fast ein bisschen stolz aus, wie er sich die Säge greift und den Kofferraum zuschlägt. Ein Mann und sein Werkzeug. Saad unterdrückt einen Würgereiz und nimmt den Rest.

Während sie zwischen den Cannabisstauden die Folie ausbreiten, erklärt Mohammed ihm, wie sie es machen werden: Die Stücke dürfen nicht zu groß sein. Also Arme in zwei Teile, Hände extra, so die Größe. Kopf geht gerade noch. Jedes Teil kommt in einen Sack, eng wickeln, Klebeband drum, aber lässig, soll nicht nach Übersee, sondern nur nach Ruhleben. Ins Heizkraftwerk.
Saad steckt in der Bewegung fest.
– Feuerbestattung, erklärt Mohammed. – Klingt doch schon wie ein Friedhof: Ruh-Leben.
– Du glaubst, du kannst da einfach so aufschlagen und die winken dich durch? So nach dem Motto: ›Was haben Sie denn da Schönes? Zersägte Leichen? Container 4, bitte.‹
Mohammed zieht an den Seiten die Folie hoch und fixiert sie mit Klebeband, damit die Wannen keine Blutspritzer abkriegen.

– Nein, Mann, sagt er.

Und schon wieder muss er Saad die einfachsten Dinge erklären: Sie verteilen die Säcke auf drei von Mohammeds Bauwannen, stehen ja noch genug herum. Drei kriegt er ins Auto, hat er nachgemessen, zwei in den Kofferraum eine auf die Rückbank. Dann nehmen sie den Müll aus dem Container hinter dem Parkhaus, decken alles schön zu und fahren nach Ruhleben. Bei der Anmeldung gibt es zwei Zufahrten, sie nehmen die rechte, denn da sitzt Mohammeds Cousin Bilal und winkt sie durch. Die Anlieferungserlaubnis hat Mohammed bereits ausgefüllt im Handschuhfach liegen, Bilal drückt seinen Stempel drunter, fertig.

– Wie viele Cousins hast du eigentlich?, fragt Saad.

– Keine Ahnung, Mann, 'ne Menge.

Wichtig ist, was sie machen, nachdem Bilal seinen Stempel auf das Formular gedrückt hat. Dann fahren sie nämlich zur Rampe Nummer 8. Nicht die 7 und nicht die 9, sondern die 8. Da schütten sie das ganze Zeug in den Trichter. Das landet dann direkt mit einer Million anderer Sachen im Müllbunker. Irgendwann kommt der Kran, greift sich die Scheiße und lädt sie in den Zuteiler. Draufgucken tut da keiner mehr, schon gar nicht in der 8, denn da sitzt ein Typ in der Kanzel, der, selbst wenn er nüchtern ist, maximal bis zur Scheibe gucken kann. Ab in den Kessel bei tausend Grad, alles, was danach noch übrig ist, ist ein bisschen Schlacke. Der Rest wird in Fernwärme umgewandelt.

Mohammed grinst: – Ist voll nachhaltig, gut für deinen CO_2-Abdruck.

Auf dem Rückweg fahren sie dann bei Boels vorbei und geben die Kettensäge ab.

– Ist geliehen, kostet dich zweiundvierzig Euro. Die Elektro-

säge wär billiger gewesen, aber der trau ich nicht. Mohammed sieht sich um: – Wo sind denn die Anzüge?
– Ich glaube, die liegen noch im Auto.

NIHAL Als Nihal am Ufer entlangläuft, Richtung Neue Kantstraße, unter der großen Trauerweide durch, springt sie plötzlich ein vierbeiniger Flokati an. Das dazugehörige Frauchen ist um die siebzig, trägt eine Sonnenbrille, die ihr halbes Gesicht verdeckt, und ein schwarzes Kaschmircape, das so aussieht, als käme sie gerade vom Friseur und hätte vergessen, den Umhang abzunehmen. Alles an ihr ruft: Erkennen Sie mich etwa nicht? Trotz Brille? Auch ohne Brille nicht, denkt Nihal.
– Penelope!, ruft die Dame, was Penelope komplett an ihrem Flokatiarsch vorbeigeht, die stattdessen viel lieber an Nihal hochspringt, vielmehr, es versucht und sich dabei eine Schelle einfängt, die sie jaulend zur Seite hüpfen lässt.
– So etwas ist mir ja noch nie untergekommen!, schimpft die Lady.
– Gibt für alles ein erstes Mal, sagt Nihal und läuft weiter.
Am liebsten würde sich Nihal selbst eine linke Gerade reindrücken, mit voller Wucht. Weil sie vorhin vor Saad weggelaufen ist. Was für eine armselige Aktion! Und was für ein armseliges Gefühl: Scham. Schließlich ist *er* es, der *ihr* ein paar Antworten schuldet. Stellt sich die Frage, wovor sie in Wahrheit weggelaufen ist, und da wird die Luft sehr schnell sehr dünn, denn egal, wie sie es dreht und wendet, nichts und niemand macht Nihal so viel Angst, dass sie davor weglaufen würde. Einzige Ausnahme: die eigenen Gefühle.

Sie denkt daran, wie Saad und sie einander zum ersten Mal begegnet sind, morgens um halb sechs, vor der S-Bahn. An die beiden Typen und wie Saad da stand, Leila an der Hand, und so tat, als ginge ihn das alles nichts an, und wie dieser Fleischberg plötzlich neben Nihal auf dem Pflaster lag, als müsste ihn jemand zurück ins Meer ziehen. Ohne Anzeichen von Gewalteinwirkung. Genau wie bei der Leiche in Braschs Kofferraum. Und bei Brasch selbst. Und dann Leila, wie sie an ihr vorbeigeht und ›tschüss, du‹ sagt. Bei Saad passt wirklich gar nichts zusammen! Und warum, Nihal, interessiert dich das? Die eigenen Gefühle. Da hast du es.
Inzwischen ist sie an einem weiteren Hund vorbeigelaufen, der sie angekläfft hat. Offenbar sendet sie heute eine Energie aus, von der sich Hunde angegriffen fühlen. Für Nihal kein Problem. Der nächste, der sie anspringt, landet mit Arschbombe im Lietzensee.
Sie bemerkt die Frau, als sie noch den Bogen läuft, der zur Brücke führt. Um den Uferweg dort nicht abreißen zu lassen, hat der Bezirk einen Steg unter der Kantstraße durch gebaut. Sie steht neben der Unterführung, rote Locken, Rucksack. Je näher Nihal ihr kommt, umso jünger sieht sie aus. Und umso deutlicher schwingt da die Information, dass sie Nihal beobachtet.
– Frau Khigarian?
Nihal bleibt stehen. Die kennt ihren Namen. Aus der Nähe könnte sie glatt als Schülerin durchgehen. Die wohnt noch bei ihren Eltern, denkt Nihal. Wie in allen Unterführungen der Stadt riecht es auch hier nach Pisse. Außerdem nach totem Fisch und nassem Hund. Im Schatten der Brücke drängeln sich ein paar Enten im Wasser.
– Und du bist *wer*?

– Sie ermitteln im Fall der Leiche, die im Kofferraum von Staatssekretär Brasch gefunden wurde, richtig?

Habe ermittelt.

– Und du bist?, wiederholt Nihal.

– Entschuldigung. Ich heiße Maja Zimmermann.

– Und weiter?

– Ich bin Journalistin.

Für die Schülerzeitung?

– Ich weiß, dass Brasch heute Morgen tot in seinem Wagen gefunden wurde.

Ja, und nach der *Tagesschau* heute Abend weiß es die halbe Nation.

Maja Zimmermann senkt ihre Stimme: – Ich weiß, wie alles zusammenhängt.

– Du meinst, wie Brasch mit der Leiche in seinem Kofferraum zusammenhängt?

– Ja, aber ich hab noch mehr herausgefunden. Es geht um illegale Waffenlieferungen nach Saudi-Arabien.

Das ist der Moment, in dem Nihal hellhörig wird. Illegale Waffenlieferungen geben ein brauchbares Motiv für praktisch jedes Verbrechen ab, das sich das menschliche Gehirn ausdenken kann. Und die Leiche in Braschs Kofferraum hatte Verbindungen nach Saudi-Arabien.

– Ich bin sicher, sagt die Rothaarige, dass Brasch Ausfuhrgenehmigungen für illegale Waffentransporte organisiert hat, gegen Geld. Und ich weiß auch, welche Firma davon profitiert. Aber an sein Bitcoin-Konto komme ich nicht ran, und deshalb kann ich's nicht beweisen, und meine Zeitung kann's nicht drucken. Alles, was ich in den letzten Wochen herausgefunden habe, ist hier drauf.

Sie nimmt ihren Rucksack ab, zieht den Reißverschluss auf

und holt ein Stiftemäppchen heraus. Organic Cotton. In dem Mäppchen stecken ein Regenbogen-Pin in Peaceform und ein FCK/PTN-Button. Eine, die die Welt zu einem besseren Ort machen will. Ihre Gesichtshaut hat die Farbe von frischer Biomilch, abgesehen von dem Pickel über der linken Braue. Sie öffnet ihr Mäppchen, schiebt Stifte, Radiergummi und Spitzer bei Seite, dann hält sie einen USB-Stick zwischen Daumen und Zeigefinger. Nihal nimmt ihn.

Im selben Moment schiebt sich ein Arm aus der Unterführung, und die Hand, die zu diesem Arm gehört, hält eine Beretta 92 FS Inox, und deren Mündung drückt sich in Nihals Schläfe. So eine Beretta hast du nicht, weil es dir egal ist, mit was für einer Knarre du herumläufst. Eine Beretta 92 FS Inox ist etwas für Menschen, die ein inniges Verhältnis zu ihrer Pistole pflegen, für manche ist sie wie ein Hund. Eigentlich etwas zu schwer und zu auffällig, aber sie liegt in der Hand wie reingegossen, und der hohe Abzugswiderstand fühlt sich irgendwann ganz natürlich an.

Vor Nihal erscheint eine geöffnete Hand. – Den Stick.

Der Mann steht seitlich von ihr, weshalb Nihal nur die Spitzen seiner braunen Schuhe sehen kann. Seine Gravitation spürt sie dennoch, weiß, wie groß er ist, wie schwer und wo ihre Rechte ihn treffen muss, um ihr die halbe Sekunde zu verschaffen, die sie braucht, um den perfekten Leberhaken zu setzen. Aus die Maus.

Die Beretta verstärkt den Druck auf Nihals Schläfe. – Tun Sie das nicht.

Die Stimme des Mannes klingt beinahe gelangweilt. Wie jemand, der unter die Motorhaube guckt und sagt: Ein Ölwechsel könnte nicht schaden.

– Was?, fragt Nihal.

– Sie wissen schon – mich zwingen, abzudrücken. Ich müsste sonst Sie beide töten.
Nihal sieht Maja an. Im Gegensatz zu ihr kann Maja den Mann sehen. Und gleich springen ihr die Augen aus dem Kopf. Ist ein Argument – dass er beide töten müsste. Wenn Nihal es nicht schafft, schneller zu sein als er, muss er auch die Zeugin erschießen.
Die Mündung der Beretta sitzt auf ihrer Schläfe wie festgeschweißt. Der Typ ist die Ruhe selbst. Das macht der nicht zum ersten Mal.
Sie gibt ihm den Stick. Die Beretta bleibt, wo sie ist. Nihal weiß, wenn er abdrückt, ist sie tot, bevor die Information, erschossen worden zu sein, bei ihr angekommen ist.
Ist das, wie es endet?
Sie denkt an Saad. Und an Leila. Tschüss, du.
Der Mann spricht zu Maja: – Vernichten Sie Ihre Unterlagen. Auch die Kopien. Tun Sie es für sich.
Maja sieht aus wie aus dem Wachsfigurenkabinett. Sie würde gerne nicken, kann aber ihren Kopf nicht bewegen.
– Ich werde Ihnen das kein zweites Mal sagen. Und Sie, gemeint ist Nihal, sollten nicht weiter ermitteln.
– Bin zwangsbeurlaubt, erwidert Nihal.
Die Beretta löst sich von ihrer Schläfe. Nihal lebt. Noch. Der Mann wendet sich ab, geht unter der Brücke durch und ist weg. Nihal spürt, wie Luft in ihre Lungen strömt, wie die Bläschen sich weiten, der Ring um ihren Nacken sich löst, der Druck auf den Hinterkopf nachlässt. Wie um sicherzugehen, dass sie weg ist, befühlt sie die Stelle, an der eben noch die Beretta festgewachsen war. Maja hängt neben ihr über dem Geländer und kotzt zwei Enten auf die Köpfe. Das war mal 'ne Erfahrung.

SAAD Saad schwitzt, brennende Augen, verschleierter Blick. Die Sonne hat ihren höchsten Punkt erreicht, und während Jamal unten auf der Betonnase seinen Cappuccino schlürft und sich schon darauf freut, die Tasse zurück ins Petrocelli's zu bringen, stehen Mohammed und Saad auf dem Dach, tragen Handschuhe, Überschuhe und mintfarbene Ganzkörperanzüge, die so atmungsaktiv sind wie Kondome. Einzig die Augen liegen frei. Noch. Die Schutzbrillen klemmen ihnen bereits auf der Stirn. Die Pistole, die Saad unter dem Anzug im Hosenbund klemmt, drückt auf sein Kreuzbein.

Weil Mohammed mehr Erfahrung im Umgang mit Motorsägen und toten Säugern hat, machen sie es folgendermaßen: Saad hält den Arm oder das Bein oder was auch immer fest, dann sägt Mohammed ein Stück ab, das dann hoffentlich ohne Umwege in den bereitgelegten Beutel fällt. Anschließend drückt Saad die Luft aus dem Beutel, Klebeband drum und ab in die Wanne. Sie haben zwischen den beiden hinteren Cannabisreihen ein bisschen Platz gemacht, der Tote liegt auf der Plane und ist nach wie vor mit Schrumpffolie umwickelt.

Mohammed meint, mit der Schrumpffolie sollte die Motorsäge kein Problem haben, bei einer Arbeit wie dieser ist mehr Folie im Zweifel besser als weniger. Er kniet sich neben die Motorsäge, zieht den Choke und sieht zu Saad rüber:

– Extrem, Alter.

Ist offenbar sein Kommentar. Er klingt nicht so, als koste ihn das, was sie jetzt vorhaben, größere Überwindung. Eher so wie: Meine Enkel werden mal Augen machen, wenn ich ihnen die Story erzähle.

– Wasslos?
Ich versuche, mich nicht zu übergeben, denkt Saad. Das ist los.
– Alles okay.
– Na dann ...
Mohammed stellt einen Fuß in den hinteren Griff, zieht am Startseil. Der Motor springt sofort an. Mohammed gibt zweimal Gas, als stehe er mit einer Ducati an der Ampel. Offenbar ist er zufrieden, denn er gibt Saad ein Thumbs up und schiebt die Schutzbrille über die Augen. Der Vergleich mit der Ducati ist übrigens gar nicht so weit hergeholt. Die Säge ist so laut, dass man sein eigenes Wort nicht versteht. Mohammed hat eine mit 45er Schwert genommen, damit ließe sich auch problemlos die Kastanie im Hof fällen.
Saad trennt mit einem Cutter die Schrumpffolie so weit auf, dass er einen Arm aus der Verpackung ziehen und ihn Mohammed hinhalten kann. Der setzt die Säge an, drückt den Gashebel, Saad spürt einen Widerstand, und die Hand ploppt in die Tüte.
– Wie durch Butter, Alter!, brüllt Mohammed. – Bin gespannt, ob die den Oberschenkel auch so einfach durchkriegt. Aber erst mal die Arme!
Saad legt den nächsten Beutel aus, hält das, was von dem Arm noch übrig ist, an der Schulter, und Mohammed trennt den Stumpf oberhalb des Ellenbogens ab.
Die Sauerei ist weniger groß als befürchtet. Das Blut ist längst zu einer rostfarbenen Paste geronnen, spritzen tut da nichts mehr. Einzig die umherfliegenden Knochensplitter und Gewebefetzen verstören, wenn sie auf der Brille kleben bleiben wie zermatschte Mücken auf der Windschutzscheibe.
– Nächster Beutel!, ruft Mohammed.

Saad konzentriert sich auf seine Atmung, verknotet die Tüte und bereitet die nächste vor.

Bis Mohammed beide Arme – zwei mal drei Beutel – und das halbe linke Bein abgesägt hat, klebt Saad unter seinem Anzug das T-Shirt am Körper. Was er unterschätzt hat, ist der Geruch. Die Leiche hat, luftdicht verpackt, tagelang bei Niedertemperatur vor sich hin gegart. Jetzt, da Saad Stück für Stück die Folie abtrennt, drängt ein süßlicher Verwesungsgeruch ins Freie, klebrig, faul und intensiv wie Magensäure.
Mohammed hat mit dem Geruch ebenso wenig Probleme wie die Kreissäge mit dem Oberschenkelknochen. In einer Schlachterei zu arbeiten, scheint gegen alles Mögliche immun zu machen. Saad versucht, durch den Mund zu atmen, doch der Geruch hängt in der Kapuze, die auch seinen Mund bedeckt. Er schmeckt ihn.
Als Saad sicher ist, sich nicht länger nicht übergeben zu können, richtet er sich auf, wendet sich ab, zieht die Kapuze unter das Kinn, um nicht durch den Anzug atmen zu müssen, und sieht über die Stauden hinweg einen Mann neben dem Sofa stehen. Die Pistole in seiner Hand glänzt im Sonnenlicht wie frisch aus der Waschstraße.
– Tüte, ruft Mohammed.
Saad rührt sich nicht.
– Tüte!
Saad nickt Richtung Sofa, also steht Mohammed auf, dreht sich um – und löst die Kettenbremse aus. Für einige Sekunden geschieht gar nichts, außer dass die Säge vor sich hin knattert.
Mohammed ruft: – Hast du nicht abgeschlossen?

Doch, hat er. Nicht dass das jetzt noch eine Rolle spielen würde. Bedeutet aber, dass der Mann das Schloss irgendwie aufbekommen haben muss, und das wiederum bedeutet, dass er nicht zufällig da steht. Okay, das sagt schon die Pistole, dass er sich nicht auf der Suche nach seinem Wagen verirrt hat.

Drei Möglichkeiten. Nummer eins: Der Mann ist von der Kripo. Dagegen sprechen seine Pistole und seine Klamotten. Kripobeamte haben keine Liebhaberknarren und keine maßgefertigten Hemden. Der Typ könnte Geschäftsmann sein, top shelf.

Möglichkeit Nummer zwei: Jemand vermisst die zweite Leiche und hat den Mann beauftragt, sie zu finden. Was das für die Situation bedeutet, ist unklar.

Möglichkeit Nummer drei: Sie haben Saad doch gefunden. Dann ist mindestens eine der Kugeln in seinem Magazin für ihn bestimmt.

Saad spürt die Pistole in seinem Hosenbund, vor allem aber spürt er, dass er nicht an sie herankommt, ohne vorher den Anzug auszuziehen. Das ist der Moment, in dem ihm bewusst wird, dass Mohammed und er in ihren Aufzügen praktisch nicht zu unterscheiden sind, und er sich die Kapuze wieder über Mund und Nase schiebt.

NIHAL Dass Nihal noch einmal zu Saad geht, hat vor allem mit der Beretta zu tun, die sie vorhin an der Schläfe hatte. Es ist nämlich eine Sache, zu *wissen*, dass alles im nächsten Moment aufhören kann zu existieren. Dass du jederzeit tot umfallen kannst. Jeder weiß das. Kosmische Scheiße. Eine andere Sache ist es, es zu *erfahren*.

Noch im Park, nachdem Maja die Kantstraße hinabgetaumelt war wie eine Blinde ohne Stock und Nihal auf der Brücke stand, da kam ihr das Grün der Trauerweide mit einem Mal seltsam fluoreszierend vor. Als gäbe es Licht ab. Der Anblick der in den See hängenden Zweige verursachte ihr Juckreiz an den Armen. Zu Hause dann war es das hohle Geräusch der Wohnungstür, das ihr in den Ohren dröhnte, der Geruch von Jamies über die Wohnung verteilten Klamotten. Unerträglich. Sie riss die Fenster auf, beugte sich über die Küchenspüle und würgte, mehr als gallige Luft kam aber nicht.
Den Kopf über der Spüle dachte sie an Saad und wie seltsam zwangsläufig ihr die Begegnungen mit ihm erschienen waren. Vom ersten Aufeinandertreffen unter der S-Bahn, dem Wiedersehen im Schwimmbad, bis zu dem Moment, als sie ins Parkhaus ging und ihn in der Kabine sitzen sah. Alles. Als würden sie auf etwas zustreben, physisch. Was natürlich kompletter Schwachsinn ist, weiß sie selbst. Aber es fühlt sich nicht so an, als wäre es Schwachsinn. Es fühlt sich an wie etwas, das sie schon immer wollte, aber nie hatte. Wie bei sich selbst ankommen. Gefühle. Kosmische Scheiße.
Statt endlich ihr Fahrrad reparieren zu lassen, geht Nihal also schon wieder die Knesebeck hinunter. Als würde sie hier wohnen, oder bei Dr. Ritter am Empfang arbeiten. Und bevor sie losgegangen ist, hat sie überlegt, was sie anziehen soll. Nicht dass viel herausgekommen wäre bei der Überlegung: Jeans, Bomberjacke, T-Shirt, Nikes. Wie immer. Trotzdem: Diesmal musste sie darüber nachdenken.
Der große Zweifel befällt sie auf Höhe des Fußballkäfigs. Als sie sieht, wie Jamal über das glänzende Pflaster geht, als wäre er ein Abou-Chaker, untouchable, vor sich eine Cappuccinotasse. Da wird Nihal klar, dass das hier die dümmste Aktion

ist, die sie sich ausdenken konnte. Der will dich nicht in seinem Leben, da ist kein Platz dich, dräng dich da nicht rein! Aber natürlich geht es hier nicht um das, was Saad will oder auch nicht will, sondern um das, was Nihal will, und das ist: dazugehören. Einen Platz finden. Und diese Sehnsucht ist so stark, dass sie sich dafür bestrafen und mit dem Kopf voran gegen den Fußballkäfig rennen möchte. Du bist so eine Muschi, Nihal! Erst hast du nicht die Eier, dir deine Gefühle vom Hals zu halten, und jetzt hast du nicht die Eier, ihnen nachzugeben.

Sie ist im Begriff, sich abzuwenden, nach Hause zu gehen und sich für den Rest ihres Lebens in Selbstekel zu suhlen, als sie sieht, wie ein Mann ins Parkhaus geht. Durch die Ausfahrt. Schnell, fast schon im Laufschritt. Er ist klein, gedrungen, breit und hat einen Kranz silberner Stoppeln auf dem Kopf. Könnte man länger drüber philosophieren, was genau die Information lostritt, die jetzt zu Nihal rüberschwappt, Intuition ist komplex. Auf jeden Fall schwappt sie rüber. Und diese Info lautet: Der Typ hat gewartet, bis Jamal seine Tasse wegbringt, bevor er ins Parkhaus gegangen ist, im Laufschritt, durch die Ausfahrt. Die Info ist noch dabei, sich zu konkretisieren, da werden in einem anderen Teil von Nihals Gehirn bereits Synapsen getriggert, die prompt eine weitere Info nach vorne schicken: Das war der Typ, der dir letzte Nacht entgegenkam, als du ins Parkhaus bist. Und da in wiederum einem weiteren Teil ihres Gehirns diese Informationen miteinander verknüpft werden, erscheint plötzlich eine Prio-Eins-Info vor ihr: Saad ist in Gefahr.

Ihr erster Impuls ist, Bernd anzurufen, Big Daddy, den Vater, den sie nie hatte. Problem dabei ist, dass Bernd zwar echt schlau und ein guter Chef ist. Aber nicht schnell. Viele den-

ken ja, dass das dasselbe sei, schnell und schlau. Und dass jemand, der nicht schnell denkt, automatisch nicht schlau sein könne. Stimmt aber nicht.
Bernd verarbeitet Informationen einfach eine nach der anderen, a-na-log, so, wie die Menschen früher gezählt haben, ein-und-zwan-zig, zwei-und-zwan-zig ... Nihal formuliert bereits im Geiste die Fragen, mit denen er sie löchern würde, während sie ihm die Dringlichkeit der Situation zu erklären versucht: – Welches Parkhaus denn? – Wer ist denn dieser Saad? – Wie kommst du darauf, dass er etwas mit dem Mord zu tun haben könnte? – Welchem jetzt, dem Mord an Brasch oder dem an dem Mann, den wir im Kofferraum gefunden haben? – Und was hast du letzte Nacht im Parkhaus gemacht?
Ein-und-zwan-zig, zwei-und-zwan-zig ...
Bis Nihal überlegt hat, welche Optionen ihr außerdem offenstehen, hat ihr Körper längst die Antwort gegeben, ist vor ein Auto gesprungen, über die Knesebeck gelaufen, steht im Parkhaus neben dem Bezahlautomaten und spitzt die Ohren. Ist, wie wenn sie boxt. Da bleibt keine Zeit, sich zu überlegen, welchen Schlag sie als Nächstes ansetzen soll. Das läuft über die Reflexbahnen. Richtig Einfluss hat sie da gar nicht. Das ist zwar nicht besonders schlau. Aber schnell. Im Grunde ist sie das Gegenteil von Bernd. Ein Geräusch knistert durchs Treppenhaus. Irgendwo über ihr ist jemand.

SAAD Während der Mann mit der Beretta zwischen den Cannabiswannen hindurch auf sie zukommt, richtet er seine Pistole abwechselnd auf Mohammed und auf Saad. Was nach übertriebener Vorsicht aussieht, denn keiner der beiden

bewegt sich auch nur einen Zentimeter. Einzig die Motorsäge, die Mohammed neben dem Körper hält, tuckert vor sich hin, als frage sie sich, wo ihr Einsatz bleibt.
Dann stehen sie zu dritt um die Leiche, beziehungsweise um das, was von ihr noch am Stück ist. Der Moment zieht sich.
– Das sollte eigentlich ich machen, sagt der Beretta-Mann.
– Den Typen zerlegen?, fragt Mohammed.
– Ihn beseitigen.
Der nächste Moment dehnt sich schon wieder. Nicht einmal der Beretta-Mann scheint zu wissen, was als Nächstes zu passieren hat. Von mir aus mach!, würde Mohammed am liebsten rufen, aber so einen Satz haust du nicht mal eben raus, wenn neben dir jemand mit so einer Knarre steht.
– Riecht ausgesprochen unangenehm, stellt der Beretta-Mann noch fest.
Erzähl's der Parkuhr. Mohammed weiß nichts zu erwidern. Der Geruch geht ihm komplett am Arsch vorbei. Die Sache mit dem Schlachthaus. Er riecht's nicht.
Endlich fällt ihm ein, was hier eigentlich zu fragen ist: – Wer bist'n du überhaupt?
Bevor der Beretta-Mann mit einer Antwort aufwarten kann, ruft jemand: – Hey!
Noch ein Mann! Dieser sieht aus wie aus einem scheiß *Asterix*, ist so breit wie hoch, was in seinem Fall bedeutet, dass er ein krass breites Kreuz hat, aber nur so eben die Pflanzen überblicken kann.
Er ist um die sechzig, und Saad weiß kaum etwas über ihn, eigentlich nur, dass er mal Zirkusartist war. Aber auch das lediglich vom Hörensagen. Fänger, am Trapez. Es hieß, er könne mit nur einer Hand praktisch jeden beliebigen Knochen brechen. Als Saad ihn das letzte Mal sah, war er noch ein paar

Jahre jünger und Cléments rechte Hand. Er sucht nach einem Namen, doch dann fällt ihm ein, dass niemand, den Saad kannte, seinen Namen wusste.
Haben sie ihn also doch noch gefunden.
Zeit, die Pistole zu erwähnen, auch er hat eine. Eine Glock 17, Klassiker. Nur halb so schön wie die Beretta Inox, dafür aber auch nur halb so schwer. Und die zeigt in Mohammeds und Saads Richtung. Die Beretta wiederum zeigt auf den Glock-Mann. Saad schwitzt, als hätte jemand heißes Wasser in seinen Anzug gefüllt. Sogar die Socken sind nass.
– Ist da ein Nest, oder was?
Mohammeds Stimme kippt ins Hysterische. Da freut man sich auf einen entspannten Tag auf dem Dach, ein bisschen Leiche-Zersägen und bei der Müllverbrennung vorbeifahren, und plötzlich hast du Gesellschaft von gleich zwei Typen mit Knarren, und keiner weiß, wer der andere ist.
– Damit habe ich nicht gerechnet, sagt der Beretta-Mann, wie um sich zu entschuldigen.
– Glaubst du, ich?, kreischt Mohammed.
Der Glock-Mann hält weiter seine Pistole auf die zwei Idioten in den Schutzanzügen gerichtet: – Wer von euch ist Amar?
Das Ding ist, er sagt es auf Französisch: Qui d'entre vous est Amar?
Es ist das erste und zugleich letzte Mal, dass Saad den Mann etwas sagen hört. Und das erste Mal seit Jahren, dass er seinen Namen hört, den Namen, der einmal seiner war. Er denkt an Leila, die in der Kita ist. Und an Samara, die tot ist. Unterdessen passieren drei Dinge mehr oder weniger gleichzeitig.
Erstens: Saad bemerkt, wie sich hinter dem Mann aus Marseille die Tür öffnet und Nihal auf dem Dach erscheint.
Zweitens: Mohammed ruft: – Seh ich aus, als könnte ich Spanisch?

Drittens: Der Mann mit der Glock legt auf Saad an.
Und drückt ab.

NIHAL Wieder reagiert Nihals Körper schneller als ihr Kopf. Beinahe lautlos spurtet sie die Stufen hinauf, bis hoch auf die Etage, in der Brasch seinen Wagen geparkt hatte, hält inne und hört entfernt das Knattern eines, was, Rasenmähers? Das Geräusch ist über ihr, auf dem Dach! Sie schleicht die letzte halbe Treppe hinauf und wünscht sich mit jeder neuen Stufe mehr, sie hätte ihre Dienstwaffe noch.

Das Licht blendet. Und selbst wenn es das nicht täte, würde Nihal nicht verstehen, was sie sieht. Ihr den Rücken zugewandt steht der Mann mit den grauen Haarstoppeln. Und hat seine Pistole auf zwei Typen in Schutzanzügen gerichtet, die weiter hinten zwischen lauter Pflanzen stehen. Cannabis, falls das wen interessiert. Das ganze Dach riecht wie Jamies Zimmer, nur ohne die stinkenden Unterhosen.

Es gibt noch einen vierten Mann, der neben den Typen im Anzug steht und der ebenfalls eine Pistole hat, die wiederum auf den Mann gerichtet ist, der die anderen beiden bedroht. Nihal versteht nichts.

– Seh ich aus, als könnte ich Spanisch?, ruft einer der Männer in Schutzanzug, und weil Nihal in ihm den Typen erkennt, der sie zweimal beinahe mit seinem Proll-Citroën überfahren hätte, geht sie davon aus, dass der andere Saad sein muss. In dem Moment, da der Mann vor ihr seine Waffe auf ihn richtet, macht ihr Körper einen Satz nach vorne, der sie im Boxring von einer Ecke in die andere katapultieren würde. Im Sprung zieht sie das rechte Bein vor die Brust, landet auf dem linken, schiebt die Hüfte vor und lässt mit dem rechten einen Frontkick raus, als hätte sie ihr Leben lang Kickboxen trainiert und nicht Boxen, und weil der Typ so gedrungen und sein Arm auf Nihals Schulterhöhe ist, trifft sie ihn genau da, wo er brechen muss. Im selben Moment fällt der Schuss.

Der Arm bricht, Elle und Speiche, schnapp, Nihal spürt es durch ihren Schuh hindurch. Das Bild, das der Mann abgibt, sieht man zum Glück nur selten. Er hält seinen Arm weiter von sich gestreckt, nur dass der vordere Teil jetzt nach unten zeigt. Inklusive der Pistole. Was diese Finger einmal zu fassen bekommen, lassen sie nicht mehr los. Er dreht sich Nihal zu, der Arm dreht sich mit, nur der Unterarm und die Pistole schwingen hinterher.

Nihal findet, dass er ausgesprochen verärgert aussieht, vielleicht aber auch nur nachdenklich. So wie andere aussehen, wenn ihr Fahrrad einen Platten hat oder ihnen eine Taube auf den Schuh scheißt. Ist wirklich nicht so, als ließe sich an diesem Gesicht etwas ablesen. In jedem Fall ist Nihal so von seinem Arm abgelenkt, dass sie erst begreift, dass seine unkaputte Hand sie am Hals gepackt hat, als es zu spät ist.

Der Griff dieser Hand ist endgültig. Da ist kein Spielraum für Befindlichkeiten, Bitten oder Diskussionen. Wenn diese Hand entschieden hat, dass du stirbst, dann stirbst du. Nihal zappelt an seinem ausgestreckten Arm, schlägt um sich, versucht, seine Finger von ihrem Hals zu lösen, und weiß zugleich, dass das sinnlos ist. Versuch mal, eine Baggerschaufel aufzubiegen. Ist eine Frage des Materials.

Ihr Blick verschleiert sich, ihr Puls steigt auf zweihundert und darüber, ihr Herz gibt alles, um noch irgendwo Reste von Sauerstoff aufzutreiben. Aber wenn oben keine Luft mehr reingeht, ist auch Schluss mit Sauerstoff. Schluss mit allem.

Immerhin scheint die Kugel Saad nicht getroffen zu haben. Verschwommen sieht Nihal den mintgrünen Anzug auf sich zu schweben. Lauf, denkt sie, lauf weg! Oder bildet sie sich das nur ein? Dass er zu ihr kommt? Ist sie schon bewusstlos? Ihre Hände, sie sieht, wie ihre Hände von dem Arm abrutschen, der sie hält. Lass es gehen, Nihal, alles. Lass einfach los. Beinahe ist es eine Erleichterung.

SAAD Ein Knie auf dem Boden hockt Saad neben ihr, als ihre Augenlider wieder zu flackern beginnen. Ist, wie beim Neustart dem Ladebalken zuzusehen. Die Anzeige springt ein Stück, dann stockt sie, dann werden nach und nach die Programme hochgefahren, die Festplatte gecheckt.

Nihal schlägt die Augen auf, aber bis sie die ersten Worte äußern kann, dauert es einen Moment.

Die ersten Worte sind: – Bist *du* das?

Wunderschön. Als hätte sie ihr Leben lang auf ihn gewartet oder kenne ihn aus einem früheren Leben. Saad nimmt die Sicherheitsbrille ab und schiebt sich die Kapuze vom Kopf.

Er ist es.

Nihal versucht, noch mehr Worte zu generieren, aber parallel kommen die Erinnerungen. Ihre Hand betastet ahnungsvoll die Teerpappe neben ihrem Körper, bis sie auf etwas Behaartes stößt. Sie dreht den Kopf zur Seite, und da, neben ihr, liegt der Mann mit den grauen Stoppeln, das Gesicht abgewandt, regungslos. Als wäre er gerade vom Himmel gefallen und neben ihr aufs Dach geklatscht.

Nihal setzt sich auf, lässt die Halswirbel knacken und blickt Saad an: – Schon wieder?!

Von irgendwo aus der Plantage ruft Mohammed: – Saad, Alter, du bist voll die Maschine!
Nihal kommt auf die Beine, Saad ebenfalls, und das bringt allen in Erinnerung, dass neben Mohammed noch der Beretta-Mann steht.
Der ruft: – Ich hab Ihnen doch gesagt, Sie sollen nicht weiter ermitteln.
Erst jetzt kapiert Nihal, dass sie dem Mann heute bereits begegnet ist und dass es der Lauf seiner Pistole war, der sich vorhin in ihre Schläfe gedrückt hat.
– Ist keine Ermittlung, ruft sie zurück. – Ist privat!
Der Mann schüttelt den Kopf, wie um sein Bedauern auszudrücken. Falsche Antwort. Oder ist es nur die Unzufriedenheit mit sich selbst, weil er sie vorhin hat laufen lassen, statt sie gleich umzulegen? Nein, es ist Bedauern, sofern das einem Menschen wie ihm möglich ist.
Denn er sagt: – Tut mir leid.
Und schießt.
Als Saad sieht, wie der Beretta-Mann den Arm hebt, wirft er sich vor Nihal, als sei sein Anzug nicht nur chemikalienresistent, sondern zudem kugelfest, und reißt sie mit sich zu Boden. Zwei Schüsse fallen, Saad spürt etwas, ohne zu wissen, was. Dann hört er, wie die Motorsäge aufschreit, und dann ist es mit einem Mal, als hätte jemand den Ton abgedreht.
Vogelzwitschern. Ohne Witz. Das Erste, was Saad hört, ist Vogelgezwitscher. Die Säge ist verstummt. Nihal und er liegen auf dem Dach, und Saad hat das Gefühl, dass ihre Körper einander an mehr Stellen berühren, als sie sich nicht berühren.
– Bist du verletzt?, fragt er.
Nihal schüttelt den Kopf. – Du?
– Glaube ja.

– Du *glaubst*?

Sie stehen auf. Saad blutet, unklar ist, wo. Es färbt die Innenseite seines Anzugs, an der Hüfte. Da, wo eben noch Mohammed und der Beretta-Mann standen, steht nur noch Mohammed. Der Teil seines Anzugs, den Saad sehen kann, ist mit Blut bespritzt, großflächig.

– Was für eine Scheiße!, ruft er.

– Was ist mit dem Typ?, ruft Nihal zurück, denn der Beretta-Mann ist nirgends zu sehen.

Mohammed blickt zu Boden und stößt etwas mit dem Fuß an.

– Ist raus, schätze ich.

Der Fleck in Saads Anzug vergrößert sich.

– Lass mal sehen.

Nihal streift Saad den Anzug von den Schultern und über die Hüfte, worauf nicht nur sein durchgeschwitztes T-Shirt zum Vorschein kommt, sondern auch die Pistole in seinem Hosenbund.

– Du hast eine Waffe?

– Ich kam nicht ran, entschuldigt er sich und macht ein Geräusch, das Nihal daran erinnert, dass da eine Blutung zu stillen ist.

Die Kugel aus der Beretta steckt in Saads Beckenkamm. Gibt Menschen, die nennen das Glück im Unglück. Eine Arterie hat sie nicht getroffen, was nicht heißt, dass es nicht trotzdem bluten würde wie Sau.

Nihal reißt die Kapuze des Anzugs ab, faltet sie zu einem Päckchen und presst das Päckchen auf den Einschuss.

– Drücken.

Saad drückt.

– Hast du was, womit wir das fixieren können?

– Gaffer Tape. Er deutet zu Mohammed hinüber. – Da drüben.

– Rühr dich nicht von der Stelle.
Nihal geht zwischen den Stauden hindurch auf Mohammed zu, und dann sieht sie, was sie alles noch gar nicht gesehen hat: die Plane mit der halb zersägten Leiche, die Wannen, den Beretta-Mann, der neben Mohammed liegt und gerade ausblutet, nachdem Mohammed ihm die Kreissäge in den Hals gerammt hat.
Nicht gut, denkt Saad, als er beobachtet, wie Nihal erstarrt. Andererseits: Ihr jetzt noch irgendetwas vorzuenthalten macht auch keinen Sinn. Wenn die Hütte brennt, fängst du nicht an, Staub zu wischen. Apropos: Seine Hüfte beginnt zu brennen. Irgendwann dreht sich Nihal zu ihm um, sieht ihn mit sehr großen Augen an, versucht dreimal, etwas zu sagen, scheitert und gibt auf.
Mohammed nimmt die blutbespritzte Brille ab und besieht sich das Schlachtfeld.
– Das kriegen wir nie alles auf einmal weg. Er kratzt sich am Hinterkopf. – Ich brauch was zu rauchen.
Die Tür geht auf, schon wieder.
– Hier seid ihr! Jamal wirkt beunruhigt. – Ich dachte, ich hätte Schüsse gehört.
Dann fällt ihm auf, dass Mohammeds Anzug voller Blut ist, und Saads Bein ebenfalls. Und dass da der Mann auf der Teerpappe liegt, der ihm neulich so eine Angst eingejagt hat, Gesicht nach unten, den Arm unnatürlich verdreht.
– Was geht denn hier ab?
Und Mohammed nur: – Mach bloß die Tür zu.

NIHAL Nihal blendet alles andere aus – den zersägten Körper, den Typen, der ihr eben noch die Luft rausgelassen hat, den Beretta-Mann – und konzentriert sich ganz auf die Lebenden, auf Saad, seine Schusswunde. Die ist konkret. Der Rest um sie herum mutet ausgesprochen surreal an. Ganz klappt das allerdings nicht mit dem Ausblenden. Wie auch, wenn um dich herum drei Leichen verteilt liegen? Haben Saad und sie einander wirklich gerade das Leben gerettet? Gibt es dafür noch Worte? Nihal bewegt sich, als sähe sie die Welt zum ersten Mal.

Drücken hilft, richtig stoppen allerdings lässt sich die Blutung nicht. Außerdem muss die Wunde medizinisch versorgt werden. Ins Krankenhaus können sie nicht, Schusswunden sind meldepflichtig. Nihal zieht ihr Handy aus der Jacke und wählt die Nummer von Dr. Ritter. Die Praxis ist fünf Gehminuten entfernt. Raina geht ran, zum Glück.

Nihal fasst sich so kurz wie möglich: Ritter muss einen Freund von ihr behandeln, ein Notfall, jetzt, inoffiziell, am besten in Zimmer 3, keine Fragen, Diskretion.

Raina hört sich alles an. Danach hat sie nur eine Frage: – Ein *Freund* von dir?

– Und?

– Seit wann hast du Freunde?

Die eigentliche Frage lautet: Vögelt ihr etwa?

– Kriegst du's hin?, fragt Nihal.

– Machst du Witze? Raina macht ein schmatzendes Geräusch. – Ritter frisst mir aus der Hand. Wie schnell könnt ihr hier sein?

Vierzig Minuten später verlassen Nihal und Saad bereits wieder die Praxis, über den Hinterhof.

– Hottie!, schnattert Raina ihrer Freundin ins Ohr, bevor sie die Tür hinter ihnen schließt.

Nihal hat das deutliche Gefühl, dass es vor allem die Kugel in Saads Hüfte ist, die Raina heiß findet. Bad boys machen sie wuschig, und einen mit einer Neun-Millimeter in der Hüfte hatte selbst sie noch nicht.

Ritter hat die Kugel dringelassen. Hat ein Röntgenbild gemacht und meinte, da, wo die stecke, gehe es ihr bestens, und dass er mehr Gewebe zerstören würde, als die Kugel zerstört hat, wenn er versuchte, sie zu extrahieren. Er hat gewischt und gespült, den Einschuss mit einem Stich vernäht, Saad eine Packung Antibiotika und einen Blister Ibuprofen 600 in die Hand gedrückt und Nihal und ihn zum Hintereingang geschoben. Er wäre dankbar, gab er ihnen mit auf den Weg, nicht noch einmal um einen derartigen Gefallen gebeten zu werden, er gehe hier ein wirklich hohes Risiko ein. Als wäre das nicht allen klar gewesen. Aber es sollte schon jeder wissen, wie dankbar sie ihm zu sein hatten. Raina, die hinter ihrem Chef stand, sah Saad und Nihal an und fuhr sich mit der Zunge über die Lippen.

Ihre vierzigminütige Abwesenheit hat Mohammed genutzt, um alles zu zersägen, das irgendwo herumlag. Als Saad und Nihal auf das Dach zurückkehren, ist er gerade dabei, die Ritzen der Motorsäge mit dem Sprühaufsatz des Gartenschlauchs freizuspritzen. Wär blöd, wenn da bei der Rückgabe noch Hautfetzen oder Knochensplitter drinhingen. Jamal verteilt derweil den Restmüll aus dem Container auf die Wannen mit den Leichenteilen.

Hat Mohammed ganz schön Anstrengung gekostet, sich zu überlegen, wie sie es machen sollen. Logistisch gesehen. Er hatte mit einer Leiche kalkuliert, drei Wannen, eine Fahrt, null Probleme. Drei Leichen würden neun Wannen bedeuten. Erst einmal kein Problem, Wannen hat er genug. Allerdings hätte er dann dreimal fahren müssen, denn mehr als drei bekommt er nicht in seinen Wagen. Jetzt ist es so, dass sein Cousin nur bis 17 Uhr in der Verbrennungsanlage arbeitet, und in der Zeit die Fahrt dreimal zu machen, kannst du knicken. Also musste Mohammed nachdenken, ökonomisch, was sowieso schon nicht so sein Ding ist, schon gar nicht nach der Tüte, die er sich vorhin gezogen hat. Trotzdem kam ihm irgendwann die Lösung, manchmal muss man die einfach kommen lassen. Wannenrationierung. Nur zwei Wannen pro Leiche, wenn man die Teile ökonomisch stapelt, passt das. Dann schaffen sie pro Fuhre anderthalb Leichen weg, müssen nur zwei Mal fahren und kriegen bis 17 Uhr alles verklappt.
– Alter! Mohammed sieht trotz seines blutbesudelten Anzugs zufrieden aus. – So sauber hat denen noch keiner eine Säge zurückgebracht.
Er faltet die Folie zusammen, steckt sie in die letzte ProBro-Tüte und fängt an, das Blut von den Pflanzen und den Wannen zu spritzen. Dabei sieht er aus wie ein Hausmeister, Hüfte vor, eine Hand in der Seite.
– Ich glaub, so geht's, ruft Jamal.
Mohammed betrachtet die Wannen und nickt. – Dann packt schon mal die ersten drei ins Auto, ruft er, während er mit dem Wasserstrahl die Hautfetzen Richtung Dachrinne schiebt.
Nihal hat noch immer nicht das Seil gefunden, mit dem sie sich wieder an die Welt anbinden kann. Starrt die Wannen an

und versucht, sich davon zu überzeugen, dass da wirklich zersägte Menschen drin liegen.
– Macht ihr so was öfter?, fragt sie.

SAAD Mohammed fährt, Saad sitzt neben ihm. Auf der Rückbank und im Kofferraum: drei Bauwannen mit Leichenteilen. So schieben sie sich mit der Nachmittagskolonne aus der Stadt hinaus Richtung Ruhleben. Sie hören »Ich bin ein Berliner« von Ufo361. Damit lässt sich fast alles übertönen, das Schweigen, die Leichen, die Frage, was morgen sein wird.
Als sie auf das Gelände der Verbrennungsanlage kommen und sich in die Anlieferungsschlange einreihen, steigt der Puls. Mohammed klopft auf das Lenkrad, beugt sich vor und blickt das grüne Gebäude empor, groß wie eine Kathedrale. Als drohe Gefahr von oben. Saads Hände reiben über die Oberschenkel, schon wieder schwitzt er, die Handflächen, der Nacken. Die örtliche Betäubung lässt nach, ein Ziehen, als versuche sein Körper, sich selbst einzusaugen. Als sie an der Reihe sind und er Mohammed die Anlieferungserlaubnis reicht, klebt ihm der Schein an den Fingern.
– Wie geht's Nene?, fragt Mohammeds Cousin Bilal.
– Vermutlich wie immer, gibt Mohammed zurück.
Der Stempel, den Bilal unter die Anlieferungserlaubnis drückt, macht voll auf wichtig. Einer von der Sorte, die man erst auf das Dokument stellt und dann mit der flachen Hand runterdrückt. Fump!
Mohammed beugt sich zu seinem Cousin: – Wir müssen nochmal kommen.

– Stempeln kann ich den ganzen Tag, erwidert Bilal. – Gibt nichts Schöneres für mich. Er reicht Mohammed den Schein. – Du weißt ja: in die Acht.

Während Saad und Mohammed die Wannen aus dem Wagen wuchten und den Inhalt in den Trichter kippen, holt Nihal Leila aus der Kita ab. War Mohammeds Idee.
– Kann *die* das nicht machen?, fragte er, als Saad meinte, dass sie nicht früh genug zurück sein würden.
Nihal stand neben dem Citroën wie in Trance. Keine Ahnung, schien sie zu sagen, kann ich? Kann *ich*, überlegte Saad. Die Verantwortung für Leila an jemand anderen abgeben? – Mach hinne, mahnte Mohammed, also rief Saad in der Kita an und gab Bescheid, dass Leila ausnahmsweise von einer Freundin abgeholt werde, Nihal. Leila kenne sie.
Zu Nihal sagte er: – Danke.
– Wofür?
– Dass du Leila abholst.
– Ach ja, richtig.

Es läuft wie geplant, sie verklappen die Wannen, fahren zurück, laden die nächste Fuhre ein, ab nach Ruhleben und rein in die Acht. Auf dem Rückweg geben sie bei Boels die Säge ab. Am Ende bleibt ein Quittungsbeleg über 41,65 Euro Leihgebühr, gezahlt in bar.
– Das war mal'n Tag, stellt Mohammed fest.
Sie fahren die Bornholmer entlang. Vor der Brücke steht ein Polizeiaufgebot, der Verkehr ist auf eine Spur eingeengt. Straßensperre, denkt Saad. Doch es ist nur ein ganz gewöhnlicher

Unfall. An der Ampel lehnt ein Fahrrad, zusammengefaltet wie eine Ziehharmonika.

Saad schweigt. Er denkt nicht an das Gemetzel auf dem Dach und auch nicht an die Kugel in seiner Hüfte. Sondern an Leila, und dass Nihal sie abgeholt hat und die beiden jetzt auf dem Spielplatz in der Drontheimer auf ihn warten. Nihal hat ihm eine SMS geschickt.

Ist ein gutes Gefühl, zu wissen, dass da jemand ist, der auf dich wartet. Gefährlich gut. Gibt dem Leben eine ganz neue, warme Gravitation, in der man sich am liebsten einnisten möchte. Es hätte schön sein können, denkt Saad.

– Kannst du mich in der Drontheimer absetzen?

– Kein Ding.

Liegt praktisch auf dem Weg. Mohammed muss ohnehin zurück nach Charlottenburg, Jamal ablösen.

– Kann sein, sagt Saad, dass ich nicht weiter im Parkhaus arbeiten kann.

Er spürt das Bedauern darüber, während er den Satz ausspricht. War nicht das schlechteste Leben, er hatte sich okay darin eingerichtet. Und für einen wie ihn ist »okay« schon ganz schön weit oben auf der Skala. Mehr sagen muss er nicht. Wer auch immer den Beretta-Mann geschickt hat, wird wissen wollen, wo er abgeblieben ist. Der andere war gezielt auf Saad angesetzt. Und nur weil er jetzt tot ist, heißt das nicht, dass niemand mehr nach Saad sucht. Selbsterklärend. Reiner Zufall, dass die Plantage noch nicht aufgeflogen ist.

Mohammed hält vor dem alten Klinkerbau gegenüber dem Spielplatz. Über die Büsche hinweg sieht Saad einen Kinderkopf auf- und wieder abtauchen, auf- und abtauchen. Da holt jemand das Maximum aus der Schaukel heraus. Leila. Saad hört ihr Lachen, wenn die Schaukel den höchsten Punkt erreicht, den Moment der Schwerelosigkeit.

– Tut mir leid, sagt Saad.
– Ja, Mann. Mir auch. Muss ich künftig die Lampen wieder selber austauschen.
– Danke für alles.
– Kein Ding.

Der Spielplatz zieht sich von der Drontheimer bis rüber zur Koloniestraße, und eigentlich hat er alles, was man braucht, um in Berlin groß zu werden. Zur Drontheimer hin ein Hufeisen mit drei Schaukeln in einem Krater, der mit Rindenmulch gefüllt ist, damit sich die Zirkusakrobaten wie Leila nicht die Knie aufschürfen. Dahinter, für die älteren, ein paar Tischtennisplatten und ein Käfig mit zwei Basketballkörben. Zur Koloniestraße hin dann ein Haufen defekter Fitnessgeräte und eine Art schräges Baumhaus ohne Baum, das wie geschaffen ist zum Knutschen, Fummeln, Kiffen und Dealen. Für jeden was dabei. Natürlich liegt überall Müll herum, is Wedding, Mann.
Leila sieht Saad, bevor Nihal es tut: – Da ist Papa!
Nihal steht hinter ihr und gibt ihr Anschwung.
– Doller!, ruft Leila.
Nihal legt noch einen drauf, und Saad weiß schon, was jetzt kommt. Leila schiebt sich vor zur Kante, katapultiert sich vom Sitz, kreischt auf, fliegt zwei Meter mit kreisenden Armen durch die Luft und landet im Rindenmulch. Saad bleibt jedes Mal das Herz stehen, wenn sie das macht. Jedes verdammte Mal.
– Nochmal!, ruft Leila, die schon wieder auf den Sitz klettert.
– Noch doller! Saad ruft sie zu: – Nihal gibt mir viel mehr Anschwung als du trübe Tasse.
Trübe Tasse. Jeden Tag ein neues Wort. Saad setzt sich auf die

Bank und sieht ihnen zu. Neben ihm sitzen zwei Mütter, eine ist die Mutter von Irin, die andere kennt er aus der Kita, weiß aber nicht, zu welchem Kind sie gehört. Er betrachtet Nihal und Leila, die Verbindung, der Moment, da Leila zurückschwingt und weiß, dass Nihal ihr gleich noch mehr Schwung geben wird. Es tut weh, so schön ist es. So leicht.

Dann fliegt sie und fliegt, landet im Mulch, neue Bestmarke, schüttelt sich und ruft: – Krass!

Als Nihal auf ihn zugeht, ist Saad wie an die Bank genagelt. Selbst wenn er wollte, er käme keinen Meter weit. Sie setzt sich neben ihn, ihr Oberschenkel berührt seinen. Beide blicken sie Leila nach, die mit Irin und Aaliyah zu den Tischtennisplatten rennt.

– Was macht die Hüfte?

– Hast ihn ja gehört, der Kugel geht es prächtig.

Danach sagen beide ziemlich lange nichts. Als sei alles gesagt. Saad hat Durst.

Irgendwann sagt Nihal: – Wir müssen so was von reden.

– Was willst du wissen?

– Alles.

– Alles weiß ich auch nicht.

– Dann alles, was du weißt.

– Was ich weiß, ist, dass ich die Stadt verlassen sollte.

– Hätte ich auch nichts gegen.

Saad braucht dringend etwas zu trinken.

– Dass ich die Stadt verlasse?, fragt er.

– Nein, selbst die Stadt zu verlassen.

Der Satz kommt für beide so überraschend, dass sich ihre Oberschenkel voneinander lösen und jeder für sich erst einmal überlegen muss, was das bedeutet.

– Mich beruflich neu orientieren, überlegt Nihal. – Das ist die

Formulierung, die sie immer in den Pressemitteilungen raushauen: Soundso wechselt die Stelle, um sich ›neuen Herausforderungen zu stellen‹, oder sich ›neu zu orientieren‹. Meistens heißt das, dass irgendwer einer Kollegin unter den Rock gegriffen und erst hinterher gefragt hat, ob es okay ist. Oder sich hat schmieren lassen. Oder in einer Nazi-Chatgruppe aktiv ist.
– Hamburg, sagt Saad.
Könnte einfach nur ein Gedanke sein. Oder ein Vorschlag. Oder eine Frage.
– Hamburg, wiederholt Nihal.
– Tor zur Welt.
– Tor zur Welt.
– Sagt man so.
– War noch nie in Hamburg. Bin überhaupt noch nie länger aus Berlin rausgekommen.
– Wird vielleicht Zeit.
Leila und ihre Freundinnen laufen um die Tischtennisplatten und spielen Fangen. An den Platten ist Klippo, die fünf Meter dazwischen entscheiden über Triumph oder Verderben. Die Versuchung ist einfach zu groß.
Nihal lässt ihre Fingerknöchel knacken. – Fragst du mich gerade, ob ich mitkomme?

DER TAG DANACH Hinter ihnen, im Osten, leuchtet ein erster grünlicher Streifen am Horizont. Sie fahren in den Morgen hinein und gleichzeitig von ihm weg. FlixBus, letzte Reihe. Ein Geruch wie im Wäschekorb. Leila liegt zwischen ihnen und schläft, die Füße auf Nihals Oberschenkel, den Kopf auf Saads. In anderthalb Stunden sind sie in Hamburg. Tor zur Welt. Die Wärme des Motors lullt sie ein. Die Überreiztheit der vergangenen Tage verflüssigt sich, macht Platz für die Erschöpfung. Saad hat den Kopf gegen die Scheibe gelehnt, hält die Augen geschlossen.

– Ich sag dir, was passiert ist, hört er Nihal flüstern. – Die waren zu zweit. Einer hat auf dich geschossen, daher die Einschusslöcher in der Tür. Es war also eine Notwehrsituation. Ich weiß nicht, wie, aber irgendwie hast du beide ausgeknipst. Dann hast du den einen aufs Dach geschleift und den anderen in Braschs Kofferraum gelegt, auch wenn mir nicht klar ist, warum.

Saad schweigt.

– Die Frage ist, überlegt Nihal, was wollten die von dir?

Saad schweigt.

– Du bist wirklich eine große Hilfe, zischt Nihal. – Weiter: die zwei Männer auf dem Dach. Der eine wollte mich davon abhalten, weiter im Mordfall Brasch zu ermitteln. Was nicht erklärt, weshalb er da oben war. Hast du etwa Brasch ermordet? Oder ... Nihal redet längst mit sich selbst, denkt im Flüsterton. – Ach du Scheiße. Die beiden Männer wollten gar nichts von dir. Die waren von Anfang an hinter Brasch her. Aber der Mann auf dem Dach, der kleine, der schon. Der war wegen dir da, stimmt's?

Saad wendet Nihal den Kopf zu. Der grünliche Schleier im

Osten spiegelt sich in ihren Augen. Er beugt sich zu ihr. Und wird sofort ausgebremst.
– Komm ja nicht auf die Idee, mich jetzt zu küssen, sagt Nihal.
– Ich glaub dir übrigens auch nicht, dass ihr Syrer seid. Du kannst arabische Schrift nicht lesen.
Saad sagt nichts.
– Bevor du mich jetzt anlügst, sagt Nihal, sag lieber nichts.
Saad sagt nichts.
– Das kann ja was werden.
Saad flüstert: – Darf ich dich jetzt küssen?
– Von mir aus.